SCHWIERIGKEITEN MIT DER ZWEITEN CHANCE

Von
Alex McAnders

McAnders Books

*****

Die Charaktere und Ereignisse in diesem Buch sind fiktiv. Jede Ähnlichkeit mit realen Personen, lebend oder tot, ist zufällig und vom Autor nicht gedacht. Die Person oder Personen auf dem Cover abgebildet sind Modelle und sind keineswegs mit der Erstellung, Inhalt oder Gegenstand dieses Buches verbunden.

Alle Rechte vorbehalten. Kein Teil dieses Buches darf in irgendeiner Form oder durch irgendwelche elektronischen oder mechanischen Mitteln, einschließlich Informationen Regalbediengeräte reproduziert werden, ohne vorherige schriftliche Genehmigung des Herausgebers, mit Ausnahme von einem Schreiber, der kurze Passagen in einer Bewertung zitieren kann. Für Informationen kontaktieren Sie den Verlag unter: Alex@AlexAndersBooks.com.

Urheberrecht © 2023

Offizielle Website: www.AlexAndersBooks.com
Podcast: BisexualRealTalk
Besuche den Autor auf
Facebook: Facebook.com/AlexAndersBooks
Erhalten Sie 3 kostenlose Bücher, indem Sie sich für den Autor Newsletter: AlexAndersBooks.com

Veröffentlicht von McAnders Publishing

Bücher von Alex McAnders

M/M/F Bisexuelle Erotische Romanze

Hurrikan Laine; Buch 2; Buch 3; Buch 4; Buch 5; Buch 6; Buch 6
Im Mondlicht
Aladins erstes Mal; Ihre Zwei Wünsche; Buch 2
Ihre beste Fehlentscheidung
Ihr rotes Käppchen
Die Schöne und zwei Biester
Die Muse
Bittersüß
Bevor er berühmt war

*****

Gay Romance

Ernsthafte Schwierigkeiten; Buch 2; Buch 3; Buch 4; Buch 5; Buch 6
Mafia Eheprobleme; Buch 2

*****

Schwule Erotische Romanze

Aladins erstes Mal; Ihre Zwei Wünsche; Buch 2

*****

Bücher von Alex Anders

Tabu Schwul / Zwilling

Zwilling Herzen; Zwilling Herzen; Buch 2; Buch 3;

Buch 4; Buch 1-4
Daddy's Böser Junge; Buch 2; Buch 3; Buch 4; Buch 1-4

M/M/F Bisexuelle Erotische Romanze

Regeln fürs Spanking; Zwei feste Hände
Inselzucker: Prequel; Buch 2; Inselzucker
Bis dein Körper bebt
Bane

Mann / Mann / Frau

Während meine Familie schläft; Buch 2; Buch 3; Buch 4; Buch 5; Buch 1-4
Daddy's Gefährliches Doppelpack; Buch 2; Buch 3; Buch 4; Buch 1-4
Dreier mit schwarzer Magie

Schöne große Frauen

Buch 2; Buch 3; Buch 4; Buch 1-4; Versohlen ihrer Kurven
Vermittlung mit einem Scheich; Buch 2
Unterwerfung (Kurven Set Box)
Er nimmt mich
Dominierte Kurven

Schwule Erotische Romanze

Ihr erstes Mal
Baby Boy: Geopfert; Buch 2; Buch 3; Buch 4; Buch 1-4
Aladins erstes Mal; Ihre Zwei Wünsche; Buch 2

SCHWIERIGKEITEN MIT DER ZWEITEN CHANCE

Kapitel 1

Merri

„Du hast mein Team, meine Organisation, deinen Vater und vor allem mich lächerlich gemacht", sagte der rotgesichtige alte Mann, als seine Spinnennetzadern aufleuchteten und sich unter seinem lächerlich anmutenden weißen Ziegenbart ausbreiteten.

Ich senkte meinen Kopf und ließ meine Gedanken in eine andere Welt abschweifen. Kennt ihr das, wenn ihr von etwas träumt, das ihr tun wollt? Vielleicht ist es ein Ziel, das ihr erreichen wollt, oder dass eure Eltern auf euch sind.

Vielleicht war es nach einem Leben, bei dem du ständig deinen Vater enttäuscht hast, dein Traum, sein Assistent zu sein, während er sein Team zu den NFL-Meisterschaften führt. Gerade als die Uhr herunterticht, wendet er sich an dich für den Spielzug, der das Spiel gewinnt. Und nachdem du dein Leben lang darauf gewartet hast, ziehst du das aus dem Ärmel, woran du monatelang gearbeitet hast.

„Einen Hail Mary Pass?", würde er zu dir sagen.

„Es wird funktionieren, Coach", würdest du ihm unsicher, aber überzeugt, dass es der richtige Spielzug ist, sagen.

„Ich weiß nicht. Das Spiel steht auf der Kippe."

„Vertrau mir, Coach", drängst du.

Als er zweifelnd wegschaut, packst du seine Schulter und sagst: „Das wird klappen, Dad."

Und weil ihr ein Leben lang zusammengearbeitet habt, legt er die Meisterschaft in deine Hände und ruft dem Quarterback zu, der euer Spiel beginnt.

Während die Spieler durchbrechen und sich positionieren, wirft der Quarterback den Ball. Er fliegt durch die Luft, legt 30, 40, 50 Yards zurück. Und genau wie du es dir ausgemalt hast, schüttelt der Receiver seinen Verteidiger ab, springt und schnappt ihn dann aus der Luft, stürzt in die Endzone und gewinnt das Spiel.

Jubel und Konfetti folgen. Die anderen Trainer heben dich siegestrunken auf ihre Schultern. Und dein Vater, der vielleicht Zweifel an dir hatte, sieht dir in die Augen und nickt, als wollte er sagen, das ist mein Sohn und ich bin stolz. …Oder na ja, du weißt schon, irgendein weniger eigenartig spezifischer Traum als dieser.

Nun, ich bin nicht zu stolz, zuzugeben, dass das mein Traum gewesen sein könnte. Ich war nie der Liebling meines Vaters. Man könnte sogar sagen, dass mein Vater mich so ziemlich für eine Enttäuschung hält.

Ja, ich bin der Assistenztrainer meines Vaters. Und nach einer herausragenden Karriere als Division-2-Trainer geschah das Wunder, „"für ein NFL-Team angeheuert zu werden'„. Doch hier endete mein Traum auch schon. Denn nach zwei Jahren, in denen es bergab ging, steht die Karriere meines Vaters möglicherweise kurz vorm Ende, bevor sie wirklich begonnen hat.

Schlimmer noch, als wir unser letztes Spiel der Saison spielten, das über unsere Playoff-Chancen entschied, ignorierte mein Vater mich völlig und rief einen Spielzug aus, der uns das Spiel kostete.

Das war in Ordnung. Unser Team war es gewohnt, zu verlieren. Es ist, wie es ist. Aber plötzlich, befreit von der Spielvorbereitung und allem anderen, das mit Football zu tun hatte, kam mir etwas anderes in den Sinn. Nachdem ich meinen Freund schon seit Monaten ignorierte, erinnerte ich mich daran, dass sich unsere Beziehung in Schieflage befand. Wie die Trainerkarriere meines Vaters ging sie den Bach herunter.

Während mich diese Gedanken überwältigten, geschah etwas Unerwartetes: Mein Gesicht erschien auf dem Großbildschirm. Das war schon einmal passiert. Wenn Spiele übertragen werden, suchen die Kameramänner immer nach Reaktionsaufnahmen.

Das einzige Problem diesmal war, dass sie sich auf mich konzentriert hatten, weil ich, wie ein Weltklasse-Schwuler, weinte. Ich hatte es nicht einmal bemerkt. Und falls du gedacht hast, dass es im Baseball keine Tränen gibt, kann ich dir hiermit versichern, dass es mit der Ausnahme, dass dein Sohn gerade die NFL-Meisterschaft gewonnen hat, definitiv keine Tränen im Football gibt.

„Du hast verdammt nochmal geweint? Auf meinem Footballfeld? Was für eine verdammte schwule Scheiße ist das?"

Der Manager des Teams schaute zum Teambesitzer, wissend, dass er soeben eine Grenze überschritten hatte. Natürlich sagte er nichts dazu. Der Teambesitzer hätte genauso gut seine Hand im Arsch des Managers haben können, in Anbetracht dessen, zu welchem Grad der Manager eine Marionette war.

„Du bist eine Schande für mein Team. Und das will etwas heißen, wenn man bedenkt, was für eine verfickte Blamage diese ganze Saison war. Aber weißt du, warum sie eine Blamage war? Ich sagte, weißt du, warum sie eine Blamage war?", fragte er mich.

„Weil unser Blitz schwach ist. Wir haben nicht genug Tiefe, um Verletzungen auszugleichen. Und unser Quarterback kann keinen Pass landen, selbst wenn sein Leben davon abhinge?"

Der 72-jährige Mann verzog angewidert das Gesicht.

„Nein, du Stück Scheiße, Alleswisser, Tunte. Du verfickte schwächliche Memme, Schwuchtel. Es liegt daran, dass dein Vater von saudummen Assistenztrainern umgeben ist, die lieber die Spieler in der Dusche anstarren würden, anstatt ein Footballspiel zu coachen."

Ein heißes Kribbeln durchfuhr mich. Jeder Muskel in meiner Brust verkrampfte sich und machte es mir schwer zu atmen. Er hatte es gefunden. Die Sache, die ich am meisten befürchtet hatte, zu hören zu bekommen, spie er mir wie Gift entgegen.

Ich war nicht immer offen bekennend schwul gewesen. Ich war der Sohn eines Footballtrainers. Seit ich ein Kind war, arbeitete ich bei meinem Vater und begleitete ihn in die Umkleideräume. Es gab Zeiten, in denen er seine Endspielansprache hielt, während die Hälfte des Teams nackt war. Das ist einfach, was im Football passiert, ob auf College-Ebene oder bei den Profis.

Würde sich also etwas ändern, wenn alle wüssten, dass ich schwul bin? Sicherlich wäre ich nicht mehr in einer Umkleidekabine willkommen. Vertrauen war ein wichtiger Bestandteil des Spiels. Wir mussten darauf vertrauen, dass sich die Spieler ausreichend auf jedes Spiel vorbereiteten. Und die Spieler mussten darauf vertrauen, dass wir ihre herumbaumelnden Schwänzen nicht begafften und an sie dachten, wenn wir nachts allein waren und uns einen runterholten.

Kurz gesagt, Schwule waren im Football nicht willkommen. Aber hier war ich, der offen schwule Sohn eines Verlierertrainers, dessen Heulen auf jedem

Fernsehgerät in Amerika übertragen wurde. Ich fühlte mich gedemütigt.

So lange hatte ich versucht, der Mann zu sein, den sich mein Vater von mir wünschte. So lange hatte ich im Bett gelegen und davon geträumt, dass mein Vater mich endlich so behandelte, als wäre er stolz, anstatt sich für mich zu schämen. Doch immer wieder enttäuschte ich ihn.

Ich übersah Dinge, die ich hätte bemerken müssen. Ich weinte im nationalen Fernsehen und gab Leuten wie dem Teambesitzer Munition, die sie Entlassungsgesprächen und Vertragsverhandlungen verwenden konnten.

Als ich die Tränen wieder aufkommen fühlte, tat ich alles, was ich konnte, um sie zurückzuhalten. Ich konnte jetzt nicht weinen. Nicht hier. Nicht jetzt. Ich musste das wie ein Mann durchstehen. Ich musste der Sohn sein, den mein Vater wollte.

Also, während der Besitzer meine Sexualität und meine Intelligenz beschimpfte und alles tat, um mich zum Aufgeben zu bringen, biss ich mir auf die Lippe. Ich wackelte mit den Zehen. Ich tat alles, um mich von dem Gedanken abzulenken, der im Hinterkopf saß: ‚Was er über mich sagte, war richtig. Ich gehörte nicht hierher.'

‚"Weine nicht, Merri. Du wirst nicht weinen!'„, sagte ich verzweifelt zu mir selbst und wollte, dass es wahr wurde.

Ich konnte das schaffen. Ich konnte das durchstehen. Und wenn ich das tat, würde ich beweisen, dass ich hierher gehörte. Ich würde meinem Vater und allen anderen zeigen, dass ich kein Versager war. Ich war keine Schande.

Ich werde ihnen zeigen, dass ich genauso zu Football gehöre wie jeder andere. Und als die feuchten Streifen langsam meine Wangen herunterrollten und mein Herz brach, wusste ich genau, wie ich es tun würde.

Kapitel 2

Claude

Als das frühe Morgenlicht die Berge überflutete und die Wolken weiß färbte, füllte Nebel die Luft. Ich dehnte ein letztes Mal meine Oberschenkelrückseite, nahm einen tiefen Atemzug und begann meinen Lauf. Ich fand sowohl beim Atmen als auch beim Tempo meinen Rhythmus, mein Geist beruhigte sich. Dieser Morgen war es. Ich hatte so lange darüber nachgedacht, und heute war der Tag.

Ich bog um die Bergstraßen und kam in die Nachbarschaft. Noch einmal ging ich meinen Plan durch. Hier begann Cage normalerweise seinen Lauf. Zufällig wollte ich ihm begegnen, ihn einladen, sich mir anzuschließen und es dann tun.

Es stand außer Frage, dass sich etwas in meinem Leben ändern musste. Als ich zuerst wieder nach Hause gekommen war, hatte ich die Isolation genossen. Ich hatte Zeit zum Nachdenken gebraucht. Aber zwei Jahre davon waren zu viel gewesen.

Ja, ich hatte meine Facetime-Anrufe mit Titus und Cali, aber das reichte nicht aus. Wenn überhaupt, hatte das Kennenlernen meiner neuen Brüder dieses Gefühl geweckt. Ich wollte sozialer sein. Ich begann, es zu brauchen.

Warum hatte ich mich entschieden, auf Cage zuzugehen?

Es lag daran, dass wir uns in einer ähnlichen Lebensphase befanden. Seit wir vor zwei Jahren die Universität abgeschlossen hatten, hatten wir ähnliche Entscheidungen getroffen. Von allen Menschen in dieser kleinen Stadt konnte ich ihn mir am ehesten als Freund vorstellen.

Außerdem waren er und sein Freund das Zentrum der Freundesgruppe meiner Brüder. Cage und Quin veranstalteten viele Spieleabende. Als Cage erstmals in die Stadt gezogen war, hatte er mich eingeladen. Aber nachdem ich ein paarmal abgesagt hatte, hörten die Einladungen auf.

Schritt eins, Cage zufällig begegnen. Schritt zwei, ihn einladen, sich meinem Lauf anzuschließen. Schritt drei, beiläufig den Spieleabend erwähnen und Interesse bekunden, dabei zu sein. Es schien so einfach. Und doch war es erst jetzt, Wochen nachdem ich den Plan entwickelt hatte, dass ich den Mut aufgebracht hatte, es zu versuchen.

Vielleicht sah es so aus, wenn man am Ende der Fahnenstange angelangt war; ein morgendlicher Lauf in der Hoffnung, um etwas zu bitten, das man verzweifelt vermisste: menschliche Verbindung und einen Freund.

    Ich tat mein Bestes, nicht zu sehr darüber nachzudenken, beschleunigte mein Tempo und umrundete die Straßen des Viertels. Mit klopfendem Herzen kam Cages Haus in Sicht. Ich hatte es zeitlich richtig abgepasst, ich konnte sehen, wie Cage sich in der Einfahrt dehnte.

    Als ich hinsah, schmerzte meine Brust. Gefangen unter einer Lawine von Panik, rang ich um Atem.

    Ich konnte das nicht. Nicht jetzt. Nicht heute. Und genau in dem Moment, als Cage hochschaute und mich bemerkte, wie ich seine Straße hinaufjoggte, drehte ich um. Ich änderte die Richtung, als wäre es von Anfang an mein Plan gewesen, und lief in die entgegengesetzte Richtung.

    Ich war ein Feigling. Daran bestand kein Zweifel. Aber schlimmer noch, ich war allein und würde allein bleiben. Warum kam ich nicht aus dieser Situation heraus? Was stimmte nicht mit mir?

    Zurück zu Hause stieg ich die Treppe zur Dusche hinauf, stand nackt da und das Wasser sammelte sich in meinen lockigen Haaren. Wie war ich zu dieser Person geworden? Die Universität war so anders gewesen. Ich hatte Freunde und ein Leben gehabt. Jetzt, zurück in einem kleinen Städtchen in Tennessee, war ich …

„Komm runter, wenn du fertig bist", sagte meine Mutter und klopfte an die Badezimmertür. „Ich habe eine Überraschung für dich."

Zurück im Hier und Jetzt sah ich auf. Meine Mutter hatte eine Überraschung für mich? Was meinte sie damit?

Ich drehte das Wasser ab, kleidete mich an und öffnete die Badezimmertür. Sofort traf mich der Geruch von geröstete Arabica-Bohnen. Gott, war das gut. Aber ich hatte die Kaffeemaschine nicht eingeschaltet.

„Überraschung!", sagte meine Mutter, nachdem ich die Treppe hinuntergegangen war und die Küche betrat.

In der einen Hand hielt sie eine Kaffeetasse. In der anderen einen Muffin, in dem eine brennende Kerze gesteckt war.

„Was ist das?"

„Wir feiern", sagte meine Mutter enthusiastisch, ihre braune Haut glänzte im Kerzenlicht.

„Was feiern wir?", fragte ich und fragte mich, ob ich einen Geburtstag vergessen hatte.

„Wir feiern, dass du in dein neues Geschäft ziehst."

Ich lächelte trotz alledem.

„Das ist wirklich keine große Sache, Momma."

„Natürlich ist es eine große Sache. Du hast ein Jahr lang aus unserem Wohnzimmer gearbeitet, und jetzt bekommst du dein eigenes Büro."

„Das ich mir mit Titus teilen werde", erinnerte ich sie.

„Was macht das schon? Du bist jetzt ein erfolgreicher Geschäftsinhaber und hast dein eigenes Büro."

„Das ich teile."

„Claude, nimm den Muffin", sagte sie und reichte ihn mir. „Und den Kaffee. Ich habe Marcus gefragt, welche Sorte du magst. Er sagte mir, das ist deine Lieblingssorte."

Ich lächelte. „Danke, Momma."

„Gern geschehen", sagte sie lächelnd. „Ich habe noch ein paar Minuten, bevor wir losmüssen, warum setzen wir uns nicht und genießen zusammen einen Kaffee."

„Oh oh", sagte ich und nahm Platz.

„Was, oh oh? Da gibt's kein oh oh. Kann eine Mutter nicht ein paar Minuten mit ihrem gutaussehenden Sohn verbringen?"

„Natürlich, Momma", sagte ich und setzte mich. „Entschuldige. Worüber möchtest du reden?"

Momma sah mich verschmitzt an.

„Nun, da du fragst, gibt es irgendwelche Mädchen in deinem Leben, von denen du mir erzählen möchtest?"

„Momma!"

„Oder Jungs. Ich weiß, dass heutzutage jeder bisexuell ist."

„Momma, was lässt dich denken, dass ich jemals an so etwas interessiert wäre?"

Sie warf mir einen Blick zu, der fragte, wen ich wohl damit täuschen wollte.

„Nein Momma, im Moment gibt es keine Mädchen oder Jungs in meinem Leben."

„Und warum nicht?", fragte sie lehnte sich vor.

„Ich spüre einen Vortrag kommen."

„Da kommt kein Vortrag. Ich will nur sagen …" Ich seufzte.

„Ich will nur sagen, dass du klug und nett bist, und jetzt bist du Geschäftsinhaber."

„Da haben wir's."

„Es gibt keinen Grund, warum dir die Leute nicht die Tür einrennen sollten."

„Vielleicht will ich nicht, dass die Leute mir die Tür einrennen."

„Deine Momma hatte Jungs, die ihr die Tür einrannten", sagte sie stolz.

„Und schon sind wir beim Thema Dinge, die ich nicht wissen muss …"

„Du solltest dankbar sein, dass deine Momma heiß war."

„Momma!"

„Woher denkst du, hast du dein gutes Aussehen?"

„Ich denke, dieses Gespräch ist vorbei", sagte ich und stand auf.

„Es ist vorbei, wenn du irgendeinen heißen Feger mit nach Hause bringst, den du mir vorstellst. Ich habe Jungs in mein Zimmer geschmuggelt, seit ich sie durch mein Fenster bekommen konnte. Warum klettert Marcus nicht ständig aus deinem Fenster?"

Ich drehte mich zu ihr um. „Ich lebe im zweiten Stock!"

„Claude, du musst dich den Menschen öffnen. Jeder mag dich. Gib einfach jemandem eine Chance. Du bist zu jung und gutaussehend, um ein einsamer, alter Mann zu sein", sagte sie mir, als ich mit meinem Kaffee hoch in mein Zimmer ging und die Tür hinter mir schloss.

Ich musste zugeben, sie lag nicht ganz falsch. Ich meine, sie lag falsch mit der bisexuellen Sache und mit Marcus. Er war nur mein Kaffeelieferant. Aber sie hatte recht, dass sich etwas ändern musste.

Das war nicht das Leben, das ich mir vorgestellt hatte, als ich von der Universität abging. Sicher, ich hatte ein florierendes Geschäft im Aufbau und ich arbeitete mit Titus zusammen. Aber das war nur von Frühling bis Herbst. Den Rest des Jahres war der einzige Zeitpunkt, an dem ich mich nicht leer fühlte, wenn ich bei Marcus im Popup-Café einen Kaffee trank. Es musste sich etwas ändern.

Ich wartete meine üblichen fünf Minuten, bevor wir gehen mussten, lief dann die Treppe hinunter und nahm die Autoschlüssel. Da meine Mutter den ganzen

Tag in der Schule war, teilten wir uns ein Auto. Das funktionierte gut, wenn man in Betracht zog, dass ich nachts sowieso nirgendwohin ging. Aber als ich sie heute Morgen fuhr und sie dort weitermachte, wo sie aufgehört hatte, überdachte ich unsere Vereinbarung.

Ich setzte Momma ab und begab mich auf den Weg zu meinem neuen Büro, fuhr auf den Parkplatz und setzte mich. Ich starrte auf die kleine Blockhütte und erwartete, mehr zu fühlen, als ich tat. Momma lag nicht falsch, ein Büro zu haben, von dem aus wir unser Geschäft betreiben konnten, war ein Grund zum Feiern. Aber da mein Geschäftspartner noch sein Frühlingssemester beendete, war ich der Einzige hier.

Ich stieg aus dem Auto, ging den schmutzigen Pfad zur Tür. Der Ort war die ultimative Hütte im Wald. Umgeben von perfekten Kiefern, die noch immer feucht vom Morgen waren, blickte ich durch die Bäume auf den flachen Fluss weniger als dreißig Meter entfernt.

Dieser Ort war ein ausgezeichneter Fund gewesen. Das Einzige, was ihm ewig fehlen würde, war Laufkundschaft. Aber mit dem Ausgangspunkt unserer Touren weniger als vierhundert Meter entfernt, würden wir mehr Touren an einem Tag unterbringen können. Es anzumieten machte viel Sinn.

Ich schloss die Tür auf und schaute mich um, fühlte seine Leere. War das eine gute Idee? Wie viel mehr Isolation brauchte ich? Könnte ich den Rest meines Lebens hier in dieser Stadt arbeiten?

Schnell wischte ich eine Träne von meiner Wange, straffte mich und wurde vernünftig. Ich hatte ein Geschäft gewollt und jetzt hatte ich es. Wenn ich mich öffnen und jemanden in mein Leben lassen wollte, konnte ich das auch.

Ich konnte nicht mehr anzweifeln, dass ich es brauchte. Es gab einen Teil von mir, der das Gefühl hatte, zu zerbrechen, wenn ich dem nicht nachgab. Ich musste nur herausfinden, wie ich die Griff lösen konnte, der mein Herz verbarg.

Ich wusste nicht, warum ich mich immer so von Menschen zurückzog, aber ich würde das durchbrechen. Ich würde jemanden hereinlassen und zusammen würden wir glücklich sein.

Ich konnte das tun. Ich musste das tun. Und als ich eine weitere Träne von meiner Wange wischte, hörte ich ein Klopfen an der Tür, das mich herumdrehen ließ.

„Merri!", sagte ich schockiert, seine stahlgrauen Augen mich erneut anblicken zu sehen.

Kapitel 3

Merri

„Hey Claude", sagte ich, als wäre es nicht zwei Jahre her, dass ich ihn gesehen hatte.

Gott, sah er gut aus. Nicht so, als hätte ich vergessen, wie seine prächtigen Augenbrauen seinen kantigen Kiefer und die vollen Lippen einrahmten. Es war eher so, dass ich vergessen hatte, wie es sich anfühlte, all das anzusehen.

Als ich ihn im ersten Jahr auf dem College zum ersten Mal sah, war das der letzte Beweis, den ich brauchte, um zu erkennen, dass ich nicht hetero war. Die Hautfarbe des Mannes war wie Milchschokolade. Wie konnte man nicht daran lecken wollen?

Claude schüttelte den Kopf, als könnte er kaum glauben, was er sah.

„Was machst du hier?", fragte er fassungslos.

„Ich war in der Gegend. Dachte, ich schaue mal vorbei."

„Du bist in Tennessee!", sagte er, während er immer noch versuchte, alles zusammenzufügen.

„Was? Hat Tennessee keine Nachbarschaften?", witzelte ich.

„Nein, ich meine, du lebst in Oregon."

„Eigentlich bin ich jetzt in Florida."

„Was immer noch nicht in der Nähe von Tennessee ist."

Ich lächelte. „Ertappt."

„Also, warum bist du hier?"

„Ich dachte, ich sage mal ‚Hi'."

„Ich habe gestern die Schlüssel zu dieser Hütte bekommen."

„Ist der Ort hier neu?", fragte ich und sah mich in der kleinen Hütte um. „Du leitest eine dieser Wildwasser-Raftingtourfirmen, richtig?"

„Ja. Woher weißt du das?"

„Du hast eine Website", erklärte ich ihm, während ich den Platz erkundete.

„Natürlich. Und ich habe diese Adresse darauf angegeben."

„Bingo."

„Okay, das erklärt, wie du den Ort gefunden hast. Aber das sagt mir immer noch nicht, was du hier machst."

Ich sah zu meinem alten Freund zurück und überlegte, womit ich anfangen sollte. Es war viel passiert zwischen uns, bevor er mir sagte, dass er frühzeitig seinen Abschluss machen und das Team verlassen würde. Und ich gebe zu, dass ich sein Weggehen nicht gut verkraftet habe.

„Ich bin hier, weil ich einen Vorschlag für dich habe", sagte ich mit einem Lächeln.

„Und welcher wäre das?"

„Ich weiß nicht, ob du es weißt, aber mein Vater ist der Cheftrainer bei den Cougars geworden."

„Das wusste ich nicht", sagte er auf eine Weise, die mir auch zeigte, dass es ihn nicht interessierte.

„Okay. Er ist Trainer geworden. Und ich wurde sein Assistent."

„Wie an der Uni?"

„So in etwa. Obwohl die Profiliga wirklich anders ist. Wenn ich dir manche Dinge erzählen würde …" Ich blickte auf und hielt inne beim Anblick seiner gleichgültigen Augen. Ich schaute wieder nach unten. „Aber darum geht es nicht."

„Um was geht es dann?", fragte er kalt.

„Es geht darum, dass die Position als Cheftrainer teils wegen dir bekommen hat."

„Verstehe."

„Das überrascht dich nicht?"

„Wir hatten eine gute Saison."

„Wir hatten drei gute Saisons. Alle dank dir."

„Ich weiß immer noch nicht, was du hier machst."

Der entscheidende Moment war gekommen und ich rang um Luft. „Ich bin hier, weil ich dich zu einem Training einlade."

„Zu einem was?", fragte Claude überrascht.

„Du weißt schon, einem Probetraining für die Mannschaft."

Claudes Anspannung ließ nach.

„Für die Cougars?", fragte er verwirrt.

„Ja", sagte ich aufgeregt. „Papa weiß, dass er einen Großteil seines Erfolgs dir zu verdanken hat, und er denkt, du hättest das Zeug, in der Profi-Liga zu spielen."

„Merri, ich habe keinen Football mehr angefasst seit …", er blickte weg, um sich zu erinnern.

„Seitdem du uns unseren dritten Divisionstitel geholt hast?"

„Ja."

„Du hast es einfach hingeschmissen und nie wieder angefangen was?"

„Welchen Sinn hätte es gemacht?"

„Vermisst du es nicht? Du warst so gut da draußen. Wie du immer eine Lücke gefunden und bis zum perfekten Moment gewartet hast, um den Pass zu werfen …? Es war unglaublich."

„Das gehört meiner Vergangenheit an."

„Aber das muss nicht sein. Ich bin hier und sage dir, dass du es wieder haben könntest, wenn du willst. Ich biete dir eine Einladung zur Rückkehr. Ich weiß, dass du es geliebt hast. Ich bin sicher, du würdest es wieder lieben", sagte ich und fragte mich, ob ich immer noch von Football sprach.

Claude blickte mich an, ohne viel preiszugeben. Ich spürte, wie meine selbstsichere Fassade unter der Hitze seines Blickes schmolz. Er hatte immer diese Art, durch mich hindurchzusehen. Ich war mir nicht sicher, wie er das machte.

„Hör zu, Claude", sagte ich, und sah überall hin, nur nicht in seine Augen, „ich weiß, ich habe nicht das Recht, irgendetwas von dir zu verlangen, besonders in Hinblick auf die Art, wie es zwischen uns geendet hat. Aber es würde mir viel bedeuten, wenn du es in Erwägung ziehst. Ich bin gerade wirklich nicht in einer guten Position mit dem Team …"

„Also geht es hier um dich?"

„Es geht um uns … Ich meine, was wir hatten. Wir hatten damals etwas Gutes am Laufen, oder? Ich war dein Quarterback-Coach und Trainer. Du warst der Starspieler. Du hast gestrahlt und alle haben dich geliebt."

„Das war nicht der Grund, warum ich gespielt habe."

„Warum hast du dann gespielt?", fragte ich und witterte eine Chance.

„Das spielt keine Rolle. Dieser Teil meines Lebens ist vorbei."

„Aber das muss nicht sein. Wie gesagt, ich weiß, dass du mir nichts schuldig bist. Aber ich bitte dich, es zumindest zu erwägen. Es würde mir viel bedeuten. Papa auch. Wir würden beide liebend gerne wieder mit dir arbeiten. Und selbst nach zwei Jahren weiß ich, dass das, was du hattest, immer noch da drin ist. Du warst einfach so gut", sagte ich und endete mit einem Lächeln.

Ich konnte sehen, dass ich zu ihm durchgedrungen war, als sein Blick schließlich sank.

„Ich werde darüber nachdenken."

Ich preschte vor und schlang meine Arme um ihn.

„Ich wusste, dass du es tun würdest. Ich wusste es", sagte ich überglücklich. „Du warst damals großartig und du wirst wieder großartig sein", sagte ich ihm, als ich ihn losließ.

„Ich habe nur gesagt, ich werde darüber nachdenken", sagte er kühl.

„Natürlich. Richtig", sagte ich und riss mich zusammen. „Ich bin einfach gerade wirklich glücklich. Sieh mal, ich werde noch ein paar Tage in der Stadt sein, bevor ich zu meinem nächsten Treffen aufbreche. Wie wäre es, wenn ich dich in einem oder zwei Tagen anrufe? Wir könnten essen gehen. Das geht auf mich."

„Du hast meine Nummer?", fragte Claude verwirrt.

„Jeder hat deine Nummer."

„Was?"

„Es ist doch die von der Website, oder?"

„Oh. Ja."

„Dann habe ich sie", sagte ich und ging zur Tür. Kurz bevor ich hinausging, hielt ich inne. „Hey, erinnerst du dich an das zweite Jahr, als wir diesen Campingausflug zum Big Bear gemacht haben?"

„Das ist schwer zu vergessen. Als wir ankamen lagen fünfzehn Zentimeter Schnee. Es war mitten im Frühling."

Ich lachte. „Ja. Und wir haben dann eine Wanderung um diesen See gemacht?"

Claude dachte einen Moment nach und nickte. „Als wir dort ankamen, schneite es leicht."

„Erinnerst du dich, wie die Sonne in einem perfekten Winkel stand und das Wasser funkeln ließ? Und erinnerst du dich an die schneebedeckten Berge im Hintergrund?"

„Ja", sagte er und verlor sich in der Erinnerung.

„Weißt du, ich bin seitdem in vielen Städten gewesen und das ist immer noch der schönste Anblick, den ich je gesehen habe. Wir hatten ein paar gute Zeiten zusammen, nicht wahr?"

Claude grunzte nachdenklich.

„Ich rufe dich an", sagte ich ihm, bevor ich meinen einst besten Freund einen letzten Blick zuwarf und dann hinausging.

Kapitel 4

Claude

Ich starrte dem Grund, warum ich die Universität vorzeitig verlassen hatte, hinterher, wie er in ein Mietfahrzeug stieg und davonfuhr. Mein Herz klopfte wild. Eine prickelnde Hitze überflutete meine Haut und ließ meine Knochen erzittern. Ich rang nach Luft und atmete tief ein.

Das hielt ich nicht aus. Im Büro fühlte ich mich eingesperrt, ich musste laufen. Ich sprang zur Tür, riss sie auf und bevor ich es wusste, rannte ich mit all der Kraft und Geschwindigkeit, die ich hatte. Ich verlor mich zwischen den Bäumen und das Einzige, an was ich denken konnte, war das Gefühl, wie meine Beinmuskeln mich vorwärtstrieben.

Ich spürte den Wind, wie er an mir vorbeipeitschte, als ich meine Höchstgeschwindigkeit erreicht hatte. Um mich herum verlangsamte sich die Welt. So hatte ich mich gefühlt, wenn ich den Football in der Hand hielt und die Verteidigungslinie versuchte, an unserer Offensive vorbeizukommen. Wenn ich je eine Geheimwaffe hatte, dann war es das.

Ich sprintete, so lange ich konnte. Als ich langsamer wurde, verfiel ich in ein immer noch zügiges Tempo. Ich hätte nicht gedacht, wie sehr mich das Wiedersehen mit Merri mitnehmen würde. Einst hatte er so viel für mich bedeutet. Aber nachdem er mir gezeigt hatte, wer er wirklich war, wurde mir klar, dass ich ihn nie gekannt hatte.

An der Uni witzelten die anderen Spieler, ich sei so gut, weil ich ein Roboter sei, programmiert, um einen Football zu werfen. Das implizierte, ich hätte kein Herz. Ich hatte ein Herz, und es war nach den Dingen, die Merri zu mir gesagt hatte, gebrochen.

Erschöpft und mit brennenden Beinen hielt ich schließlich an. Gebeugt mit den Händen auf den Knien rang ich nach Luft. Ich erinnerte mich an dieses Gefühl. So hatte ich mich gefühlt, wenn die Einsamkeit zu viel für mich wurde.

Wenn es so schien, als würde die Welt um mich herum zusammenbrechen, lief ich. Laufen war das Einzige, was mir half, meine Pflicht zu erfüllen. Laufen beruhigte meinen Geist genug, um der Mensch zu sein, der ich sein musste.

Als ich dastand und meine rasenden Gedanken zur Ruhe kamen, schaute ich mich um. Ich wusste, wo ich war. Ich war an einem der Haltepunkte auf Titus' Tour gelandet. Vor mir lag ein Teich, der mit dem Bach verbunden war, der an unserem Büro vorbeifloss. Weiter flussaufwärts verband er sich mit einem Fluss, der in den Bergen begann. Umgeben von üppigen grünen Bäumen, war es wunderschön und friedlich.

Da ich mit jemandem sprechen musste, zog ich mein Handy heraus und suchte nach Empfang. Ich hatte zwei Balken und rief den Einzigen an, von dem ich wusste, dass er antworten würde.

„Claude, was ist los?", fragte Titus in seinem üblichen fröhlichen Tonfall.

Ich zögerte, bevor ich sprach. Warum hatte ich ihn angerufen? Musste ich seine Stimme hören? Musste ich nur wissen, dass ich nicht allein war?

„Claude?"

„Ja, Entschuldigung. Mir ist das Handy aus der Hand gerutscht."

Titus lachte. „Und, was ist los?"

„Störe ich dich gerade?"

„Nein. Ich habe gerade die Vorlesung verlassen. Ich gehe zurück zu meinem Wohnheim. Ist Cali bei dir?"

„Nein. Ich habe, äh, ich wollte dir nur Bescheid geben, dass ich gestern die Schlüssel bekommen habe. Wir haben offiziell ein Büro."

„Das ist fantastisch! Fühlt es sich schon wie zu Hause an?", witzelte Titus.

„Es fühlt sich wie ein praktischer Raum an, von dem aus man arbeiten kann", stellte ich klar und wählte meine Worte sorgfältig.

Titus lachte. „Das würdest du sagen. Gut, ich komme morgen, um dir zu helfen, die Ausrüstung reinzubringen. Mama wird sicherlich froh sein, sie aus dem Garten zu haben."

„Bestimmt." Ich hielt inne und überlegte, was ich als Nächstes sagen würde. „Weißt du, heute Morgen ist was Lustiges passiert, als ich dort ankam."

„Was denn? Ist schon etwas undicht hon?"

„Nichts dergleichen", sagte ich, während ich mich umdrehte, um zurück ins Büro zu gehen. „Jemand war da."

„Ja? Wer? War es ein Kunde?"

„Nein. Es war jemand, den ich von der Universität kannte. Er war Assistenzcoach im Footballteam."

„Wirklich? Und woher kanntest du ihn?"

„Wie meinst du das?"

„Was meinst du, wie ich das meine? Woher kanntest du ihn?"

„Er war Assistenzcoach im Footballteam und ich habe im Team gespielt. Ich nehme an, ich kannte ihn auch außerhalb des Sports."

Auf der anderen Seite des Telefons war es still.

„Warte mal. Jetzt nochmal von vorne. Du warst im Footballteam an der Uni?"

„Ja", sagte ich, in dem Wissen, dass ich das Thema bisher vermieden hatte. „Hatte ich das noch nicht erwähnt?"

„Nein, das hast du nicht!", erwiderte Titus fassungslos. „Willst du mir sagen, dass wir nun schon so lange zusammenarbeiten, ich dir von allem erzählt habe, was in meinem Team los ist und du hast nicht einmal erwähnt, dass du an der Uni gespielt hast?"

„Es kam nicht zur Sprache", erklärte ich ihm.

„Es kam nicht zur Sprache? Findest du nicht, dass das eine dieser Sachen ist, die man erwähnt?"

„Es war wirklich keine große Sache. Ich hatte gehofft, diese Zeit hinter mir lassen zu können."

„Schwere Spiele, was?"

„So in etwa. Wie auch immer, der Assistenztrainer ist im Büro aufgetaucht. Anscheinend hat er die Adresse von unserer Webseite."

„Was wollte er?"

„Er wollte, dass ich wieder mit Football anfange."

„Wie?"

„Ich weiß nicht genau", log ich, weil ich nicht weiter darauf eingehen wollte.

„Also will er einfach nur, dass du wieder in den Sport einsteigst?"

„Scheint so."

„Und wie hast du ihn nun gekannt?"

„Er war Assistenzcoach im Team. Und ich nehme an, man könnte sagen, dass wir Freunde waren."

„Freunde? Warte mal, du hattest Freunde an der Uni?", witzelte Titus.

„Ja, ich hatte Freunde."

„Was für ein Freund war er? Typen tauchen nicht einfach aus dem Nichts auf, um dich ohne Grund zurückzugewinnen."

„Ich versichere dir, wir waren nur Freunde", sagte ich, um jegliche Missverständnisse auszuräumen. Sowohl Titus als auch Cali hatten Freunde, also fühlte ich immer die Notwendigkeit zu betonen, dass ich der heterosexuelle Bruder war.

„Klingt nicht so", neckte Titus.

„Mehr waren wir nicht. Obwohl …"

Ich brach ab.

„Lass mich nicht hängen."

„Er und ich waren beste Freunde. Und es gab ein paar Mal, wo ich den Eindruck bekam, dass er sich zu mir hingezogen fühlte."

„Wirklich? Und was hast du für ihn empfunden?"

„Er war ein Freund. So habe ich über ihn gedacht."

„Also, dieser lang verschollene Freund, mit dem du schon wie lange nicht mehr gesprochen hast?"

„Seit ich die Uni verlassen habe."

„Dieser lang verschollene Freund, der vielleicht auf dich stand und mit dem du seit zwei Jahren nicht mehr geredet hast, taucht auf deiner Arbeitsstelle auf, um dich zurückzugewinnen."

„So war es nicht."

„Bist du sicher? Weil es so klingt."

Ich dachte einen Moment darüber nach. Titus hatte nicht alle Informationen, aber lag er falsch? Es gab Zeiten, in denen Merri und ich zusammen abhingen und ich ihn dabei erwischte, wie er mich anstarrte. Das war mehr als einmal passiert.

Weil ich ihn und die Kreise, in denen er sich bewegte, kannte, hatte ich es als seine Schrulligkeit abgetan. Merri konnte gelegentlich definitiv schrullig sein. Aber wenn er auf mich stand, könnte seine Einladung zum Training für das Team etwas anderes sein? Gab es überhaupt ein richtiges Training?

„Ich weiß es nicht", sagte ich Titus ehrlich.

„Nun, ich kenne ihn nicht. Aber ich kenne dich. Und ich weiß, dass du dir nicht des Effekts bewusst bist, den du auf andere Leute hast. Wenn da ein lang verschollener bester Freund aus dem Nichts auftaucht, um dich zurückzugewinnen, würde ich sagen, sei vorsichtig.

„Und willst du überhaupt wieder in den Football einsteigen? Es kann dir nicht so viel bedeutet haben, wenn du es jetzt das erste Mal erwähnst."

„Es hatte seine Momente."

„Sei vorsichtig. Du magst es vielleicht nicht denken, aber das klingt, als hätte es mehr damit zu tun, dass er dir an die Wäsche will, als dir irgendeine beliebige Footballposition anzubieten. Das klingt mehr als fragwürdig. Ich meine, gibt es überhaupt einen Job?"

„Vielleicht hast du recht."

„Als ein Kerl, der den Großteil seines Lebens als nicht geoutet verbracht hat, sage ich dir, ich habe recht. Wenn du nicht auf der Suche nach deiner ersten schwulen Erfahrung bist, würde ich sagen, tu so, als wäre es nie passiert … Und ich sage das nicht nur, weil du mein Geschäftspartner bist und ich das Geschäft ohne dich nicht führen könnte."

Ich lächelte. „Natürlich. Dein Rat ist überhaupt nicht voreingenommen."

„Im Ernst, es klingt so, als gäbe es mehr zu der Geschichte, als du weißt."

„Verstanden. Und du hast recht. Es scheint so, als gäbe es mehr zu der Geschichte. Vielleicht sollte ich es auf sich beruhen lassen. Danke, Titus."

„Kein Problem, Bro. Dafür bin ich da."

„Wir sehen uns am Wochenende."

Nachdem ich das Gespräch beendet hatte, dachte ich über das nach, was Titus gesagt hatte. Er hatte recht mit einer Sache. Es gab mehr zu der Geschichte. Hatte Merri Hintergedanke? Ich hatte ihn immer als einen geradlinigen Kerl gekannt. Eines der Dinge, die ich am meisten an ihm mochte, war, dass ich das Gefühl hatte, ihm vertrauen zu können. Bis ich es nicht mehr konnte.

Also, sollte ich mich auf das einlassen, was Merri anbot? Und was bot er genau an? Als wir auf der Schule waren, dachte ich, dass Merri ein Freund wäre, den ich mein Leben lang haben würde. Er war der einzige Kerl, bei dem ich das Gefühl hatte, ich könnte ich selbst sein.

Wegen ihm war ich im Team so erfolgreich gewesen. In der Highschool hatte ich immer das Bedürfnis gehabt, nicht aufzufallen. Ich war der einzige schwarze Junge an der Schule und im Team. Das Beste, was ich tun konnte, war, mich anzupassen.

Aber in meinem ersten Jahr als Walk-on, war ich bei den Probespielen nervös wie Hölle. Ich warf den Ball herum, um die Nervosität im Zaum zu halten, da kam dieser kleinere, blonde Kerl mit stahlgrauen Augen auf mich zu und fragte, ob ich mich als Quarterback bewerbe. Nachdem ich ihm gesagt hatte, dass ich in der Highschool als Wide Receiver gespielt hatte, schlug er vor, dass ich die Position wechseln sollte.

Das kam für mich nicht in Frage. Der Quarterback war der Mittelpunkt des Teams. Nicht nur hatte ich diese Position nie zuvor gespielt, es würde viel mehr Aufmerksamkeit bringen, als ich suchte.

Während ich ihn im Auge behielt, wie er über das Feld lief, bemerkte ich später, wie er mit dem Trainer sprach. An einem Punkt sah ich, wie beide mich ansahen und als ich dran war, mich bei den anderen Trainings-Teilnehmern einzureihen, sagte der Trainer: „Du, wie heißt du?"

„Claude Harper, Sir."

„Merrill sagt, du hast einen guten Wurf", sagte er vor allen.

Ich schaute zu dem Kerl rüber, der ich dahin für den Wasserträger gehalten hatte.

„Ich bewerbe mich als Receiver. Ich habe einen ziemlich guten Sprint."

Zu diesem Zeitpunkt war ich schon viel gelaufen. Meine Zeiten über 40 Yards waren es, die mich hoffentlich ins Team bringen würden.

„Nun probierst du dich als Quarterback. Hast du damit ein Problem?"

„Nein, Sir."

„Gut. Wärm dich auf."

Ich machte mich, wie mir geheißen, warm. Ich wusste nicht viel über das Team, da die Division-Zwei-Teams keine nationale Berichterstattung bekamen. Aber was ich wusste, war, dass sie auf der Quarterback-Position besetzt waren. Mark Thompson war im letzten Uni-Jahr und fest für diese Position vorgesehen.

„Ich mach dich warm", sagte Merrill zu mir, als ich mich zu den Netzen aufmachte.

„Warum hast du ihm das gesagt? Ich habe dir doch gesagt, ich will nicht als Quarterback vorspielen. Willst du sicherstellen, dass ich nicht in die Mannschaft komme?"

Er sah mich überrascht an.

„Nein. Das ist es überhaupt nicht. Er ist mein Vater. Er sagte mir, ich solle jeden beobachten und ihm berichten, was ich sehe. Ich habe gesehen, dass du einen tollen Wurfarm hast."

„Ja, aber das Team hat einen Quarterback. Ihr habt wahrscheinlich sogar einen Ersatz."

„Wir haben Mark. Aber er verletzt sich oft. Und unser Ersatz trifft nicht mal die Seite einer Scheune. Wir haben schnelle Receiver und eine starke Offensivlinie. Wenn wir also unsere Quarterback-Position sichern könnten, hätten wir eine Chance auf den Divisionstitel."

„Aber warum hast du deinem Vater gesagt, dass er mich in Betracht ziehen soll? Ich habe dir gesagt, dass ich kein Quarterback bin."

„Nur weil du es bisher noch nicht gespielt hast, heißt das nicht, dass du es nicht kannst. Ich habe das Gefühl, du bist einer von den Typen, die mehr draufhaben, als sie zeigen. Da kenne ich mich aus."

„Ja. Du bist der Sohn des Trainers und tust so, als wärst du der Wasserträger."

„Ich bin der Wasserträger. Papa glaubt nicht an Vorteile durch Vetternwirtschaft. Ich muss wie alle anderen unten anfangen."

„Alle anderen, die schon einen Job in der Tasche haben, sobald sie sich bewiesen haben?"

„Was meinst du damit?" fragte er, ahnungslos wie ungleich seine Position im Vergleich zu allen anderen war.

„Nichts."

„Wenn du willst, laufe ich und wirfst mir den Ball in Bewegung zu."

„Klar", sagte ich und schickte ihn weit weg.

Nach ein paar Würfen links und rechts an ihm vorbei kam er wieder zu mir.

„Ich habe dir doch gesagt, dass ich ein Receiver bin", sagte ich, in der Hoffnung, dass er mich dorthin versetzen würde, wo ich hingehörte.

„Versuchst du es überhaupt?"

„Was meinst du damit, ob ich es versuche? Ich werfe doch, oder?"

„Du wirfst, als ob dich jemand zwingt, als Quarterback vorzuspielen."

„Jemand zwingt mich als Quarterback vorzuspielen."

„Okay, gut. Aber willst du mir sagen, dass das alles ist, was du draufhast?"

„Das ist, was ich habe."

„Also, wenn das Leben deiner Freundin davon abhinge …"

„Ich habe keine Freundin."

„Dann sagen wir deine Mutter. Wenn es darum ginge, das Leben deiner Mutter zu retten, würdest du dann so werfen? Hast du nicht mehr drauf?"

Ich schaute ihn an und wusste, worauf er hinauswollte. Ja, ich hielt mich zurück. Ich hielt mich immer zurück, denn man soll nie jemandem zeigen, wozu man wirklich fähig ist. Man will, dass die Leute einen unterschätzen. So hatte meine Mutter mich gelehrt zu überleben, als das einzige schwarze Kind in einer Kleinstadt in Tennessee.

Aber während ich diesen Mann ansah, der mich mit ungewöhnlichem Interesse bedachte, wurde mir bewusst, dass ich nicht mehr in Tennessee war. Ich war an einer Universität in Oregon. Ein Schlüssel zum Überleben war, sich seiner Umgebung bewusst zu sein, und meine Umgebung hatte sich geändert. Was bedeutete das für mein Überleben?

„Vielleicht habe ich noch etwas darüber hinaus", sagte ich und brachte ein Lächeln auf Merrills Gesicht.

„Dann lass es mich sehen", sagte er und joggte das Feld hinunter.

Ich zentrierte mich, während er sich entfernte, grub tief und fokussierte mich. Sobald er sich drehte und lief, ließ ich alles los, was ich hatte, und traf ihn mitten in der Brust. Es fühlte sich gut an.

Er gab mir den Ball zurück, rannte 10 Yards weiter und lief wieder. Ich ließ ihn fliegen, traf ihn punktgenau. Egal, wie weit er weg lief, jedes Mal landete der Ball genau dort, wo ich ihn haben wollte. Mein Spiel überraschte sogar mich. Bis dahin war ich mir nie sicher gewesen, wozu ich fähig war. Ich hatte es Merrill zu verdanken, dass ich es entdeckt hatte.

„Du kannst mich Merri nennen", sagte er zu mir, als wir zu seinem Vater zurückkehrten. „Er ist bereit, und er ist wirklich gut", sagte Merri enthusiastisch.

„Oh ja? Dann zeig es mir", sagte der Trainer und schickte mich aufs Feld.

An meinem Schreibtisch im Büro riss mich eine Benachrichtigung von meinem Telefon aus der Erinnerung.

Die Nachricht lautete: ‚Hey Claude, hier ist Merri. Das ist meine Nummer, falls du mich erreichen musst. Lass uns etwas essen gehen.'

Ich starrte auf die Nachricht. Warum war Merri hier? Gab es tatsächlich ein Training? Oder steckte etwas anderes dahinter, wie Titus vermutet hatte?

‚Lass uns uns heute Abend treffen. Es gibt ein Diner in der Main Street. Ich werde um 7 dort sein', schrieb ich zurück.

Es dauerte nicht lange, bis seine Antwort eintraf.

‚Ausgezeichnet! Ich kann es kaum erwarten. Danke.'

Mein Herz krampfte sich beim Lesen zusammen. Was war es an Merri, das mich dazu brachte, Dinge zu tun, die ich nicht tun wollte? Ich wollte nicht im Rampenlicht stehen, weil ich als Quarterback spielte. Aber er hat mich überzeugt, und wir gewannen drei Titel in Folge.

Ich hatte mich vom Football verabschiedet. Und doch war ich hier ... Verdammt, ich wusste nicht, was ich tat.

Alles, was ich wusste, war, dass ich glücklich gewesen war, Merri aus meinem Leben zu haben. Nun, vielleicht nicht gleich glücklich, aber ich war dabei, meinen Weg zu finden. Und jetzt freute ich mich darauf, ihn wiederzusehen.

     Ich wollte mich nicht darauf freuen, ihn zu sehen. Er hatte schreckliche Dinge zu mir gesagt. War ich so verzweifelt nach Kontakt, dass ich bereit war zu übergehen, was er getan hatte? Was er gesagt hatte?

     Das war überhaupt nicht ich. Ich hatte das Gefühl, mich selbst langsam zu verlieren. Offensichtlich hatte Merri immer noch eine gewisse Macht über mich. Und wenn er mich überzeugen konnte, zu ignorieren, was beim letzten Treffen passiert ist, was könnte er mich noch zu tun überzeugen?

Kapitel 5

Merri

Ich saß in meinem Zimmer, immer noch aufgewühlt davon, Claude wiedergesehen zu haben. Ich hatte vergessen, wie gut er aussah. Ich meine, es war schwer, ihn zu vergessen, aber irgendwie brachte er mein Herz immer noch zum Hämmern. Als ich auf meine Hände blickte, zitterten sie.

Niemand anderes hatte jemals diese Wirkung auf mich gehabt. Deshalb war ich damals an der Uni vor meinen Gefühlen für ihn davongelaufen. Mit jedem Tag, der verging, verlor ich den Halt an dem Bild von mir, das ich ein Leben lang aufrechterhalten hatte.

Ich war der Sohn eines Footballtrainers. Alles, was ich jemals wollte, war in seine Fußstapfen zu treten. Wenn ich schwul wäre, könnte ich das niemals tun. Also dachte ich, wenn ich meine Gefühle für Claude unterdrücken könnte, würden meine Träume wahr werden.

Wie hatte ich nur so ein Durcheinander anrichten können? Ich konnte meine Gedanken nicht von Claudes Nachricht ablenken, und als mein Telefon klingelte, ging ich sofort ran.

„Hallo?", sagte ich, in der Hoffnung, seine Stimme zu hören.

„Also hast du dich entschieden abzunehmen?", antwortete der Anrufer.

„Jason?", fragte ich.

Ich blickte auf die Anrufer-ID. Dort stand ‚Unbekannt'.

„Wartest du etwa auf jemand anderen?"

„Nein, ich … ich wartete auf einen geschäftlichen Anruf."

„Das glaube ich dir gern", sagte er mit einer Giftigkeit, die mich am Ende des letzten Spiels der Saison zu Tränen gerührt hatte.

„Ich betrüge dich nicht, falls du das denkst."

„Habe ich nicht. Aber es ist gut zu wissen, wo deine Gedanken sind."

„Was gibt's, Jason?", sagte ich, weil ich dieses Gespräch nicht führen wollte.

„So willst du also mit mir reden? Du verlässt die Stadt, ohne es mir zu sagen, und dann sagst du das?"

„Was soll ich denn sagen?"

„Wie wäre es damit, dass es dir leidtut? Oder dass du aufhörst, so ein Arsch zu mir zu sein."

„Ich habe wirklich keine Zeit für diese …"

„Und das ist das Problem, du hast niemals Zeit für mich. Während der Saison hattest du die Ausrede, dass du dich auf die Spiele vorbereitest ..."

„Ich muss mich auf die Spiele vorbereiten!", bestand ich.

„Und wenn die Saison zu Ende ist, haust du ohne ein Wort ab, als ob ich dir nicht mal ein bisschen wichtig wäre?"

„Natürlich bist du mir wichtig."

„Dann zeig es doch! Warum zeigst du es nie?"

Ich kannte die Antwort auf diese Frage. Es lag daran, dass es immer einen Teil von mir gab, der glaubte, ich würde mit Claude zusammenkommen. Ich wusste, dass es gegenüber Jason nicht fair war, aber ich war immer mit einem Fuß schon wieder draußen. Ich war nie ganz da.

„Nichts, hm? Typisch", sagte er nach meiner langen Stille.

„Was soll das heißen?"

„Das heißt, dass ich das hier nicht mehr will."

„Was?"

„Das hier! All das hier?"

„Was willst du damit sagen?"

„Ich will Schluss machen."

„Ok. Wie du meinst", sagte ich ihm, nicht mehr länger kämpfen wollend.

„Das ist also alles, ja?"

„Du bist derjenige, der Schluss machen wollte."

Ich konnte nicht sicher sein, aber ich dachte, ich hörte Jason anfangen zu weinen.

„Schön. Tschüss, Merri."

„Tschüss, Jason", sagte ich und beendete den Anruf.

Tränen rollten über meine Wangen, bevor ich etwas dagegen tun konnte. Der Grund, warum ich nicht mit Jason gesprochen hatte, bevor ich wegging, war, weil ich genau das vermeiden wollte. Der Grund, warum meine tränenverschmierten Wangen landesweit im Fernsehen übertragen wurden, war, weil die Saison vorbei war und ich wusste, dass wir letztendlich hier enden würden.

Jason war meine erste schwule Beziehung gewesen. Ich hatte angefangen, ihn zu daten, als ich dachte, dass es reichen würde, niedlich und schwul zu sein, um eine Partnerschaft aufrechtzuerhalten. Nach einem Jahr zusammen wurde mir klar, dass es nicht reichte.

Wir waren unterschiedliche Menschen. Wären wir Stereotypen, wäre er der freche, partyfreudige Schwule und ich der Schwule, der immer noch ganz hinten im Schrank saß. Es war nicht so, dass ich mich für ihn schämte oder so. Er war erfolgreich und heiß. Ich war einfach nicht darauf aus, dass unsere Familien gemeinsam Weihnachten feiern.

Die Wahrheit war, dass er mehr verdiente als mich. Jeder tat es. Ich war ein mieser Freund. Ich arbeitete die ganze Zeit. Ich mochte keine öffentlichen Zuneigungsbekundungen. Und ich hing an meinem heterosexuellen besten Freund, mit dem ich seit zwei Jahren nicht gesprochen hatte. Warum sollte jemand mit mir zusammen sein wollen?

Ich schniefte und wischte die Tränen von meinem Gesicht. Ich hatte diese Situation geschaffen und musste jetzt damit klarkommen. Ich hatte alles Schlechte, das mir in letzter Zeit passiert war, selbst herbeigeführt und ich musste mir meinen Weg daraus herausbahnen.

Obwohl es entmutigend schien, gab es keinen besseren Anfangspunkt als dort, wo alles begann, bei Claude. Ich kannte ihn; er hatte sich vom Team und von mir abgewendet und nie zurückgeblickt.

Ich sollte wohl einfach dankbar sein, dass er sich überhaupt noch an meinen Namen erinnerte. Claude hatte die Angewohnheit, alles, was ihm nicht gefiel, auszublenden. Und in den letzten zwei Jahren war ich mir sicher, dass er mich nicht mochte.

Als mein Telefon summte, blickte ich darauf und erwartete, dass es wieder Jason war. War es aber nicht. Es war eine Nachricht von Papa.

‚Hast du Fortschritte bei Claude gemacht?'

Ich war ehrlich zu Claude gewesen, als ich ihm sagte, dass Papa und ich ihn beide zurückwollten. Sicher, wir hatten jeweils unsere eigenen Gründe, aber der Wunsch war echt.

Wenn ich meinen Weg aus dem Schlamassel mit Claude finden wollte, musste ich mit einigen Wahrheiten anfangen. Denn neben seiner Schönheit und seiner Sportlichkeit war er auch einer der klügsten Typen, die ich kannte.

Er musste wissen, dass ich nicht ohne weiteres aus heiterem Himmel aufgetaucht wäre, nur um ihm ein Probetraining anzubieten. Und wenn ich schon vom Schrank-Schwulen zu einem gut angepassten Schwulen werden wollte, hatte ich viel Arbeit vor mir. Diese Arbeit würde mit Claude beginnen.

Mist – warum war mein Leben immer so ein Drama? Ich schätze, ich war wirklich ein Stereotyp. Aber das endete heute Nacht.

Kapitel 6

Claude

Da ich früh im Diner angekommen war und saß ich in einer Nische, die zur Glasfront und zur Tür hin ausgerichtet war. Ich hatte gesehen, in welchem Auto er weggefahren war, also wusste ich, wonach ich Ausschau halten musste. Als es kam, spürte ich eine Enge in meiner Brust und einen Kloß im Hals.

Ich wusste nicht, warum ich mich so fühlte, aber es war einfach so. Ich würde gerne sagen, dass es wegen der unvermeidlichen Auseinandersetzung war, die wir haben würden. Doch das Gefühl kannte ich. Es hätte sich wie Stress angefühlt. Ich fühlte jedoch etwas anderes. Etwas, das ich schon eine Weile nicht mehr gespürt hatte.

Als er in meine Richtung blickte und mich sah, winkte ich ihm zu. Er lächelte und kam herüber. Er sah viel zu glücklich aus, hier zu sein. Vielleicht hatte Titus recht. Vielleicht entwickelte sich dieses Gespräch in eine

Richtung, die ich nicht vorhersehen konnte. Was fühlte ich dabei?

„Du bist da", sagte er, während er auf der anderen Seite des Tisches auf mich hinunterschaute.

„Ich habe gesagt, dass ich es sein werde."

„Das hast du. Und du tust immer das, was du sagst."

„Ich versuche es."

Mit einem Grinsen im Gesicht starrte Merri mich etwas unbeholfen an.

„Setzt du dich?"

„Ja, natürlich", sagte er, setzte sich neben mich und verhielt sich wieder unbeholfen. „Hey, erinnerst du dich an die Pizzeria, zu der wir immer gegangen sind?"

„Palermo's?"

„Genau, Palermo's. Wir konnten nicht genug davon bekommen."

„Ich erinnere mich. Wenn du das Stück gefaltet hast, hat sich Fett auf dem Käse gesammelt."

„Und das war nicht wenig. Man hätte eine weitere Pizza damit frittieren können", sagte er lachend.

„Ja", sagte ich und widerstand seiner Reise in die Vergangenheit. „Also, hast du das hier deshalb vorgeschlagen, um über Pizza zu reden?"

„Nein. Nein, das ist definitiv nicht der Grund, warum ich dich hierher gebeten habe."

„Was darf's für euch beide sein?", fragte uns der Koch mit dem großen Bauch.

„Für mich einen Burger, Mike."

„Und für dich?"

Merri griff nach der Speisekarte in der Mitte des Tisches und überflog sie rasch.

„Weißt du was? Ich nehme einfach das Gleiche wie er."

„Zwei Burger medium, kommt sofort", sagte Mike, ohne es aufzuschreiben.

„Du kennst ihn?", fragte Merri mich.

„Es ist ein kleiner Ort. Jeder kennt jeden."

„Wie ist das so? In meiner Heimatstadt waren etwas über 10.000 Leute. Das ist nicht viel im Vergleich zu fast überall, aber man kann sein Leben darin verbfingen, ohne jemals alle Bewohner getroffen zu haben."

„Ja, hier ist es etwas anders. Meine Highschool hatte 100 Schüler und es war die einzige im Umkreis von 40 Meilen."

„Also hast du alle in deinem Alter am ersten Kindergartentag getroffen?"

„So ziemlich."

„Das ist verrückt. Also weiß jeder über deine Angelegenheiten Bescheid?"

„Es gibt nicht viel, was sie nicht wissen."

Merri machte eine Pause.

„Wie funktioniert das mit dem Dating?"

„Was meinst du?"

„Müsst ihr sozusagen reihum ausgehen, weil es die gleichen Leute sind?"

Wider besseren Wissens lachte ich.

„Nein, es gibt hier keine Dating-Pflicht."

„Aber es kann nicht viele Möglichkeiten geben."

„Ja, die Optionen sind begrenzt."

„Und wie gehst du damit um?"

„Nun, wenn du ich bist, entscheidest du dich dagegen, bis zum College auszugehen."

„Ich erinnere mich nicht daran, dass du auf dem College viele Leute gedatet hast."

„Wolltest du darüber mit mir sprechen, die Dating-Rituale von Kleinstadt-Amerika?"

Merri sah verlegen aus.

„Nein, darüber wollte ich auch nicht sprechen."

„Was denn dann?"

„Erinnerst du dich an das Mädchen, mit dem ich im ersten Jahr zusammen war?"

Ich stöhnte.

„Ich verspreche dir, das führt irgendwohin."

„Ja, ich erinnere mich an sie. Sheryl oder so, nicht wahr?"

„Ja, Sheryl. Habe ich dir jemals erzählt, warum wir Schluss gemacht haben?"

„War es nicht so etwas wie ‚das Gefühl hat einfach nicht gestimmt'?"

„Ja. Das habe ich gesagt."

„War es nicht die Wahrheit?"

„Doch, es war wahr … Sieh mal, es gibt einen Grund, warum ich mit Sheryl und Angie und mit Margo Schluss gemacht habe. Es gibt einen Grund, warum ich mit all den Frauen Schluss gemacht habe, mit denen ich ausgegangen bin."

„Und der wäre?", sagte ich und hielt unbeabsichtigt den Atem an.

„Weil ich zu der Zeit Interesse an jemand anderem hatte", sagte er und sah mich verletzlich an. „Und ich möchte dich nicht verschrecken, denn Zeit ist vergangen. Die Dinge haben sich geändert."

„Warum hast du mit ihnen Schluss gemacht, Merri?", fragte ich plötzlich und musste es wirklich wissen.

Er atmete tief durch. „Ich habe mit ihnen allen Schluss gemacht, weil ich Gefühle für jemand anderen hatte. Und ich möchte, dass du weißt, es ist jetzt nicht mehr dasselbe."

„Wer, Merri?"

„Du, Claude", sagte er und sah mich mit seinen sanften grauen Augen an.

Mein Herz klopfte heftig, während ich ihn anschaute.

„Zwei Burger, medium", sagte Mike und lenkte unsere Aufmerksamkeit auf sich.

„Danke, Mike", sagte ich zu Titus' baldigem Stiefvater.

„Ja, danke", sagte Merri und blickte weg.

Eine Weile sahen wir uns nicht an. Während wir unsere Teller zurechtrückten, unterbrach Merri die Stille.

„Ich bin schwul. Ich wollte, dass du das weißt. Ich dachte, es ist wichtig, dass ich das klarstelle."

„Wie lange weißt du das schon?", fragte ich unsicher, was ich meinem ehemaligen besten Freund sonst noch sagen sollte, der gerade erklärt hatte, dass er Gefühle für mich hatte.

„Wie lange weiß ich, dass ich mich zu Männern hingezogen fühle? Oder wie lange weiß ich, dass ich nicht an Frauen interessiert bin?"

Ich lachte leise. „Beides."

„Nun, ich wusste, dass ich auf Männer stehe, als ich angefangen habe, mir Bobby Tilway nackt vorzustellen. Er war mein bester Freund in der Grundschule. Glaub mir, das wollte keiner", scherzte er. „Und ich wusste, dass ich mich nicht zu Frauen hingezogen fühlte, im ersten Jahr am College."

„Woran hast du das gemerkt?"

Merri stöhnte. „Ach, du wirst mich dazu bringen, es zu sagen, nicht wahr?"

„Was denn?"

„Na schön. Ich wusste, dass ich nicht auf Mädchen stehe, an dem Tag, als ich dich beim Probetraining gesehen habe. Ich hatte in der Highschool ein paar Freundinnen. Aber als ich dich sah, ist mir klar geworden, was ich eigentlich hätte fühlen sollen."

„Wow!"

„Habe ich dich jetzt verschreckt?", fragte Merri verletzlich.

„Nein, hast du nicht. Aber es erklärt vieles."

„Ich wette, das tut es", sagte Merri und hielt seine Wangen, während seine helle Haut rot wurde. „Hör zu, es tut mir leid wegen alledem."

„Wegen was?"

„Wegen allem."

„Du konntest nichts für deine Gefühle."

„Ja, aber ich bin nicht immer so anmutig damit umgegangen wie du."

„Redest du davon, als du ausgerastet bist?"

„Ja. Als ich auf dich losgegangen bin, auch bekannt als das letzte Mal, als ich mit meinem besten Freund gesprochen habe, bevor er das College verließ und aus meinem Leben verschwand."

„Ich erinnere mich gut daran."

„Ich habe einige Sachen gesagt."

„Das hast du."

„Aber jetzt kann ich dir den wahren Grund sagen, warum ich so ausgerastet bin. Es war, weil ich endlich an einem Punkt angelangt war, an dem ich nicht mehr so tun konnte als ob. Ich war", er nickte mit dem Kopf, um seine Worte abzumildern, „in meinen besten Freund verliebt, den Starspieler im Footballteam meines Vaters, in dem ich Assistenztrainer war."

„Du hattest eine Menge um die Ohren", sagte ich, ohne zu wissen, was ich sonst sagen sollte.

„Es waren ein paar Dinge", sagte er und sah entsetzt aus. „Also als du mich dann darüber informiert hast, dass du dich für den vorzeitigen Collegeabschluss entschieden hast, habe ich nicht gut reagiert."

„Du nanntest mich einen ‚verdammten Ni-'"

„Bitte sag es nicht", unterbrach er mich, die Augen geschlossen und das Gesicht knallrot. „Ich weiß, was ich gesagt habe. Und es tut mir so, sooo leid."

„Weißt du, ich habe seitdem viel darüber nachgedacht, was du gesagt hast. Was ich nie verstanden habe, ist, warum du direkt auf meine Hautfarbe zu sprechen gekommen bist."

„Weil ich ein verdammtes Arschloch bin", sagte er, unfähig, mich anzusehen.

„Nein, ich meine es ernst. Du hattest nie zuvor das Thema Hautfarbe angesprochen. Nicht ein einziges Mal. Aber in dem Moment bist du direkt darauf gekommen. Warum?"

„Es gibt keine Entschuldigung, aber ich litt sehr. Was du gesagt hast, hat mich zutiefst verletzt, und du hast es mir so gesagt, als wäre dir egal, wie ich mich fühle. Also habe ich das gesagt, von dem ich dachte, dass es dich am meisten verletzen würde."

Ich dachte darüber nach.

„Weißt du, als ich ein Kind war, und ich rede da von acht Jahren, war ich auf der Geburtstagsparty eines Klassenkameraden. Nachdem wir den Kuchen und das Eis gegessen hatten, rannten wir alle herum wie kopflose

Hühner. Wir schrien wie die Wilden und irgendwann zog mich meine Mutter beiseite.

„Sie beugte sich zu mir herunter und zeigte mir etwas, das mir bis dahin nicht aufgefallen war. Sie erklärte mir, dass ich nicht nur das einzige schwarze Kind in meiner Klasse, sondern auch das einzige schwarze Kind in der Stadt war.

Sie sagte mir, dass die weißen Kinder herumalbern konnten, ich hingegen könnte es nicht. Als das einzige schwarze Kind im Umkreis von 40 Meilen würden mich all die weißen Kinder ansehen und meine ganze Ethnie nach meinem Verhalten beurteilen. Sie sagte, ich könnte nie so sein wie sie. Ich musste immer besser sein.

Ich habe das lange mit mir herumgetragen. Es hat mich wirklich geprägt. Aber dann bin ich zur Uni gegangen und habe einen Freund gefunden, für den das Thema Hautfarbe, das Thema *Rasse*, anscheinend egal war. Er sagte mir, ich sollte nicht verbergen, wer ich bin. Ich sollte mich nicht zurückhalten.

Und dann, nachdem ich ihm vertraut hatte und begonnen hatte, Dinge mit ihm zu teilen, die ich mit niemandem geteilt hatte, erinnerte er mich daran, dass selbst für diejenigen, für die Hautfarbe und Herkunft nicht wichtig zu sein schienen, ich immer nur ein …"

„Bitte sag es nicht. Ich bitte dich, sag es nicht", flehte Merri.

„… verdammter Nigger sein würde."

Er senkte den Kopf, während Tränen seine Wangen benetzten.

„Ich könnte es dir nicht verübeln, wenn du mir nie verzeihst. Ich würde mir selbst nicht verzeihen, wenn ich an deiner Stelle wäre. Wenn du wirklich willst, dass ich gehe, werde ich gehen.

„Aber ich möchte, dass du weißt, dass es das beschämendste ist, was ich je getan habe. Ganz gleich, was ich durchgemacht habe, es gab keine Entschuldigung für das, was ich getan habe. Wenn du es in deinem Herzen finden könntest, mir zu vergeben, wäre ich dankbar. Aber ich erwarte nicht, dass du es tust und ich könnte es dir nicht verübeln, wenn du es nicht tust. Denn ich würde mir selbst nicht verzeihen, wenn ich an deiner Stelle wäre."

Ich überlegte und schnappte mir meinen Burger.

„Du hast mir gesagt, dass du es gesagt hast, um mich zu verletzen. Nun, das ist dir gelungen. Es hat wehgetan", gab ich zu, bevor ich einen Bissen nahm.

„Es tut mir so leid."

Während ich kaute und ihn anstarrte, konnte ich seine Scham sehen.

Es hatte eine Weile gedauert, bis ich damit klarkam, dass er mir das gesagt hatte. Einer der Wege, wie ich damit umging, war mir zu sagen, dass er das Gewicht seiner Worte nicht verstanden hatte. Denn so wichtig es für mich auch war, schwarz oder gemischter

Herkunft zu sein, so schien es für ihn überhaupt keine Bedeutung zu haben.

Aber sich herausstellte, kannte er das Gewicht doch. Und er hatte es geschwungen wie einen Schlagstock.

„Soll ich gehen?", fragte Merri kleinlaut.

Ich antwortete nicht, weil ich es nicht wusste.

„Wenn du willst, gehe ich und du wirst nie wieder von mir hören. Soll ich gehen?"

„Ich habe mich noch nicht entschieden."

„In Ordnung", erwiderte er, unsicher, was er als Nächstes tun sollte.

Als genug Zeit ohne ein Wort von mir vergangen war, begann er, seinen Burger zu essen. Bald aßen wir beide schweigend.

„Also, ist das, was du über das Training für die Cougars gesagt hast, echt?", fragte ich ihn, als mein Burger aufgegessen war.

„Ja, ist es. Alles, was ich dir erzählt habe, stimmt. Der Coach hat das Gefühl, dass er seinen Job dir zu verdanken hat und denkt, du könntest den Cougars helfen."

„Und, wann verlässt du die Stadt für deine nächste Besprechung?"

„Oh. Alles, was ich dir erzählt habe, ist echt, bis auf das", sagte er und blickte nach unten. „Um ganz ehrlich zu sein, ich bin nur auf diese Reise gegangen, um dich zu sehen. Wir denken, du bist die beste Hoffnung für das Team."

„Ich habe dir gesagt, dass ich seit unserem letzten Spiel keinen Football mehr angerührt habe, richtig?", sagte ich und überlegte sein Angebot.

„Wenn alles klappt, hättest du den Sommer Zeit, um in Form zu kommen. Ich könnte dir helfen", bot er schüchtern an.

„Ich weiß nicht."

Merri schaute auf und neigte fragend den Kopf. „Heißt das, du ziehst es in Betracht?"

„Ich werde darüber nachdenken."

Merri sackte zusammen, als wäre ihm eine schwere Last abgenommen worden.

„Das ist großartig, Claude. Danke", sagte er erleichtert. Er rutschte aus der Kabine, legte Geld auf den Tisch und fügte hinzu: „Ich werde noch ein paar Tage in der Stadt sein. Nimm dir die Zeit, die du brauchst. Nur damit du es weißt, der Coach und ich wollen dich wirklich. ...Ich meine als Teil des Teams. Du weißt schon, zum Training."

„Ich habe verstanden. Ich werde darüber nachdenken", sagte ich und presste meine Lippen zusammen.

Merri wollte gerade weggehen, als er stehen blieb und mich mit verletzlichen Augen ansah.

„Du hast mir wirklich gefehlt. Ich hoffe, irgendwie, auch wenn du das Training ablehnst, dass wir vielleicht wieder Freunde werden können."

„Ich werde darüber nachdenken", sagte ich ihm und erinnerte mich zum ersten Mal seit Jahren an die guten Zeiten, die wir zusammen verbracht hatten.

Kapitel 7

Merri

Ich fuhr mit dem Auto weiter, bis ich das Diner nicht mehr sehen konnte, dann hielt ich an und weinte. Was ich zu Claude gesagt hatte, verfolgte mich seitdem jeden Tag. Wie hatte ich ihn nur so betiteln können? Ich hatte ihn geliebt. Ich war mir sicher, dass ich in ihn verliebt war. Und doch sagte ich etwas, das mir nie in den Sinn gekommen war, bis es meinen Mund verlassen hatte.

Ich hasse mich selbst für das, was ich gesagt hatte. In diesem Moment fühlte ich mich wie eingefroren. Ich war mir sicher, dass genau das mich daran hinderte, über meine Gefühle für Claude hinwegzukommen. Ich konnte mir nicht vergeben und ich konnte es nicht loslassen.

Claude hatte mir nicht verziehen, was passiert war, aber wenigstens hatten wir darüber gesprochen. Endlich konnte mein Leben weitergehen. Wer war ich über den Menschen hinaus, der seinen besten Freund verraten hatte? Ich war mir nicht sicher. Aber ich war bereit, es herauszufinden.

Zurück in der Pension ging ich die Treppe zu meinem Zimmer hinauf und legte mich ins Bett. Nachdem ich eine Weile erschöpft an die Decke gestarrt hatte, bekam ich eine Nachricht.

‚Welche Neuigkeiten gibt's mit Claude', schrieb mein Vater.

Ich konnte das gerade nicht ertragen. Papa hatte keine Ahnung, was zwischen Claude und mir passiert war. Soweit er wusste, war Claude in einem Moment noch sein Star-Quarterback und im nächsten sagte er ihm, dass er seinen Abschluss gemacht hatte und nicht zurückkommen würde.

Obwohl er es nie erwähnte, war ich mir sicher, dass er wusste, dass etwas zwischen uns passiert war. Wie konnte er es nicht bemerken, wo ich nach Claudes Weggang Papa nicht einmal in die Augen sehen konnte?

Es dauerte nicht lange, dann outete ich mich bei ihm. Das war etwas, das zu tun ich eigentlich nie geplant hatte. Ich wollte im Football arbeiten und dachte, dass mein Coming-out meine Chancen zunichtemachen würde. Aber der Verlust des einzigen Jobs, den ich je wollte, würde meine Buße sein.

Als ich ihm sagte, dass ich schwul bin, hörte Papa zu, sagte mir, dass er mich liebte und sprach dann nie wieder darüber.

Ich wusste nicht, ob er es verleugnete, aber nichts änderte sich zwischen uns. Selbst als ich öffentlicher darüber wurde, fuhr er mit den Unterredungen in der Umkleide fort und ließ nie zu, dass Spieler mich seltsam ansahen, nur weil ich dabei war.

Nachdem er den Job als Cheftrainer bei den Cougars bekommen hatte, gab es neue Herausforderungen. Der Besitzer des Teams war ein Fossil aus einer anderen Ära. Papa konnte mich nicht mehr so beschützen wie früher.

Gut in meinem Job zu sein, musste Schutz genug sein. Doppelt so hart wie alle anderen zu arbeiten, erlaubte es den meisten, zu vergessen, dass ich schwul war. Sogar der Besitzer musste seine borniertenKommentare für sich behalten.

Wäre nur die Kamera nicht da gewesen, die mich beim Weinen erwischt hatte. Aber nach meinem Coming-out und der Tatsache, dass ich meinen Job behalten konnte, war vielleicht genau das die eigentliche Auswirkung. Hätte der Besitzer so ein großes Ding daraus gemacht, wenn er gedacht hätte, ich sei hetero? Wahrscheinlich nicht. Ich habe Footballspieler schon weinen sehen. Das passiert öfter, als man denkt.

Noch nicht bereit, Papas Nachricht zu beantworten, steckte ich mein Telefon in die Tasche und ging nach unten. Als ich jemanden in der Küche sah, den ich noch nicht kannte, erriet ich, wer er war.

„Du bist der Sohn, der in New York auf einer Beerdigung war, stimmt's?", fragte ich den kräftigen, dunkelhaarigen Kerl, der ungefähr in meinem Alter zu sein schien.

Er lächelte nicht wirklich, aber es sah so aus, als würde er versuchen, freundlich zu sein.

„Ja, das bin ich. Und ich nehme an, du hast mit meiner Mutter geredet."

„Ja, beim Einchecken."

„Du bist Merrill, richtig?"

„Ja. Aber du kannst mich Merri nennen", bot ich an.

„Cali", sagte er und reichte mir seine Hand.

„Freut mich", sagte ich und bemerkte plötzlich, wie unverschämt gutaussehend er war.

„Warst du dem Verstorbenen nahe?"

„Nein. Es war der Vater meines Partners. Ich habe ihn nur ein paar Mal getroffen."

„Gefällt dir New York?"

„Nein. Aber das liegt wahrscheinlich nur am Arschlochbruder meines Partners."

„Das ist schade."

„Es braucht alle Arten von Menschen in dieser Welt", sagte er und verließ die Küche.

Da ich nicht allein sein wollte, folgte ich ihm.

„Und wie sieht das Nachtleben hier so aus?"

Cali hielt inne und sah mich verwirrt an.

„Hier in der Gegend?"

„Ja."

Er lachte.

„In Ordnung. Wie wäre es mit irgendetwas, das mich von meinem gerade erfolgten Schlussmachen mit meinem Freund ablenkt", sagte ich mit einem Hauch von Flirt. Ich hatte ziemlich schnell mit Jason angefangen auszugehen, nachdem ich mich geoutet hatte, also war ich mir immer noch nicht sicher, wie das Anbaggern von Jungs funktionierte.

Cali starrte mich einen Moment lang an und sagte: „Ich gehe gleich zu einem Spieleabend. Mein Freund ist noch in New York, also gehen wir von der Anzahl her nicht auf. Hast du Lust, dazuzustoßen? Es ist nichts Besonderes."

„Ja!", sagte ich, bevor er fertig sprechen konnte. „Sag mir wann und wo. Ich bin dabei."

Calis Vorschlag war, dass wir zusammen dorthin fuhren. Er war nicht der gesprächige Typ, aber er erzählte mir, dass er seinen Partner kennengelernt hatte, als dieser als Gast in seiner Pension war. Angeblich gab es Drama darum, aber er ging nicht ins Detail.

Angesichts der Größe des Ortes fragte ich mich, wie es für ihn war, schwul zu sein, oder was auch immer er war. Es konnte nicht mehr als ein paar Hundert Menschen hier in der Umgebung geben. Bei so einer Bevölkerungszahl musste er der einzige Kerl sein, der für Meilen im Umkreis mit Jungs ausging.

Ich wohnte in Florida und hatte Schwierigkeiten, schwule Männer zu treffen. Natürlich könnte das auch damit zu tun haben, dass ich im Football arbeitete und das letzte Jahr in einer Beziehung war. Aber ich traf nicht mal monatlich auf schwule Menschen.

An einem Ort wie diesem zu leben, musste für Cali außerordentlich einsam sein. Sogar umgeben von meinem Team und mit Claude als meinem besten Freund konnte ich die Einsamkeit, die ich gefühlt hatte, nicht leugnen.

Ich bin mir sicher, es hatte etwas damit zu tun, warum ich ausgetickt bin. Ich hätte von hundert Leuten umgeben sein können und hätte mich dennoch atemberaubend leer gefühlt. Ich konnte mir nur vorstellen, wie Cali sich hier fühlte.

Als wir vor dem wunderschönen zweistöckigen Haus ankamen, wurden wir an der Tür von Quin begrüßt, einem Mann von meiner Größe und unzweifelhaft nicht hetero. Er besaß das Haus zusammen mit seinem Freund Cage, einem Mann, der groß genug war, um Football zu spielen.

Dann wurde ich Lou vorgestellt. Er war Quins unzweifelhaft schwuler Zimmergenosse an der Universität. Sein Freund kam zu spät. Und danach traf ich auf Kendall, dessen Freund oben war.

Was zum Teufel? War das der Grund, warum ich nie Schwule getroffen hatte, wo ich wohnte? Lebten sie alle hier?

„Von wo besuchst du uns?", fragte Quin, als er mir ein Getränk reichte.

„Florida."

Alle schauten sich an. Angesichts der Politik in Florida musste ich nicht rätseln, warum sie das taten.

„Es ist nicht so schlimm, wie es scheint", sagte ich und verteidigte mein neues Zuhause.

„Für wen? Denn von hier aus sieht es wirklich schlimm aus. Und wir sind in Tennessee."

Ich schaute jeden unsicher an, was ich sagen sollte.

Quin entgegnete: „Sei nett, Lou."

Lou antwortete: „Lämmchen, ich bin immer nett."

„Sei heterosexuell nett", scherzte Cage. „Denk dran, er kommt aus Florida."

Alle lachten, inklusive mir.

Trotzdem sagte Cali: „Hey Leute, seid vorsichtig. Er hat gerade mit seinem Freund Schluss gemacht."

Es gab ein kollektives „Ohhhh", als ergab mein Hiersein auf einmal Sinn.

„Das tut mir leid zu hören. Möchtest du darüber sprechen?", sagte Kendall mit der Empathie eines Therapeuten.

„Denk daran, du bist gerade nicht im Dienst, Kendall", neckte Lou.

„Persönlicher Schmerz wird nicht nach der Uhr behandelt", erwiderte Kendall.

„Meine Drinks allerdings schon. Wo ist der gute Stoff? Irgendwo muss es 2 Uhr morgens sein", sagte Lou mit einer greifenden Geste.

„Du bist heute in Hochform", sagte Cage und nahm einen Schluck.

„Er vermisst Titus", erklärte Quin Cage.

„Ihr geht auf dieselbe Uni", sagte Cage zu Lou.

„Ja, aber zwischen Uni, seinem Geschäft und Bürgermeisterpflichten sehe ich ihn kaum", sagte er und tat so, als würde er Tränen vergießen.

„Das passiert, wenn du in die Politik heiratest", witzelte Cage.

„Du bist verheiratet?", fragte ich schockiert.

„Nein", sagte Lou und tat wieder so, als würde er weinen.

Cage fügte hinzu: „Was auch immer du tust, mach ihm keinen Antrag. Er könnte ja sagen."

Alle kicherten.

„Genau. Lacht über meinen Schmerz. Ich hasse euch alle", sagte Lou verletzt.

„Aber du weißt, wir lieben dich", sagte Quin zu ihm und umarmte ihn.

„Da wir gerade beim Heiratet sind", drehte Lou den Spieß um. „Wann wirst du endlich den hier zu einer ehrlichen Frau machen", sagte er zu Cage.

Quin ließ Lou los und hockte sich neben Cage.

„Vielleicht, wenn sein Vater mit unserem Ehevertrag fertig ist", sagte Cage mit einem Hauch von Anspannung.

„Du lässt ihn einen Ehevertrag unterschreiben?", fragte Lou Quin.

„Mein Vater besteht darauf, bevor er der Hochzeit seinen Segen gibt."

„Das ist gut für ihn", antwortete Lou. „Du weißt, dass Cage nur hinter deinem Körper her ist, oder? Was, wenn zwischen euch etwas passiert? Welche Hälfte bekommt er dann?"

„Unser Ehevertrag sagt, die Untere", scherzte Cage. „Aber ich will meinen Schatz nur wegen seines Verstandes."

„Ach, Cage", sagte Quin und drehte sich um, um seinen Freund zu küssen.

Lou gab Würgegeräusche von sich.

Ich wandte mich Cali zu, der als Einziger nichts gesagt hatte. Als er dachte, ich suche nach einer Erklärung, sagte er: „Quin ist ein Genie und sein Vater ist Milliardär."

Ich formte mit den Lippen ein beeindrucktes ‚Wow' zu ihm hinüber.

„Wir sind unhöflich", schaltete sich Kendall ein und wandte sich an mich.

Lou entgegnete: „Das sind wir. Es tut mir leid, worüber haben wir uns gerade über dich lustig gemacht?"

Ich tat so, als könnte ich mich nicht erinnern.

„Mach dir nichts draus", sagte Kendall. „Was führt dich in diese Gegend?"

„Flüchtest du vor der Mafia?", fragte Lou.

Das kam bei den anderen nicht so gut an.

„Was? Zu früh?", fragte Lou in die Runde blickend.

„Egal", sagte Kendall und lenkte die Aufmerksamkeit wieder auf mich.

„Ich bin hier wegen der Arbeit", erklärte ich.

„Wirklich? Was machst du?", fuhr er fort.

„Ich arbeite im Football."

Sobald ich das sagte, verstummten alle. Es war, als hätte ich gerade gesagt, ich wäre ein Polizist, der gekommen ist, um die Party hochzunehmen.

Kendall schaute Cage und Cali an. „In welchem Bereich des Footballs?"

„Ich bin ein Assistenztrainer bei den Cougars." Als niemand sprach, fragte ich: „Verfolgt ihr Football?"

Das war der Moment, als ich jemanden die Treppe herunterkommen hörte. Anfangs erkannte ich ihn nicht, da ich ihn noch nie ohne Trikot gesehen hatte. Aber die Erkenntnis traf mich ziemlich schnell. Mein Mund klappte auf.

„Was?", fragte der Typ die anderen mit seinem inzwischen berühmten Südstaatenakzent. „Wer ist das?", bezog er sich auf mich.

„Du bist Nero Roman", sagte ich und konnte mich nicht zurückhalten.

„Ja. Und wer bist du?", antwortete er mit vollem Südstaaten-Twang.

„Ich bin Merri Hail. Ich arbeite für die Cougars. Und ich bin ein großer Fan."

„Wer ist das?", fragte Nero in die Runde, auf der Suche nach einer Erklärung, als er zu uns trat.

„Er wohnt bei mir", erklärte Cali. „Er suchte nach einer Möglichkeit, den Kopf nach einer Trennung freizubekommen, also habe ich ihn hierher eingeladen. Ich dachte, er würde die ungerade Anzahl ausgleichen."

„Ich verstehe", sagte Nero und starrte mich an, als würde er etwas entscheiden. „Wie auch immer, sind wir bereit? Ich fühle eine Siegesserie kommen. Hast du meinen Rücken, Kendall?"

„Oh, Kendall!", sagte ich reflexartig. „Du bist Neros Freund, der auf seinen Doktortitel in klinischer Psychologie hofft."

„Ernsthaft, wer ist das?", fragte Nero Cage.

„Du hast es gehört. Das ist Merri und er ist Assistenztrainer bei den Cougars. Warum sagtest du, bist du in der Stadt?"

„Ich bin hier, um zu rekrutieren", sagte ich und spürte, wie meine Handflächen schwitzten.

Wieder herrschte Stille im Raum.

Mit hin- und herschweifendem Blick fragte Cage: „Und wen rekrutierst du hier?"

„Oh Moment! Du bist Cage Rucker, Neros Bruder. Du hast einen D1-Rekord für die meisten Pässe in einer Saison aufgestellt."

„Ja", sagte Cage bescheiden.

„Also, wen rekrutierst du?", fragte Nero.

Ich stolperte über meine Worte. „Äh, Claude. Claude Harper. Ist ja eine Kleinstadt. Vielleicht kennt ihr ihn."

Die Gruppe sah sich erneut gegenseitig an.

Nero hakte nach: „Du hast gesagt, du kommst von den Cougars?"

„Ja."

„Das NFL-Team?", fügte Nero hinzu.

„Ja", sagte ich verwirrt von den Reaktionen aller. „Kennt ihr Claude denn nicht?"

Nero sagte: „Oh, wir kennen ihn. Deshalb sind wir auch alle ein wenig verwirrt."

„Was meint ihr damit?", fragte ich, unsicher, was los war. „Macht ihr schon wieder Witze? Ich kann das gerade nicht erkennen."

Nero schaute zu Cage und dann zu Cali. Bei allen drei Kerlen hingen die Münder offen.

„Habe ich irgendwas verpasst?"

Cage fasste sich und erklärte.

„Es ist nur so, dass ein paar von uns hier im Raum etwas Erfahrung im Football haben. Sogar Cali hat letztes Jahr einen Rekord bei den gekickten Yards aufgestellt."

Ich drehte mich verblüfft zu Cali.

„Und wir alle kennen Claude", fuhr Cage fort. „Manche besser als andere. Aber keiner von uns wüsste, warum ein Talentscout der Cougars sich mit ihm treffen sollte."

Ich starrte alle verwirrt an. „Ihr macht schon wieder Scherze."

„Nein!", bestätigte Nero. „Ich habe mit ihm auf der Highschool gespielt und wir haben ein paar Mal abgehangen, seit er zurück ist. Und ich habe keine Ahnung, wovon du sprichst."

Ich sah mich ratlos um.

„Keiner von euch kennt seine Rekorde?"

Alle schauten zu Cali, der antwortete, „Ich wusste nicht einmal, dass er College-Football gespielt hat."

„Ihr wisst also nichts?"

„Wovon?", fragte Cage.

Ich wandte mich an Cage. „Mit allem gebührenden Respekt, du warst ein guter Quarterback. Wenn da nicht deine Verletzung gewesen wäre, bin ich mir sicher, du hättest bei den meisten NFL-Teams als Starting Quarterback spielen können. Aber Claude ist ein Quarterback mit generationenübergreifendem Talent."

„Claude Harper?", bestätigte Nero.

„Ja."

„In der Highschool hat er als Wide Receiver gespielt", wies Nero hin.

„Ich weiß. In den Probespielen habe ich gesehen, wie er wirft, und dem Coach gesagt, er soll ihn auf Quarterback spielen lassen. Er hat uns zu drei aufeinanderfolgenden D2-Titeln geführt."

„Claude Harper?", fragte Nero erneut.

„Ja! Ihr wisst nicht, wie gut er ist. Er ist wohl der erstaunlichste Quarterback, den ich je in meinem Leben gesehen habe."

Keiner antwortete, also fuhr ich fort.

„Einmal im Finale der Conference lagen wir mit 6 Punkten zurück und es waren nur noch 20 Sekunden auf der Uhr. Mein Vater, ich meine, der Couch ruft einen Spielzug aus. Er winkt ihn aber ab, gab verschiedene Zurufe an die Offensive Line und die Receiver und dann, mitten in allem, erfindet er spontan einen neuen Spielzug.

„Am Spielfeldrand denken wir uns, ‚Was machst du da?' Doch dann geben sie den Ball frei, Claude tanzt zwischen der Defensive Line hindurch, die durch die Offensive prescht wie ein Sieb. Wir denken, er ist weg. Aber wie durch ein Wunder öffnet sich eine Lücke so groß wie das rote Meer.

„Wie? Wir wissen es nicht. Alles, was wir wissen, ist, dass Claude plötzlich hindurchläuft. Und er rennt und rennt. Wir dachten, er macht es ganz durch, bis aus dem Nichts ein Cornerback direkt auf ihm ist.

„Dann passiert etwas Erstaunliches. Er verliert den Ball durch den Kontakt mit seinem eigenen Körper.

Der Ball fliegt hoch und unser Wide Receiver, der irgendwie da ist, schnappt ihn sich und rennt damit in die Endzone.

„Das Publikum rastete aus. Der Receiver bekam den Spielball. Er wurde zur Legende, weil er unseren katastrophalen Quarterback gerettet hat.

„Aber die Sache ist die, der Trainer und ich haben das Spiel analysiert. Der Spielzug, den Claude aufrief, hätte den Receiver genau dorthin gebracht, wo er sein musste, um einen fallen gelassenen Ball von einem Quarterback aufzunehmen, der das Feld gerannt war und versehentlich durch den Druck eines sich nähernden Cornerbacks Kontakt mit dem Ball hatte.

„Der gesamte Spielzug war beabsichtigt! Er hatte das mit verbleibenden 20 Sekunden und dem Spiel auf der Kippe spontan ausgedacht. Das ist mehr als unglaublich! Und das war nicht einmal das einzige Mal", sagte ich, spürte, wie mir die Augen brannten und die Nase verstopft war.

„Ich könnte euch Geschichte um Geschichte erzählen, wie er so tat, als wüsste er nicht, was er tat, oder unsere Spielzüge abwinkte und seine eigenen aufrief und wir dann durch ihn das Spiel gewannen. Doch wenn man ihn fragt, ob er all das mit Absicht gemacht hat, wird er sagen, ‚Nein. Ich hatte wohl einfach Glück.'

„Der Mann hat uns zu drei Divisions-Titeln geführt. Niemand hat so viel Glück. Er ist der genialste

Spieler, den ich je in meinem Leben gesehen habe. Und es ist ihm zu verdanken, dass mein Vater seinen Job hat, und ich Assistenztrainer in der NFL bin. Er ist einfach unglaublich!", sagte ich mit Tränen in den Augen.

Es war still.

„Claude Harper?", fragte Nero erneut.

„Ja, Claude Harper! Der unglaublich geniale Claude Harper", sagte ich ihm mit einem tränenreichen Lächeln.

„Verdammt!", rief Nero aus.

„Wusstest du das alles?", fragte Cage Cali.

Cali war sprachlos.

„Ich ... ich ... Nein", sagte er beunruhigt.

„Hast du das erfunden?", protestierte Nero.

„Nein. Deshalb bin ich hier."

„Also sagst du, dass Claude all das getan hat, drei nationale Titel gewonnen hat, und nie ein Wort davon jemandem erzählt hat?", fragte Nero.

Ich überlegte seine Frage.

„Wenn du Claude kennst, dann ist es wohl nicht so überraschend", räumte ich ein.

„Kennst du den da?", fragte Nero und zeigte auf Cali.

„Wen? Cali?"

„Anders bekannt als Claudes Bruder", erklärte Nero.

„Was?", sagte ich und drehte mich zu dem gutaussehenden weißen Kerl vor mir um.

„Wir sind Halbbrüder", erklärte Cali.

„Du bist sein Bruder?", fragte ich, mich fragend, wie viel er über mich und das, was ich getan hatte, wusste.

„Ich und Titus."

„Claude hat zwei Brüder? Das hat er mir nie erzählt", sagte ich, erschüttert.

„Standet ihr euch nahe?", fragte Kendall.

„Ich dachte, das täten wir", sagte ich zögerlich.

„Das dachte ich auch", antwortete Cali.

„Verdammt, das muss ich sehen!", sagte Nero, als er aus seiner Starre erwachte.

„Ich glaube, das müssen wir alle", bestätigte Cage.

Ich wandte mich an sie. „Ich hatte Schwierigkeiten, ihn zu überzeugen, mein Angebot zu betrachten."

„Was bietest du an?", fragte Nero.

„Ein Probetraining bei den Cougars."

„Was sagt er?", fragte Cali.

„Er sagt, er hätte seit unserem letzten Spiel vor zwei Jahren keinen Football mehr berührt."

„Das ist wirklich so", wies Cage hin. „Was du nicht übst, verlierst du. Glaub mir, ich weiß das."

„Mit allem gebührenden Respekt, Cage, Claudes Talent könnte auf einem anderen Niveau sein." Ich wandte mich an Nero. „Du hast gesagt, er hat in der Highschool als Receiver gespielt, nicht wahr? Denn das hat er mir auch erzählt. Aber er war ein so erstaunlicher Quarterback, manchmal dachte ich, er lügt.

„Wenn er eine Position spielen konnte, die er noch nie in seinem Leben gespielt hat, und auf diesem Niveau agiert, denke ich nicht, dass eine zweijährige Pause einen großen Unterschied machen würde", schloss ich.

„Cage, ich muss das sehen", wiederholte Nero.

„Ich auch", stimmte Cage zu.

„Wie bringen wir das zustande?", fragte Nero die Gruppe.

Nach einem Moment des Nachdenkens sagte ich: „Könnt ihr ein Trainingsspiel organisieren? Ich wette, wenn ihr ihn aufs Spielfeld bringt, kommt alles sofort zurück", erzählte ich ihnen und dachte, es könnte auch ihm helfen, sich an die Liebe zum Football zu erinnern … und an mich.

„Das könnte ich wahrscheinlich machen", erklärte Cage. „Wärst du bereit zu spielen?", fragte er Cali.

„Ja, klar."

„Ich auch, Nero, Cali. Wir könnten wahrscheinlich Titus einbeziehen."

„Du könntest ein paar deiner Spieler fragen", schlug Nero vor.

„Deine Spieler?", fragte ich Cage.

„Ich trainiere das Highschool-Team. Ich habe Cali trainiert", sagte Cage mit einem Lächeln.

„Oh. Cool", sagte ich und fühlte mich plötzlich sehr zu Hause.

„Ja. Ich bin sicher, ein paar der Spieler wären dabei. Sie fragen mich schon seit Wochen, wann Nero mit ihnen sprechen wird."

„Nun, jetzt haben sie einen Assistenztrainer bei den Cougars", sagte Nero und zeigte auf mich mit einem Lächeln.

„Ich weiß nicht, warum sie etwas von mir hören wollen würden. Aber wenn sie das täten, würde ich natürlich gerne ein paar Worte sagen."

„Dann ist es beschlossen", sagte Cage. „Morgen wird Claude bei unserem spontanen Spiel dabei sein."

„Wie ich Claude kenne, wird er nicht darauf eingehen", entgegnete Cali. „Aber anscheinend kenne ich Claude überhaupt nicht. Also was weiß ich schon?"

„Ich verstehe das nicht", sagte ich immer noch sehr verwirrt. „Hat er denn nicht über Football gesprochen, wenn er in den Ferien nach Hause kam?"

„Du wusstest bis vor ein paar Monaten nicht, dass sie Brüder sind", erklärte Cage.

„Ja, das scheint so eine Sache in unserer Stadt zu sein", fügte Nero hinzu.

„Ahhh! Jetzt ergibt das mehr Sinn", sagte ich, froh darüber, dass Claude mir nichts erzählt hatte.

„Ich glaube, du hast Recht, Cali", stimmte Nero zu. „Er wird nicht kommen, wenn wir ihm sagen, warum er kommt."

„Was schlägst du vor?", fragte Cage.

Nero antwortete: „Warum sagen wir nicht einfach, dass wir eine Last-Minute-Sache für jemandes Geburtstag machen? Wer hat demnächst Geburtstag?"

„Meiner war letzten Monat", meldete sich Cage zu Wort.

„Perfekt", erklärte Nero. „Wir sagen, du wolltest die Jungs für ein nachträgliches Geburtstagsspiel zusammenrufen, weil du dich alt und nostalgisch wegen deiner Glanzzeiten gefühlt hast", neckte Nero seinen Bruder.

„Ich bin 25 geworden", protestierte Cage.

„Wie ich sagte, alt", meinte Nero und lachte.

„Ich sehe dich in zwei Jahren", sagte Cage zu Nero.

„Du kannst dir besser drei Jahre Zeit lassen", sagte Nero stolz. „Wirf mich bloß nicht mit dir alten Knacker in einen Topf."

Cage sah genervt zu allen. Als er das tat, umarmte Quin ihn und küsste ihn auf die Wange.

„Keine Sorge, ich werde dich immer lieben."

„Danke", sagte er zu ihm und lächelte.

„Und ich mag es, mit einem älteren Mann zusammen zu sein", scherzte Quin.

„Was?", sagte Nero erfreut über Quins Neckerei. „Quin? Respekt!"

„Auch du?", protestierte Cage.

„Ich mache nur Spaß."

Cage wechselte das Thema. „Wie auch immer, wir haben unseren Plan. Ich werde Claude anrufen. Und danach können wir bitte mit den Spielen weitermachen?", sagte er, bevor er sich in einen ruhigen Raum zurückzog.

„Oh, jetzt ist er sauer", sagte Nero zu mir. „Die beiden werden versuchen, uns auf dem Spielfeld zu vernichten."

Cali erklärte: „Wenn Cage und Quin zusammen spielen, sind sie sehr schwer zu schlagen."

Kendall fügte hinzu: „Jeder plus Quin ist schwer zu schlagen. Ich reserviere mir Quin als Partner."

„Du wirst mich so einfach verlassen, mein Freund?", protestierte Nero verletzt.

„Nachdem du Cage so aufgebracht hast? Ich möchte nicht Teil des Gemetzels sein, das du verursacht hast. Ich will gewinnen."

Alle lachten.

„Ich sollte der Wettbewerbsorientierte in unserer Beziehung sein", erklärte Nero. „Du sollst der Gute sein."

„Bin ich doch. Aber ich bin auch schlau", neckte Kendall.

„Ich sehe, wie das läuft. Keine Sorge, Lou und ich werden euch beide vernichten", sagte Nero und umschlang Quins Mitbewohner mit seinen muskulösen Armen.

Lou zischte und entfernte Neros Arm. „Es sieht so aus, als wäre es Twinks gegen Sportler."

„Fein. Dann könnt ihr alle zur Hölle fahren", verkündete Nero. „Wir werden euch genauso leicht zur Strecke bringen", sagte er, als er seine Arme um Cali und mich legte.

„Haben wir überhaupt eine Chance?", fragte ich Cali.

„Keine", antwortete er.

„Tut mir leid, Jungs", flüsterte Nero uns ins Ohr.

Als Cage zurückkam und bestätigte, dass Claude beim Trainingsspiel dabei sein würde, begannen wir mit den Spielen. Trotzdem wir bei allem, was wir spielten, schlecht abschnitten, war es immer noch ein lustiger Abend.

Die ganze Zeit über fragte ich mich, warum Claude nicht da war. Nach ein paar Drinks fragte ich Cali.

„Claude kommt nicht zu solchen Veranstaltungen", erklärte er.

„Wir haben ihn eingeladen", meldete sich Quin, der uns zuhörte. „Er kommt nie."

„Warum nicht?"

Quin zuckte mit den Schultern. „Ich weiß es nicht."

„Vielleicht kann er all den verdammten Verrat nicht ertragen", schnappte Nero zu seinem Freund hinüber.

Kendall antwortete: „Sorry, ich kann dich nicht hören über all die Siege hinweg."

„Das hast du dir selbst zuzuschreiben", fügte Lou hinzu.

„Er hat das über uns alle gebracht", korrigierte Cage.

„Beschuss aus den eigenen Reihen", sagte Quin und sah seinen Freund sehnsüchtig an.

Als ich diesem Zusammenspiel der Gruppe zusah, wurde mir klar, was meiner Beziehung zu Jason fehlte. Er und ich hatten keinen Spaß zusammen. Ich opferte Spaßiges, um bei ihm zu sein. Nicht, dass er langweilig war. Wir hatten einfach auf unterschiedliche Weise Spaß.

Ich würde es lieben, Teil einer Gruppe wie dieser zu sein. Warum also nahm Claude Quins Einladungen nicht an? War es, weil alle hier auf Jungs standen und er nicht?

Ich weiß, dass er früher gerne an Gruppentreffen teilnahm. Auf dem College waren wir die ganze Zeit auf solchen Veranstaltungen gewesen. Ich hätte ihn nicht als den Mittelpunkt der Party beschrieben, aber er sprach mehr als Cali heute Abend.

Ich vermisste die Zeit mit Claude. Ja, es gab nie einen Moment, in dem ich nicht von ihm angezogen war, aber er war auch mein bester Freund. Wir hatten viel Spaß zusammen. Wäre er heute Abend hier gewesen, könnte ich mir gut vorstellen, dass er beim Herumalbern mitgemacht und dann versucht hätte, seine ultrawetteifernde Seite zu verbergen.

Es machte ihm Spaß, so zu tun, als wäre ihm alles egal, aber es gab einen Grund dafür, dass er unglaubliche Footballspielzüge spontan entwickeln konnte. Er wollte wirklich gewinnen. Er tat nur so, als wäre es ihm egal. Das konnte er vielleicht vor allen anderen verbergen, aber nicht vor mir.

Ich umarmte jeden und dankte ihnen für den besten Abend seit langem, und während wir zurück zur Pension fuhren, dachte ich weiterhin an Claude.

„Danke, dass du mich eingeladen hast", sagte ich zu Cali.

„Kein Problem."

„Glaubst du, Claude kommt morgen?"

„Vielleicht."

„Du denkst, er sagt ab?", fragte ich Cali, ohne es in Betracht gezogen zu haben.

„Er ist immer da, wenn man ihn braucht. Aber wenn Cage ihm gesagt hat, dass es eine Geburtstagsfeier ist, würde ich es ihm zutrauen."

Ich dachte über den ersten Teil von Calis Worten nach. Es stimmte. Claude war immer da gewesen, wenn ich ihn brauchte. Das hatte es nur umso schwerer gemacht, mich nicht in ihn zu verlieben.

Wenn ich so darüber nachdachte, hätte es zwischen uns überhaupt anders enden können? Damals war ich so verliebt in ihn, dass ich kaum klar denken konnte. Nach einem Abend in seiner Nähe fühlte ich mich betrunken, ohne auch nur einen Tropfen Alkohol.

Wenn ich ihn verließ, um alleine in meinem Wohnheimzimmer zu sitzen, verfiel ich schnell in Traurigkeit. Er war wie eine Droge, nach der ich süchtig war. Als er mir dann sagte, dass er mir meine Versorgung komplett abstellen würde, bekam ich Panik. Ich brauchte ihn zum Atmen, aber ich konnte ihn nicht haben.

Claude wiederzusehen brachte viele der alten Gefühle zurück. Jetzt, älter und ein wenig weiser, wollte ich mich nicht wieder so in ihn verlieben wie zuvor. Ja, ich wollte ihn wieder in meinem Leben haben. Ich vermisste meinen besten Freund. Aber das war alles, wonach ich suchte.

Ich wollte nicht wieder süchtig nach ihm werden. Ich hasste es, ein Junkie zu sein. Und als ich ihn verlor, verlor ich mich selbst.

Nein, ich würde nicht wieder dahin zurückkehren. Unser Team brauchte einen Quarterback und ich meinen besten Freund.

Nachdem ich die größte Annäherung an Vergebung erhalten hatte, die mir zuteilwerden konnte, wollte ich nichts ruinieren. Selbst wenn er auf Kerle stünde und durch irgendein Wunder auf mich, konnten wir nicht zusammen sein. Er bedeutete mir zu viel. Ich konnte es nicht zulassen.

Kapitel 8

Claude

Als ich Cages Anruf bekam, wusste ich nicht, was ich denken sollte. Hatte er mich eingeladen, weil er mich beim Joggen in der Nähe seines Hauses gesehen hatte? Das wäre demütigend. So sehr ich auch mit ihm in Kontakt treten wollte, war ich doch noch immer der einzige Schwarze in der Stadt. Wie meine Mutter sagte, war ich für alle, die hier lebten, der Repräsentant meiner Ethnie. Ich musste anständig handeln. Es war meine Verpflichtung und Pflicht gegenüber meinem Volk. Es fühlte sich lächerlich an, diese Worte überhaupt zu denken, aber ich habe viel über das nachgedacht, was meine Mutter mir gesagt hat, seit sie es gesagt hatte. Ich habe Jahre damit verbracht, es in Frage zu stellen und auf seinen Kern zu prüfen. Mein Fazit war, dass es wahr war. Das bedeutete, dass meine Bedürfnisse an zweiter Stelle kamen. Ich wollte Cage als Freund. Zumindest brauchte ich verzweifelt das Gefühl, mit jemandem verbunden zu sein. Aber ich musste es auf würdige Weise tun. Eine

Mitleidseinladung zu bekommen, weil er mich beim Stalken erwischt hatte, war nicht würdevoll.

Aber egal aus welchem Grund ich eingeladen wurde, ich würde hingehen. Ich brauchte das. Es war wie das Auftauchen an der Oberfläche, um Luft zu holen. Und ich würde es nicht verderben.

‚Werde ich dich auf dem Feld sehen?', textete Titus, während ich mich fertig machte, um zu gehen.

‚Gehst du?', antwortete ich.

‚Bin auf dem Weg dahin. Ich denke, Cage steckt in einer Viertellebenskrise."

‚Ha!'

‚Cali wollte sicher gehen, dass du kommst?'

‚Cali?'

Titus schickte ein Schulterzucken-Emoji.

Anscheinend würde jeder dort sein. Nachdem ich kürzlich Cages Bruder Nero in der Stadt gesehen hatte, ging ich davon aus, dass er auch da sein würde. Das würde eine gute Möglichkeit sein, mich von Merri und seinem Angebot abzulenken. Das überzeugendste Argument, Merris Trainingsangebot anzunehmen, war der Gedanke, wieder Teil eines Teams zu sein. Aber vielleicht brauchte ich Merris Hilfe dafür gar nicht. Vielleicht konnte ich hier ohne ihn finden, was ich brauchte.

‚Ich werde da sein', textete ich Titus mit wachsender Vorfreude.

‚Weißt du überhaupt noch, wie man spielt? Haha!', witzelte Titus.

‚Es ist der Sport mit dem runden Ball und dem Korb, richtig?'

Er antwortete mit einem vor Lachen rollenden Emoji. ‚Nahe genug.'

Ich war mir nicht sicher, warum ich niemandem in der Stadt von meiner Footballvergangenheit erzählt hatte. Könnte es sein, dass ich das Spielen nicht ernst genug genommen hatte? Nein, das war es nicht. Aber vielleicht war es, weil ich es zu ernst genommen hatte.

Trotz des Drucks des Teams fiel es mir schwer, auszudrücken, wie sehr es mir am Herzen lag. Wenn ich allein war, habe ich nie Fernsehen geschaut. Ich studierte Spielzüge und Partien, die ich auf YouTube fand. Es gab sogar Nächte, in denen ich nicht schlafen konnte, weil ich immerzu mögliche Spielzüge durchging. So sehr auch Merris Verhalten zu meiner Entscheidung beitrug, frühzeitig zu graduieren, muss ich zugeben, dass es nicht der einzige Faktor war. Ich war besessen. Ich habe es nie gezeigt, aber ich lebte und atmete American Football. Zu gewinnen brachte Hochgefühl und zu verlieren tiefe Verzweiflung.

Ich hatte niemandem erzählt, dass das so war, weil es mir zu peinlich war. Es war nur ein Spiel. Ich hätte es nicht so stark wollen sollen. Aber ich tat es. Ich wollte mein Team nie enttäuschen. Und ich wollte ganz bestimmt Merri nicht enttäuschen.

Merri hat mein Leben verändert. Er hatte an mich geglaubt, bevor ich an mich selbst geglaubt hatte. Ich mochte, wie ich durch seine Augen aussah. Das war es, was das Ende unserer Freundschaft so schmerzhaft machte. Meine Mutter hatte mich glauben gemacht, dass niemand mich über die Farbe meiner Haut hinaus sehen würde. Und eine Zeit lang ließ mich Merri glauben, dass sie sich irrte.

Dann, als es darauf ankam, erwies sich das, was ich am meisten befürchtet hatte, als wahr. In den Augen aller anderen war ich nur ein Stereotyp, sogar in denen der Person, von der ich dachte, dass ich es nicht wäre. Aber er hatte es erklärt, nicht wahr? Er hatte gesagt, was er gesagt hatte, weil er in mich verliebt war. Ich hatte ihn verletzt, indem ich ihm sagte, dass ich gehen würde. Im Gegenzug sagte er Dinge, die er nicht glaubte.

In Anbetracht dessen, war es fair, weiterhin auf ihn wütend zu sein? Und wenn ich ehrlich bin, muss ich zugeben, dass ich ihm sagte, dass ich gehen würde, in der Hoffnung, ihn zu verletzen. Wochen, bevor es zu Ende ging, war er ein Arsch zu mir gewesen. Er hörte nicht nur auf, mir zu texten, er hörte auch auf, mit mir zu sprechen, wenn wir auf denselben Veranstaltungen waren.

Er hörte sogar auf, mir in die Augen zu sehen. Ich hatte seine gütigen, stahlgrauen Augen vermisst. Abgeschnitten von meinem Spiegelbild in ihnen verlor ich ein Gefühl dafür, wer ich war.

Er hatte mich verletzt. Ich hatte ihn verletzt. Und dann sagte er etwas, das er nicht zurücknehmen konnte. Und dann ging ich.

Und wenn ich immer noch ehrlich bin, gab es einen Teil von mir, der dachte, er würde mir nachlaufen. Immerhin, hatte das alles nicht damit begonnen, wie er mich behandelt hatte? Und war er nicht derjenige gewesen, der die Dinge zu weit getrieben hatte?

Ja, ich hatte es ihm nicht leicht gemacht, sich zu entschuldigen. Aber sollte ich das etwa? Ich hatte mich um ihn gesorgt, mehr als um jeden, den ich je getroffen hatte, und er hatte eine Grenze überschritten. Er konnte sehen, dass es mir schwerfiel, Menschen zu vertrauen, nicht wahr? Dennoch hatte er mein Vertrauen verraten.

Hat er nicht begriffen, was er getan hatte? Es gab eine Zeit, in der ich dachte, dass ich Merri brauchte. Er war meine Quelle für Freunde, für Mut und dafür, mich gut mit mir selbst zu fühlen.

Aber traf das immer noch zu? Ohne seine Hilfe machte ich mir endlich hier ein Leben. Cage hatte mich eingeladen, ohne irgendwelches Zutun von Merri. Vielleicht brauchte ich ihn nicht so, wie ich gedacht hatte.

Ich brauchte ihn nicht mehr und hatte nun eine Entschuldigung, die zwei Jahre zu spät kam, wo ließ uns das stehen? Ich war mir nicht sicher. Ich würde lügen, wenn ich sagte, ich hätte meinen Freund nicht vermisst. Mein Leben war nicht dasselbe ohne ihn.

Bevor es zwischen uns schlecht wurde, waren wir unzertrennlich. Wir sprachen jeden Tag. Wir aßen jede Mahlzeit zusammen, die wir konnten. Und ich fühlte mich besser, nachdem ich ihn gesehen hatte, auch wenn es nur war, um ihn über seine Freundinnen meckern zu hören.

Apropos, es ist schwer zu glauben, dass er die ganze Zeit schwul gewesen ist. Der Gedanke tat irgendwas mit mir. Ich kannte Merri kaum ohne Freundin. Und jetzt sagte er, das sei alles nur eine Show gewesen? Dass er vom ersten Tag an in mich verliebt war? Hätten sich die Dinge zwischen uns anders entwickelt, wenn ich das damals gewusst hätte?

Ich war sicherlich nie homophob, aber ich war damals auch nicht so bequem mit diesen Dingen, wie ich es jetzt bin. Immerhin sind beide meine Brüder mit Männern zusammen. Titus datet seinen besten Freund und Cali ist mit dem Mann zusammen, den er wahrscheinlich heiraten wird.

Was, wenn Merri derjenige war, mit dem ich zusammen sein sollte? Wäre das so verrückt? Er hatte gesagt, er wäre in mich verliebt. Und ich hatte ihn sicher geliebt. Aber liebte ich ihn auf dieselbe Weise?

Den Gedanken beiseitelegend, kleidete ich mich fertig für Cages Spiel und fuhr los. Cage veranstaltete es an meiner alten Highschool, wo er Coach und Sportlehrer war. Als ich ankam, fand ich mehr Autos auf dem Parkplatz, als ich erwartet hatte. Es waren fast genug, um mich denken zu lassen, dass ein Spiel stattfand.

Ich stieg aus und ging um das Gebäude herum, da sah ich Zuschauer auf den Tribünen. Titus entdeckend, ging ich zu ihm.

„Was geht hier vor?", fragte ich ihn und bekam einen fragenden Blick zurück.

„Ich wusste nichts davon", sagte er misstrauisch.

„Von was?"

„Du weißt, dass ich es dir gesagt hätte, oder?"

„Was hättest du gesagt?"

Titus deutete auf einen Kerl, der auf den Tribünen saß.

„Merri!", rief ich aus, während mein Herz sich zusammenkrampfte. „Was macht er hier?"

„Ich habe damit nichts zu tun", sagte Titus und hob abwehrend die Hände, während er wegging.

Über das, was wohl das Highschool-Footballteam sein musste, hinwegblickend, sah ich Cage. Zu ihm gehend, blickten mich alle an, als wüssten sie etwas, das ich nicht wusste.

„Hey, Cage", sagte ich zögerlich. „Du hast erwähnt, dass wir nur ein paar von uns sein werden?", fragte ich und deutete auf das Dutzend Menschen auf den Tribünen.

„Ja, das Wort hat sich verbreitet, dass Nero hier sein würde. Ich nehme an, manche Leute haben samstags nichts Besseres zu tun", antwortete er lächelnd.

„Scheint so", echote ich, immer noch unsicher, was vor sich ging.

„Claude, du Mistkerl!", rief Nero aus, als er herüberkam und mich mit einem Schlag auf den Rücken begrüßte. „Wie zum Teufel konnten wir das nicht wissen?"

„Was wissen?"

„Dass wir die ganze Zeit durch die Highschool mit so einer Art American-Football-Genie gespielt haben."

Ich zuckte zusammen, sobald er das sagte. „Merri."

„So was von Merri", bestätigte Nero.

„Er hat es euch gesagt", erkannte ich plötzlich, warum Cage mich eingeladen hatte.

Es war nicht wegen Mitleids oder weil ich endlich hier für mich selbst ein Leben aufbaute. Es war einmal mehr wegen Merri gewesen. Was war mein Leben ohne ihn?

„Ja, er hat es uns gesagt", bestätigte Nero. „Und warum musste er das? Du hast drei Meisterschaften gewonnen?"

„Es ist keine große Sache."

„Da ist ein NFL-Scout, der zu diesem Drecksloch von einer Stadt gekommen ist, um dich zu rekrutieren? Ich hatte nicht mal das, und ich bin fast als Erster im Draft gewählt worden."

„Es ist nicht so. Er ist ein Freund. Wir haben eine gemeinsame Geschichte."

„Das glaube ich dir gerne", sagte Nero und blickte zu Merri. „Er ist auch nicht schlecht anzusehen."

„So meinte ich das nicht."

„Klar", sagte er zweifelnd. „Egal, lasst uns mal diesen großartigen Arm von dir sehen. Du spielst Quarterback für mein Team. Kumpel, du bist Quarterback für deine Kids."

„Schau, ich habe seit ..."

„Seit dem Gewinn der Division II Nationalmeisterschaft nicht mehr gespielt. Wir wissen es. Wir haben es gehört", neckte Nero.

Wieder blickte ich zu Merri.

„Wie habt ihr euch überhaupt kennengelernt?"

„Mach dir darüber keine Sorgen. Sorge dich nur darum, den Ball an einen der besten Runningbacks in der NFL zu bringen. Denkst du, du kannst das?", fragte Nero und schob den Ball mit einem charismatischen Grinsen in meine Hände.

Ich antwortete nicht. Stattdessen bemerkte ich, wie sich das Leder des Balls an meiner Haut anfühlte. Ich hatte das Gefühl vergessen. Welchen Sinn hatte es gehabt, einen zu berühren, wenn Merri nicht da war, um es zu sehen?

Wieder blickte ich zu Merri auf die Tribüne. Er beobachtete mich. Als ich meine Aufmerksamkeit stromabwärts auf die Spieler richtete, die sich um ihren Quarterback scharten, begann alles vertraut zu wirken.

„In den Kreis", rief ich, als alles langsam zu mir zurückkehrte.

Nero, Titus, Cali und ein paar von Cages Schülern gesellten sich zu mir. Ich fragte die Fremden, welche Positionen sie spielten, und baute eine Formation auf. Nero war Runningback, aber ich würde seine Geschwindigkeit als Wide Receiver nutzen. Titus und zwei der Schüler wären meine Offensive Line. Und Cali, einer der besten Universitätskicker im Land, würde als Floating Receiver spielen.

Als ich über die Line of Scrimmage auf Cages Team blickte, sah ich, dass seine Schüler es genauso ernst nahmen wie ich. Wahrscheinlich hatte Cage ihnen gesagt, dass ein NFL-Scout zusah. Das war nahe genug an der Wahrheit und würde bedeuten, dass sie spielen würden, als stünde ihre Karriere auf dem Spiel. Ausgezeichnet!

„Down. Set. Hut!", rief ich.

Gras und Körper flogen überall herum. Mit Titus vor mir fand ich die Lücke. Mit meinen Augen, die zwischen Cali und Nero hin- und hersprangen, wartete ich, bis Nero seinen Verteidiger abgeschüttelt hatte, und warf den Ball. Alle hielten inne, um zuzusehen. Bei Neros Geschwindigkeit musste er vierzig Yards fliegen, bevor er endlich in seinen Händen landete.

„Touchdown!", schrie Nero und tanzte in der Endzone.

Ich drehte mich um, um Merri zu finden. Er war aufgestanden, um den Pass zu beobachten. Mit Nero, der den wohl schrecklichsten Siegestanz vollführte, den ich je gesehen hatte, blickte Merri zu mir herüber und lächelte. Etwas in mir wurde hell. Zum ersten Mal seit Jahren fühlte ich mich lebendig.

Als wir in die Verteidigung wechselten, übernahm Titus die Führung. Er dirigierte uns, wo wir hingehen mussten, und wir kämpften, während Cages gut organisierte Angriffslinie uns zurückhielt. Als ob wir uns ein Kopf-an-Kopf-Rennen lieferten, brach Cages Wide Receiver aus Neros Deckung aus und erzielte einen Touchdown.

„Bleib dran", schrie ich.

„Nicht mein Job", schrie Nero zurück.

„Bleib dran!", bestand ich darauf, wissend, dass Cage beweisen wollte, dass er immer noch so gut war wie früher.

Das war der Moment, als der echte Spaß begann. Ich war in ein Eins-gegen-eins-Duell mit Cage verwickelt und wandte mich an Titus.

„Ich will, dass du verteidigst, deinen Mann überspielst, eine Drehung machst, den Ball fängst und läufst. Kapiert?"

„Kapiert."

„Wiederhol' es."

„Verteidigen, überspielen, drehen, fangen und laufen", bestätigte er.

Ich war beeindruckt. Das waren keine Anweisungen, die Offensive Linemen oft erhielten.

„Und dann täuschst du den Pass auf ihn vor und findest mich, richtig?", fragte Nero.

Ich zeigte auf ihn. „Ablenkung."

„Du machst Witze?", forderte Nero heraus.

„Ablenkung! Sag es nach."

Nero seufzte. „Ablenkung."

„Pause", befahl ich und schickte alle auf ihre Positionen.

„Hut", rief ich, bevor ich zusah, wie das Spiel sich entfaltete.

Titus verteidigte, überwältigte seinen Mann, lief, drehte sich und wartete. Es war knapp genug. Denn als Cage beide Tiefenverteidiger nach Nero schickte, war Titus völlig frei. Ich warf ihm einen Bullet-Pass zu, er umklammerte den Ball und kämpfte sich in die Endzone.

„Touchdown!", schrie Nero, während Titus völlig außer Atem zusammenbrach.

Cage und ich trafen uns mit den Blicken. Er war beeindruckt, weil er diesen Spielzug nicht hatte kommen sehen. Das war der Moment, in dem er sich einklinkte und Spielzüge entwarf, als wäre es ein Meisterschaftsspiel.

Mit allen vier Versuchen und unserer schwachen Verteidigung erzielte Cage schließlich einen Punkt. Aber ich hatte gerade erst angefangen. Ich entwarf einen Spielzug, damit Cali punkten konnte, wir stellten uns auf und spielten es aus.

„Touchdown! Hast du das gesehen, Alter? Jeder in unserem Team wird gegen dich punkten, und du kannst nichts dagegen tun", sagte Nero im Höhenflug.

Obwohl ich es nicht gesagt hatte, hatte Nero meinen Plan durchschaut. Ich hatte einen Spielzug für jeden meiner Spieler entworfen, damit sie alle eine Chance zum Punkten hatten. Nero hatte es nicht leichter gemacht, indem er es ihren Verteidigern verkündete, aber schwieriger war besser.

Die vier Oberschüler sahen mich nervös an, ich zeigte ihnen meine geballte Faust. Dann wandte ich mich dem Ersten von ihnen zu und fragte:

„Hast du jemals in einem Spiel gepunktet?"

„Ich spiele in der Defensive und wärme die Bank", sagte er und zitterte fast.

„Wenn du läufst, kannst du es bis in die Endzone schaffen?"

Ohne ein Wort rannte er los. Ich musste ihn zurückrufen.

Nero kicherte. „Gut, dass sie nicht wissen, wer der als Nächstes den Ball bekommt."

„Sie werden es nicht wissen, wenn du Quarterback spielst. Kannst du ein Handoff machen?"

Wir stellten uns links von Titus an der Line of Scrimmage auf, während jeder in Cages Team verwirrt auf mich schaute.

„Down, Set, Hut", rief Nero, bevor sie verstehen konnten, was passierte.

Ich beugte mich hinter ihm und nahm den Ball und lief. Die Verteidigung, die immer noch nicht wusste, was vor sich ging, stürzte auf mich zu. Ich schrie: „Hey!"

Das war genug, um meinen Ersatzverteidiger zum Umdrehen zu bringen. Ich schoss den Ball quer über das Feld und traf ihn in die Hände. Ich dachte, es war zu stark geworfen, aber er hielt ihn fest. Das Glück in seinem Gesicht zu sehen, war entzückend. Ich hatte noch nie jemanden so strahlen sehen.

„Touchdown!", schrie Nero und rannte herüber, um meinen Hals zu umschlingen.

Der letzte der Oberschüler war nicht so leicht. Für sie spielten wir Züge, die uns jeweils fünf Yards vorwärts brachten. Nun überzeugt von der Idee, blockierten wir alle einen Yard von der Endzone entfernt, während der Letzte unserer Spieler seinen Touchdown erzielte.

Mein Team schrie siegreich. Ich konnte mir nicht vorstellen, dass sie heute mehr Spaß hätten haben können. Mir machte es auch Spaß, auch wenn ich es nicht zeigte. Es genügte zu wissen, dass ich es ermöglicht hatte. Und sie hatten eine großartige Zeit ohne mich.

„Alter, es sieht so aus, als wäre er besser als du", spottete Nero über Cage. „Wo war das alles, als wir es in der Highschool gebraucht haben?", fragte er mich.

„Wir hatten einen Quarterback", erinnerte ich ihn.

Er warf mir einen Blick zu, der mehr genervt als amüsiert aussah.

Als Merri herantrat, wandte Nero sich ihm zu und sagte: „Sieht so aus, als hättest du nicht gelogen."

„Das habe ich nicht", sagte Merri und strahlte.

Merri in meiner Nähe zu haben, bescherte mir ein warmes Gefühl. Ich wollte ihn verzweifelt fragen, ob er mich gesehen hatte. Das tat ich nicht, wissend, dass er es hatte.

„Nein, wirklich, Claude", schaltete sich Titus ein und sah schockiert aus. „Warum hast du dich in der Highschool nie als Quarterback versucht?"

Ich sah ihn an und dann Nero und Merri.

„Ich schätze, ich wollte keine Wellen schlagen."

„Also hast du einfach jemandem, der nicht so gut ist wie du, überlassen, was du verdient hättest?", forderte Titus heraus.

„Du sagst das, als wäre es das erste Mal gewesen. Mein Leben war damit ausgefüllt, diese Linie zu tanzen zwischen gut genug und zu gut sein. Wenn man so aussieht wie ich, darf mich niemand als Bedrohung sehen. Das kann gefährlich werden", sagte ich mit einem erzwungene Lächeln.

„Und mit ‚aussehen wie du' meinst du, dass du schwarz bist", fragte Titus direkt.

Ich schaute mich um, ohne die Wahrheit davon anerkennen zu müssen.

„Scheiße!", rief Cali aus. „Das ist echt scheiße."

„Man gewöhnt sich daran", sagte ich und spielte meine Empfindungen herunter.

„Solltest du aber nicht", sagte Cali ärgerlich.

„Danke", sagte ich und atmete tief durch. „Stört es euch, wenn ich losmache?"

Alle Jungs sahen sich an.

Cage, der sich uns angeschlossen hatte, antwortete: „Quin und die anderen richten eine offene Bar bei uns ein. Wir hatten gehofft, dass du mitkommst."

„Ich bin tatsächlich ziemlich müde. Es ist eine Weile her, seit ich gespielt habe. Ich bin nicht mehr in der Form, in der ich einmal war."

„Oh, okay", sagte Cage, enttäuscht. „Wenn du deine Meinung änderst, weißt du ja, wo wir sind."

„Natürlich", sagte ich mit einem Lächeln.

Als jeder außer Merri gegangen war, fragte er: „Bist du sicher, dass du nicht mitkommen willst? Cali hat mich gestern zum Spieleabend eingeladen. Es war eine schöne Zeit. Sie sind eine großartige Truppe."

„Du kannst gehen, wenn du willst", sagte ich ihm, unsicher, wie er sie kennengelernt hatte.

„Nein, ich dachte nur, du möchtest vielleicht."

„Mir geht's gut", versicherte ich ihm und fühlte mich bereits viel zu exponiert, als mir lieb war.

„Wohin gehst du?", fragte Merri mich.

„Noch nicht sicher."

Merri sah mich nervös an. „Stört es dich, wenn ich mit dir abhänge?"

Ich überlegte. So sehr ich wollte, dass er mitkam, fragte ich mich, ob ich es zulassen sollte.

„Schon in Ordnung", sagte ich und lief zu meinem Auto.

„Ich bin nicht mit dem Auto, also …"

„Wo wohnst du?"

„Calis Pension."

„Deswegen warst du also beim Spieleabend", verstand ich.

„Ich habe ihn gebeten, mir das Nachtleben der Stadt zu zeigen."

Ich lachte. „Das tut mir leid."

„Mach nichts. Kostenlose Getränke, heiße Typen und wenn man bedenkt, was Quin auf unseren Spielbrett-Leichen gemacht hat, gab es auch Tanzen. Was kann es Besseres geben als solch einen Abend?"

Ich lachte. „Gibt es irgendeinen anderen Teil der Stadt, den du gerne sehen würdest, während du hier bist?"

Merri lächelte.

„Ich habe auf einer Webseite gelesen, dass diese Gegend mehr Wasserfälle hat als jeder andere Teil des Landes."

„Ja. Das habe ich irgendwo gelesen", sagte ich amüsiert, da er mir die Webseite meines Tourunternehmens zitierte.

„Nun, ich habe keine Reservierung gemacht, aber es wäre sicher nett, einige davon zu sehen."

„Du möchtest eine Vorsaison-Tour?", klärte ich ab.

„Ich meine, ich will nicht prahlen, aber ich kenne einen der Besitzer. Ich könnte ihn vielleicht davon überzeugen, es uns zu gestatten."

„Ich hoffe, du kennst den freundlichen. Denn der andere kann ein richtiger Arsch sein."

Merri sah mir in die Augen.

„Oh, ich weiß nicht. Ich finde, der andere ist auch ganz nett. Du solltest versuchen, freundlicher zu ihm zu sein. Zumindest mache ich das", sagte er mit einem verletzlichen Lächeln.

Mein Herz krampfte sich zusammen, als ich seine Worte hörte. Merri versuchte, uns dazu zu bringen, von vorne anzufangen. Ich hasste diese Idee nicht. Und mir vorzustellen, dass er wieder in meinem Leben war, fühlte sich gut an.

„Ha! Sag mir, wie es ausgeht", sagte ich und hielt alles zurück, was ich sagen wollte.

Als wir im Büro ankamen, parkte ich und ging mit Merri zum Lager hinter der Hauptkabine.

„Titus ist normalerweise derjenige, der die Touren gibt."

„Also bist du das Gehirn und er ist die Muskeln", sagte er flirtend.

„So könnte man es sagen", antwortete ich, während mein Körper auf seinen Vorschlag reagierte. „Wie findest du die Vorstellung, nass zu werden?"

„Du weißt nicht, wie lange ich darauf gewartet habe, dass du mich das fragst", sagte er mit einem Lächeln.

Ich lachte.

„Sei vorsichtig mit dem, was du dir wünschst", warnte ich ihn.

„Warum? Wirst du es mich bereuen lassen?"

„Vielleicht", sagte ich ihm und spürte, wie Elektrizität zwischen uns knisterte.

„Das möchte ich sehen", sagte Merri und platzierte seinen Körper nur wenige Zentimeter vor mir.

Ich spürte die Hitze zwischen uns pulsieren und trat zurück.

„Du gewinnst."

Das war ein Spiel, das wir früher gespielt hatten. Damals war es zwischen zwei heterosexuellen Freunden. Zumindest dachte ich das. Er war immer bereit gewesen, es einen Schritt weiter zu treiben als ich. Jetzt, wo ich wusste, dass er schwul war, verstand ich, warum.

Aber das war damals. Die Frage war, warum würde ich das Spiel jetzt initiieren? Nicht nur hatte er bestätigt, dass er schwul war, sondern er hatte gesagt, dass er in mich verliebt war.

Ich war nicht grausam. Ich spielte nicht mit den Gefühlen der Menschen. Also warum hatte ich zurückgeflirtet?

Ich schaffte es nicht, die Frage beiseitezulegen, währenddessen half mir Merri, eines der Kanus zu holen, und zusammen trugen wir es zum nahe gelegenen Fluss.

„Das ist unglaublich!", rief Merri, als er die Szenerie vor uns bestaunte.

„Verstehst du jetzt, warum ich zurückgekommen bin?", fragte ich mit einem Lächeln.

Merri versuchte überzeugend zu antworten, konnte es aber nicht. „Ja, jetzt verstehe ich es."

Es war offensichtlich, dass er es nicht tat. Zumindest nicht wegen der Landschaft. Und das machte Sinn, denn es war nicht wahr. Ich war wegen ihm nach Hause zurückgekehrt. Er hatte mich verletzt, und ich konnte damit nicht umgehen.

So sehr ich auch mochte, wie ich in Merris Augen aussah, wusste ich auch, dass er mich nie wirklich gesehen hatte. Ich war sicher, weil ich es ihm nie erlaubt hatte. Niemandem hatte ich es je erlaubt.

Was würde passieren, wenn ich es täte? Was wäre, wenn ich jemandem einmal Einlass gewährte? Was würde das mit mir machen? Wie würde das die Dinge verändern?

„Du hast nicht gescherzt, als du davon gesprochen hast, nass zu werden", sagte Merri, nachdem ich ihm erklärt hatte, wie wir ins Kanu einsteigen würden.

„Es gab eine Zeit, in der ich dich nicht aus dem Wasser bringen konnte. Erinnerst du dich, als du mit Zentimetern Schnee auf dem Boden schwimmen gegangen bist?", erinnerte ich ihn.

„Das war in Big Bear. Ich bereue es bis heute. Es ist ein Wunder, dass ich noch alle meine Zehen habe."

Ich lachte.

„Naja, der Fluss ist nicht so kalt", sagte ich ihm, als ich meine Schuhe und Socken auszog, ins Wasser stieg und das Kanu hielt.

„Ich bekomme Flashbacks", sagte er, indem er dasselbe tat und mir folgte.

Mit minimalem Platschen stiegen wir beide ein und griffen nach einem Paddel.

„Es fühlt sich an, als würden wir den Amazonas hinunterpaddeln oder so."

„Ähnlich. Aber weniger Anakondas, die von Bäumen hängen."

„Ihr habt Schlangen, die hier von Bäumen hängen?", fragte Merri und suchte die Baumkronen ab, die uns Schatten spendeten.

Ich lachte.

„Wo ist der Naturbursche geblieben, der mich von einem Zeltplatz zum nächsten schleifte?", fragte ich den Kerl, der mir den Rücken zugewandt hatte.

„Okay. Zeit zum Beichten. Ich habe dich nur dorthin gebracht, weil ich dich allein haben wollte. Ich hasse Camping. Hasse es!"

„Nein, das tust du nicht", sagte ich, ohne ihm eine Sekunde zu glauben.

„Doch. Wenn ich jemals wieder in einem Loch kacken muss, das ich gegraben habe, ist es immer noch zu früh", sagte er, ohne seinen Blick von den Bäumen abzuwenden.

„Nein. Was du hasst, ist im Wald zu kacken. Oder, deinen Schlafunterlage zu vergessen und auf dem Boden schlafen zu müssen."

„Oh, du denkst immer noch, dass ich meine Schlafunterlage zufällig vergessen habe?"

„Was meinst du damit?"

„Was passierte immer, nachdem ich dir gesagt hatte, ich hätte sie vergessen?", fragte er mich.

Ich dachte zurück.

„Du hast dich beschwert."

Merri lachte.

„Danach."

„Es war endlos. Du hast nie aufgehört, dich zu beschweren", sagte ich ehrlich.

„Ich habe aufgehört, nachdem du mich eingeladen hast, deine zu teilen."

Ich hielt inne.

„Also hast du deine Schlafunterlage absichtlich vergessen, um auf meiner zu schlafen."

„Der Traum war, in deinen Schlafsack zu kommen, aber du warst ganz offensichtlich dagegen."

„Ich dachte, du scherzt, als du es vorgeschlagen hast", sagte ich und erinnerte mich lebhaft an die Vorfälle.

Merri zuckte mit den Schultern, gab die Suche nach Schlangen auf und paddelte dann.

„Also waren alle Campingausflüge nur, weil du in meinen Schlafsack wolltest?"

Merri gab nach. „Vielleicht nicht jeder Ausflug. Aber es war präsent in meinen Gedanken."

„Wow!"

„Ja, ich war damals irgendwie ein Arschloch", entschied Merri.

Ich starrte auf den Hinterkopf.

„Aber jetzt bist du keiner mehr?"

„Das kommt darauf an, wen du fragst. Mein Ex könnte eine Meinung dazu haben. Ihr könntet da wohl eine ähnliche Meinung teilen."

„Ich denke nicht, dass du ein Arschloch warst", gestand ich.

„War ich. Besonders zu dir", sagte er und drehte sich zu mir um.

„Du hattest deine Momente. Oder besser gesagt, einen Moment. Aber sonst warst du der beste Freund, den ich je hatte."

„Bis ich es vermasselt habe", sagte er und blickte weg.

„Bis du es vermasselt hast", stimmte ich zu. „Aber Fehler passieren."

Er blickte wieder zurück.

„Das ist sehr nett von dir. Und vielleicht verzeihst du mir eines Tages?"

„Übertreib es nicht", scherzte ich.

„Richtig", sagte er und blickte beschämt weg.

„Ich mache nur Spaß. Was ist mit deinem Sinn für Humor passiert?"

Merri drehte sich komplett zu mir um.

„Es tut mir einfach so leid, was ich gesagt habe. Du weißt nicht, wie oft ich darüber nachgedacht habe. Ich weiß, dass du nicht darum gebeten hast, dass ich so für dich empfinde, wie ich es tat, aber ich empfand es. Ich war so verliebt in dich. Du weißt gar nicht, wie sehr.

„Du warst das Letzte, an das ich dachte, bevor ich einschlief, und das Erste, wenn ich aufwachte. Zu wissen, dass ich dich sehen würde, versüßte meinen Tag. Und wenn ich dich nicht sah oder du absagen musstest, brach meine Welt zusammen."

„Merri, ich hatte keine Ahnung."

„Wie hättest du auch? Ich habe es dir nicht gesagt. Ich konnte es mir selbst kaum eingestehen. Alles, was ich wusste, war, dass die Sonne sich um dich drehte. Und dann habe ich, weil ich es nicht in der Hose halten konnte, alles vermasselt."

„Ich war schon verkorkst, bevor du gesagt hast, was du gesagt hast", sagte ich ihm aufrichtig.

„Machst du Witze? Du warst der gefassteste Mensch, den ich kannte. Ich wollte du sein."

„Das hättest du nicht sollen. Weißt du, dass ich nicht einmal meinen Brüdern erzählt habe, dass ich Football spiele?"

Merri blickte nachdenklich weg.

„Ja, was war damit? Ich habe erwähnt, dass du uns Meisterschaften gewonnen hast, und niemand hatte je ein Wort davon gehört. Wie konntest du niemandem davon erzählen? Jeder aus meiner Grundschule wusste, dass wir im ersten Jahr gewonnen hatten, und ich war nur der Wasserträger."

„Und Masseur."

„Ich war dein Masseur. Hättest du nicht darüber geplaudert, hätte ich nie anderen Footballspielern die Füße massiert."

Ich lachte. „Tut mir leid deswegen."

„Nein, das tut es nicht", sagte er mit einem Lächeln. „Aber mal ernsthaft, warum hast du es niemandem erzählt?"

Ich hörte auf zu paddeln und blickte nach unten.

„Es fällt mir schwer, Leute an mich heranzulassen."

„Warum?"

„Weil sie, wenn sie zu viel über dich wissen, es benutzen können, um dich zu verletzen."

Merri schwieg.

„Bevor ich dich traf, fiel es mir schwer, jemandem zu vertrauen."

„Und dann habe ich dein Vertrauen gebrochen", sagte er und sprach damit etwas aus, was ich nicht leugnen konnte. Merri rückte näher zu mir. Als er sich kniend nur wenige Zentimeter vor mir befand, sagte er: „Es tut mir wirklich leid, Claude. Ich meine es aufrichtig und ehrlich. Ich war einfach so verliebt in dich. Ich …"

Und in diesem Moment küsste ich ihn.

[Lesetipp: Hat es dir gefallen? Kennst du jemanden, der es auch mögen würde? Teile dieses Buch mit ihnen, denn du wirst dich schon bald mit ihnen darüber unterhalten wollen, sobald du fertig bist. J]

Kapitel 9

Merri

Claudes Lippen berührten meine. Wie kam es, dass Claudes Lippen die meinen berührten? Wie oft hatte ich von diesem Moment geträumt? Wie oft hatte ich mich bei dem Gedanken daran befriedigt?

Es fühlte sich an wie erträumt. Seine vollen, festen Lippen waren warm und weich. Ein Schauer durchzuckte meinen Körper. Mir wurde schwindelig.

Als ich sah, wie seine Hand sich zu mir bewegte, vermutlich um meinen Nacken zu ergreifen, wich ich zurück. Ich weiß nicht warum, aber ich tat es. In seine überraschten Augen blickend, brachte ich kein Wort heraus.

„Entschuldigung", sagte er schnell und wandte den Blick ab, von Verlegenheit übermannt.

„Oh! Ähh! Kein Ding, Kumpel!", antwortete ich unbeholfener, als ich jemals zuvor in meinem Leben geantwortet hatte.

Kein Ding, Kumpel? Habe ich das wirklich gesagt? Hat ihn zu küssen mich zum Australier gemacht? Was zum Teufel tat ich eigentlich?

Ich drehte mich um, als wäre nichts passiert, und packte mein Paddel. Geschockt paddelte ich vorwärts. Claude sagte nichts. Ich auch nicht. Es war möglich, dass mein Gehirn einen Kurzschluss erlitten hatte.

Während ich im Kopf die Symptome eines Schlaganfalls aufzählte, durchbrach Claude die Stille.

„Dieser Fluss gehört eigentlich nicht zur Tour. Wie gesagt, normalerweise macht sie mein Bruder."

„Ja, das wollte ich dich eigentlich fragen", sagte ich und fand einen sicheren Ausweg von dem, was gerade passiert war. „Du hast Brüder ... die nicht wirklich wie du aussehen?"

„Findest du nicht?"

Ich blickte zurück und fragte mich, ob er scherzte. Doch das tat er nicht.

„Ich meine, ihr habt alle diese Grübchen, aber das könnte ich auch von Cage und Nero behaupten. Ist hier jeder miteinander verwandt?"

„Nicht, dass ich wüsste."

„Dann seht ihr euch nicht wirklich ähnlich."

„Hm", brummte Claude.

„Und da ist noch die andere Sache?", sprach ich das Thema vorsichtig an.

„Welche andere Sache?"

„Du weißt schon, das Ding, das dich anders aussehen lässt als Titus und Cali."

„Meinst du, dass ich schwarz bin und sie nicht?"

Ich drehte mich überrascht um. „Warte, du bist schwarz? Wow! Ich glaube, ich sehe keine Farben mehr."

„Ist das was Neues?", witzelte Claude.

„Tatsächlich, ja. Es ist eine neue Regelung. Und sie macht es verdammt schwierig, sich anzuziehen."

Claude lachte.

„Aber weil du es ansprichst, was ist damit?"

„Wir teilen uns denselben biologischen Vater. Titus' Freund hat DNA-Tests verteilt, um den leiblichen Vater von Titus zu suchen, und stattdessen Cali und mich gefunden."

„Weißt du, wer dein Vater ist?"

„Wir haben einen Namen, aber er taucht bei keiner Suche auf."

„Hast du deine Mutter danach gefragt?"

„Sie hat uns den Namen gegeben. Die Mütter von Titus und Cali wollten nichts über ihn sagen."

„Bist du neugierig?"

Als ich zurückblickte, zuckte Claude mit den Schultern.

„Es wäre gut zu wissen, aus gesundheitlichen Gründen. Aber wenn man bedenkt, wie wenig unsere Mütter über ihn sprechen wollen, ist es vielleicht besser, es nicht zu wissen."

„Denkst du, er könnte ein Footballspieler gewesen sein?"

„Meinst du, weil Titus, Cali und ich auch spielen?"

„Ja. Und halten Titus und Cali nicht auch Conference-Rekorde?"

„Stimmt."

„Dann kann das Erbgut, wenn nicht alle eure Mütter ausgesprochen athletisch sind, nicht weit vom Stamm gefallen sein."

„Könnte man so sagen. Aber ich habe das Gefühl, da ist noch etwas anderes. Etwas, das wir vielleicht nicht wissen wollen."

„Interessant." Ich ließ einen Moment verstreichen und sagte dann: „Apropos interessante Dinge. Hast du über das Training mit den Cougars nachgedacht?"

„Heute auf dem Spielfeld habe ich viel darüber nachgedacht."

„Und?", fragte ich, ein Kribbeln der Erwartung durchfuhr mich.

„Es sind zwei Jahre vergangen", gestand er.

„Ich habe dir gesagt, ich kann dich trainieren wie in der spielfreien Zeit."

„Ich weiß nicht."

„Es ist nur ein Training. Es ist nicht so, als würde dein ganzes Leben davon abhängen wie bei anderen Leuten. Wenn es wider Erwarten nicht so laufen sollte, wie ich denke, kannst du zu deinem Leben hier zurückkehren. Zu den lahmen Touren, die du gibst."

„Du findest meine Tour lahm?", fragte Claude, gespielt gekränkt.

„Verdammt, ja. Hast du mir gesagt, wie die Pflanze dort heißt?", fragte ich und zeigte auf einen Busch am Rande des Flusses. „Nein, hast du nicht. Hast du auf irgendwelche Schlangen in den Bäumen hingewiesen? Keine einzige. Du hast von Gefahr und Aufregung gesprochen. Und seither?" Ich gähnte gespielt.

„Du langweilst dich, was?"

„Ein wenig", entgegnete ich streitlustig.

„Habe ich dir gesagt, dass die Schlangen hier schwimmen können?"

„Was?", fragte ich, mein Herz sprang mir in die Kehle.

„Sie schwimmen. In Flüssen wie diesem. Ist das nicht eine dort?"

„Wo?", fragte ich und drehte mich um.

„Oh nein!", sagte Claude plötzlich und brachte das Boot heftig zum Schwanken.

„Mach das nicht…"

„Oh nein!", wiederholte Claude, bevor er beide Seiten des Kanus packte und uns umkippen ließ.

Das kalte, schlangenverseuchte Wasser durchtränkte meine Kleidung und brannte auf meiner Haut. Ich fühlte, wie sich die Länge einer imaginären

Anakonda um mich wickelte und versuchte, mich im Ganzen zu verschlingen.

„Ahhh!", schrie ich, und vergaß, wie man schwimmt.

Als etwas meinen Fuß berührte, wäre mein Kopf beinahe explodiert. Es stellte sich heraus, dass es der Boden war. Der Fluss war nicht so tief. Doch das spielte keine Rolle.

Schwimmend, als ob mein Leben davon abhing, schoss ich zum Ufer. Mich an Land ziehend, rollte ich weiter, bis ich mich sicher von der Stätte meines Untergangs entfernt hatte.

„Gar nicht lustig!", schrie ich Claude zu.

Er konnte mich nicht hören vor Lachen.

„Das war's, du schuldest mir was, verdammt nochmal. Wir werden trainieren. Du wirst morgen um 9 Uhr morgens auf dem heutigen Footballfeld sein, und du wirst laufen, bis du nicht mehr gehen kannst. Das meine ich ernst."

„In Ordnung, in Ordnung. Was auch immer. Ich werde da sein", sagte er und fasste sich wieder.

„Oh, du hast das gesagt, als hättest du noch eine Wahl", sagte ich, wirklich verärgert.

„Habe ich dir erzählt, wie oft die Schlangen im Dreck neben dem Ufer schlafen?"

„Ahhh!", schrie ich und sprang auf, um alles von mir zu fegen, was auch immer darauf war.

Claude wälzte sich wieder vor Lachen.

„Nicht … lustig!"

Nachdem Claude sich wieder gefasst hatte, schaffte er es schließlich, mich zurück ins Boot zu holen. Ich konnte nicht lange auf ihm böse sein. Ihn so herzhaft lachen zu sehen, hatte mein Herz erwärmt.

Es war lange her, dass ich ihn so hatte lachen sehen. Das musste vor unserem Zerwürfnis gewesen sein. Wenn ich daran dachte, entschied ich, dass ich tun würde, als ob unser Kuss nie passiert wäre.

Soweit ich wusste, war Claude immer heterosexuell gewesen. Er hatte nie Interesse an mir oder an anderen Männern gezeigt. Ich bin sicher, weil ich ihn beobachtet habe. Seine Augen leuchteten nicht auf, wenn er mich sah, wie meine es tat, wenn ich ihn sah. Nichts entzündete sein Feuer.

Das wissend, wäre es gefährlich, diesen Weg mit ihm zu gehen. Ich hatte das letzte Mal den Verstand verloren, als ich es zugelassen hatte, etwas für ihn zu empfinden. Also war jegliche Experimentierfreudigkeit nicht willkommen. Ich wollte eine professionelle und persönliche Beziehung zu ihm. Das war alles. Nichts Intimes.

Als wir die Tour beendeten und das Kanu zurücktrugen, wies ich darauf hin, dass wir nur einen Wasserfall gesehen hatten.

„Ich sage ja nur, es entspricht nicht dem, was auf der Webseite versprochen wurde. ‚Die meisten Wasserfälle des Landes.' Das stand da."

„Du willst die komplette Tour? Kauf ein Ticket", bestand Claude.

„Du kannst nur hoffen, dass ich keine Bewertung hinterlasse. Und wenn du auf ein Trinkgeld hoffst, viel Glück damit", sagte ich, neckte ihn.

Auf der Fahrt zu meiner Pension fühlte ich mich zum ersten Mal seit Jahren, als hätte ich meinen besten Freund wieder. Wir sprachen. Zuerst ging es um mein letztes Jahr an der Universität. Später wechselte das Gespräch zu meiner Arbeit als Papas Assistent.

„Kommt ihr beide klar?", fragte er und bezog sich auf die Geschichten, die ich ihm früher an der Uni erzählt hatte.

„Klar. Seit ich mich geoutet habe, ist er eigentlich ganz locker. Es war, als hätte er endlich losgelassen, wer er wollte, dass ich bin, und akzeptiert mich, wie ich bin."

„Ist das gut?"

„Es ist besser als die Alternative – jedes Mal seine Enttäuschung zu spüren, wenn ich einen Raum betrat."

„Ich versteh nicht, worüber er je enttäuscht sein könnte."

„Danke. Aber ich hatte immer das Gefühl, wenn er zwischen uns beiden hätte wählen müssen, hätte er dich als Sohn vorgezogen."

„Das bezweifle ich."

„Das liegt daran, dass du und er euch so ähnlich seid. Keiner von euch drückt jemals aus, was ihr gegenüber den Leuten empfindet, die ihr liebt. Die Art, wie er über dich gesprochen hat, wenn du nicht da warst, da konnte ich nicht mithalten. ‚Claude bekommt durchgehend Einsen und hat unser Team zu mehreren Meisterschaften geführt. Ich kann dich nicht mal dazu bewegen, dass du deine Teller in die Spüle stellst'", sagte ich und ahmte Papa nach.

„Tut mir leid", bot Claude an.

„Wofür?", äffte ich meinen Vater wieder nach. „Dafür, so verdammt perfekt zu sein? Dafür, das feinste Exemplar auf einem Footballfeld zu sein?" Ich hielt inne. „Weißt du, ein Teil von mir denkt, er hat mich hierher geschickt, nur um seinen verlorenen Sohn zurückzuhaben."

„Dein Vater hat dich hierher geschickt?", fragte Claude überrascht.

„Zum Teil."

„Hm", brummte Claude und beendete damit seine Fragen.

Die letzte Minute unserer Fahrt verbrachten wir stumm. Als wir bei der Pension ankamen, legte ich meine Hand auf den Türgriff.

„Also sehen wir uns morgen?", fragte ich ihn, so nervös wie am ersten Tag, als ich ihn traf.

„Ich werde da sein", sagte er mit einem Lächeln.

Gott, wie ich es mochte, ihn lächeln zu sehen. Fast so sehr, wie ich es mochte, ihn zu küssen. Schade nur, dass ich das nie wieder zulassen durfte.

„Gut. Mach dich bereit zu ackern", sagte ich zu ihm, bevor ich ausstieg und in Richtung meines Zimmers ging.

Ich pellte mich aus meinen immer noch feuchten Klamotten um und legte mich ins Bett, überlegend, was ich als Nächstes tun sollte. Ich überlegte, Papas Nachrichten zu beantworten. Das Problem dabei war, ich wusste nicht, was ich ihm sagen sollte.

Claude hatte noch nicht zugestimmt, für die Cougars zu trainieren. Bis jetzt hatte er mir nur erlaubt, ihn aufzuwärmen. Aber wenn das gut lief, vielleicht dann?

Nachdem ich einen Zeitplan für das morgige Aufwärmtraining aufgestellt hatte, fuhr ich zum örtlichen Diner und beobachtete, wie eine Handvoll Menschen ein- und ausgingen. Ich überlegte, wie es wäre, hier zu leben. Zeit mit Cali und den anderen zu verbringen, hatte mehr Spaß gemacht, als ich seit Jahren gehabt hatte. Wenn Claude es nicht ins Team schaffte und er mich darum bäte, könnte ich hierher ziehen?

Ich ging früh ins Bett, doch am nächsten Tag rief ich Claude an, um sicherzugehen, dass er immer noch vorhatte zu kommen.

„Hey Merri, wie läuft's?", fragte er, wie schon so viele Jahre zuvor.

„Bist du schon da?"

„Merri, es ist 8:15 Uhr."

„Du weißt, was der Coach sagt", erinnerte ich ihn.

„Wenn du rechtzeitig kommst, bist du zu spät?"

„Genau."

„Und wann war ich jemals zu spät?"

„Zwei Jahre sind eine lange Zeit. Dinge ändern sich."

„Wenn ich mich richtig erinnere, hat er diesen Spruch wegen dir erfunden. Also, bist du schon da?"

„Vielleicht war ich damals in einer ungesunden, langfristigen Beziehung mit 'pünktlich sein'. Aber wie gesagt, in zwei Jahren ändern sich Dinge."

„Ich will nicht vor dir dort sein."

„Unmöglich. Ich gehe gerade zur Tür raus", sagte ich und rollte mich im Bett herum.

„Du gehst gerade zur Tür heraus?"

„Das habe ich gesagt."

„Welche Farbe hat die Tür?"

„Was?", fragte ich und setzte mich auf.

„Du hast mich gehört. Wenn du jetzt zur Tür rausgehst, sag mir welche Farbe die Tür hat."

„Willst du mich testen?", sagte ich und sprang auf, um meine Hose zu finden.

„Hältst du mich hin?"

„Ich ziehe mich an", sagte ich, „und bin zutiefst beleidigt, dass du an mir zweifelst."

„Ich höre immer noch keine Farbe", wies Claude hin.

„Das liegt daran, dass ich darüber nachdenke, was es aussagt, dass du so wenig von mir hältst, dass du diese Frage stellst", sagte ich eilig, während ich mein Zimmer verließ und die Treppe hinunterging.

„Du sagst immer noch nichts."

„Weil ... braun", platzte es aus mir heraus, sobald ich sie sehen konnte. „Und sie hat ein tränentropfenförmiges Buntglas in der Mitte."

Ich saß auf der Treppe und schnappte nach Luft.

„Okay. Sag Cali, dass ich ihn grüße."

„Was?"

Ich blickte die Treppe hinunter in die Küche und sah Cali, wie er auf seinem Telefon tippte. Er sah zu mir hoch.

„Claude grüßt dich", sagte ich zu ihm.

„Danke."

„Schreibst du gerade mit ihm?", fragte ich Cali.

„Schon den ganzen Morgen", merkte Cali an. „Frühstück?", fragte er und ging zurück in die Küche.

„Ich war wach", sagte ich zu Claude.

„Ja. Du warst derjenige, der mich angerufen hat. Ich war sehr beeindruckt. Es gab eine Zeit, da hast du es kaum geschafft, vor 11 Uhr aufzustehen."

„Nun, jetzt habe ich einen Job", stellte ich klar.

„Damals hattest du auch einen."

„Der Coach hat das verstanden. Es war okay für ihn."

„War es das?"

Claude hatte recht. Mein Vater fand es nie okay.

„Sei bitte einfach pünktlich", sagte ich zu ihm.

„Wenn du pünktlich bist, bist du zu spät", sagte er mir und machte meinen Morgen erfolgreich frustrierend.

„Tschüss, Claude."

Nachdem ich das Gespräch beendet hatte, blieb ich noch auf der Treppe sitzen. Ich konnte ein Lächeln nicht unterdrücken. Es fühlte sich an wie früher. Dass hatte mir so gefehlt. Wie würde es sich anfühlen, wenn wir beide wieder in unser Leben zurückkehrten?

So sehr mein Vater Claude zurückhaben wollte, Claude hatte nicht unrecht mit dem, was er über all die Dinge sagte. So gut Claude gestern auch gewesen war, er war noch nicht auf NFL-Niveau. Das bedeutete nicht, dass er nicht dorthin kommen könnte. Aber er wirkte einen Tick langsam.

Papa wollte ihn so schnell wie möglich auf dem Platz sehen. Papa meinte, er würde wissen, ob es noch derselbe Mann war, wenn er ihn auf dem Feld sehen könnte. Was keiner von uns erwartet hatte, war, dass er seit zwei Jahren keinen Football mehr in der Hand gehabt hatte. Das ist lange für einen Sport, der tägliche Verbesserungen belohnt.

Ich schob dies beiseite und machte mich auf den Weg in die Küche. Zusammen mit Cali fand ich eine Auswahl an Müsli, Obst und Gebäck.

„Wir haben Pfannkuchen, Rührei und Würstchen. Interesse?", fragte Cali.

„Das hört sich alles gut an", gab ich zu.

„Dann gib mir ein paar Minuten."

„Verstanden." Ich war gerade dabei, wieder in mein Zimmer hochzugehen, um mich fertig zu machen, als ich innehielt. „Kanntest du Claude in der Highschool?"

„Er war ein paar Jahre über mir, aber ja, ich kannte ihn vom Sehen. Er war der einzige schwarze Junge in unserer Schule."

„Weißt du, ob er es damals schwer hatte?"

Cali zuckte unsicher mit den Schultern. „Soweit ich weiß, mochten ihn alle. Warum?"

„Ich versuche immer noch zu verstehen, warum niemand wusste, dass er Unifootball gespielt hat."

„Ich versuche auch, das herauszufinden."

„Hat er dir jemals Ratschläge zum Football gegeben?"

„Er hat nie darüber gesprochen."

„War er jemals bei einem deiner Spiele?"

„Nicht, dass ich wüsste."

Darüber dachte ich nach.

„Ich könnte mir nicht vorstellen, die Dinge zu tun, die er getan hat, und es niemandem zu erzählen."

„Ich dachte, ich würde ihn kennen", gab Cali traurig zu.

Ich sah ihn an und konnte sagen, dass ihn wirklich verletzte, dass Claude ihm das nicht erzählt hatte.

„Aber ich bin sicher, du weißt andere Dinge, oder? Ihr müsst doch ziemlich oft reden."

„Wir reden", sagte er, ohne mich anzusehen.

„Dann ist es vielleicht nur dieses Thema, über das er nicht sprechen möchte."

„Etwas sagt mir, dass es nicht nur das ist."

„Was meinst du damit?"

„Wenn man an einem Faden zieht, nicht wahr?", fragte er, auf Bestätigung hoffend.

„Wie einsam muss er sein?", fragte ich mich, ob das, was ich getan hatte, diese Situation verursacht hatte.

Cali mischte Zutaten, ohne zu antworten.

„Wie dem auch sei, ich bin gleich wieder unten. Ich darf nicht zu spät kommen."

„Du bist spät dran!", sagte Claude, als ich auf das Spielfeld joggte.

„Verkehr", schlug ich vor.

„Wirklich?", fragte Claude überrascht.

„Ja. Ich habe auf dem Weg hierher ein anderes Auto überholt und …" Ich machte die Geste, als würde mir der Kopf explodieren.

„Das hat dich verwirrt?"

„Ich wusste nicht, was ich damit anfangen soll."

„Ich verstehe", sagte Claude amüsiert. „Übrigens, hast du gefragt, ob wir hier sein dürfen?"

Ich blickte mich um, zum leeren Schulgebäude und Parkplatz.

„Musste ich das?", fragte ich ernsthaft.

Claude lachte sarkastisch und nahm dann sein Telefon heraus.

„Ich lasse Cage wissen, dass wir da sind."

„Siehst du, das ist die Art von Partnerschaft, die wir haben könnten. Yin und Yang", sagte ich und gestikulierte zwischen uns. „Ich bin die Ideenperson und du bist die Umsetzung."

Mich ignorierend, las er von seinem Telefon vor: „Er sagte, wir dürfen es benutzen."

„Großartig! Hast du dich aufgewärmt?"

Claude öffnete den Mund nach einer Antwort suchend.

„Streck dich und gib mir eine Runde", sagte ich und deutete auf den Umfang des Feldes.

Ohne ein Wort ging Claude an die Arbeit. Als das erledigt war, führte ich ihn durch einige Übungen, die er im Training machen müsste. Trotz der zwei Jahre Pause war er nicht schlecht.

Seine Sprintzeiten waren immer noch gut für einen Quarterback. Und seine Fähigkeit, die Richtung zu wechseln, obwohl nicht mehr wie früher, war nicht weit davon entfernt.

„Hast du in diesen letzten zwei Jahren überhaupt Sport gemacht?"

„Kommt drauf an. Hältst du Kaffeeholen für einen Sport?"

„War es zur Rushhour bei Starbucks?"

„Es war auf der hinteren Terrasse deiner Pension."

Ich sah ihn mit einem ‚Sei nicht lächerlich'-Blick an.

„Nun, für einen Mann, der auf sein Leben verzichtet hat, bist du gar nicht so schlecht in Form."

„Ich habe nicht auf mein Leben verzichtet."

„Hast du in den letzten zwei Jahren irgendetwas Schwereres als eine Gabel gehoben?"

„Ich habe unsere gesamte Tour-Ausrüstung in unser neues Büro getragen."

Ich sah ihn wieder an. Wegblickend sagte ich: „Ich nehme das als ein Nein."

Nun war Claude an der Reihe, genervt zu sein. Das war in Ordnung, denn Claude lief immer besser, wenn er etwas zu beweisen hatte. Und als er, nach einer Serie von Sprintübungen, vor Schweiß triefte, zog er sein Shirt aus.

Verdammt! Er hatte etwas Schwereres als eine Gabel gehoben. Denn dieser Mann war durchtrainiert. Irgendwie hatte er nun einen besseren Körper als damals, als er der Quarterback für eine Division II-Meisterschaftsmannschaft war.

Erregt, als ich ihn ansah, blickte ich weg. Unten half das, aber meine helle Haut konnte nicht mit dem mithalten, was ich fühlte. Ich drehte mich wieder um und glühte. Claude lachte ... dieser Bastard.

„Wie habt ihr Leute es jemals geschafft, all das Land zu stehlen?", hatte Claude mich einmal gefragt. „Was du denkst steht dir ins Gesicht geschrieben", neckte er mich, nachdem er mich in verschiedene Rottöne wechseln gesehen hatte. „Im Ernst, wie?"

„Wir können nicht alle eine so perfekte Hautfarbe haben wie du", hatte ich geantwortet und auf meine wahren Gefühle für ihn angespielt.

„Ich würde nicht sagen perfekt", sagte er kokettierend.

Obwohl ich wusste, dass Claude es mir nur etwas schwer machen wollte, hatte er einen wunden Punkt getroffen. Ich beneidete Claudes wunderschön braune Haut. Wenn ich sie ihm abnehmen und anziehen könnte, würde ich es tun. Ich meine, ich würde es nicht. Aber die Hautfarbe des Mannes war einfach so glatt und schön, während ich so blass war wie ein Stimmungsring. Das war verdammt unfair!

„Ruh dich aus und mach die Sprints nochmal", befahl ich, bevor ich auf die Tribüne ging.

Claude tat, wie ihm geheißen, holte noch ein paar Minuten Luft und rannte dann wieder. Es brauchte nie viel, um Claude dazu zu bringen, hart zu arbeiten. Er war immer bereit zu laufen, bis er umfiel.

Während ich beobachtete, wie sein starker Körper von einer Yard-Linie zur nächsten sprintete, fragte ich mich, ob ich das Richtige tat, ihn für das Team trainieren zu lassen. Er hatte noch nicht gesagt, ob er das wollte. Ich war nicht einmal sicher, ob er Football noch mochte, oder ob er ihn je gemocht hatte.

Er musste ihn zum Teil mögen. Niemand wurde so gut, wie er war, ohne Stunden zu investieren, die sonst niemand sah. Aber warum ließ er mich das jetzt mit ihm machen?

„Was kommt als Nächstes?", fragte Claude, als er atemlos herüberkam.

„Als Nächstes sagst du mir, dass du für die Cougars trainieren willst", sagte ich ausdruckslos.

„Was meinst du?"

„Ich meine, ich will, dass du mir sagst, dass es etwas ist, was du tun willst."

„Ich bin hier, mache diese Sprints, oder?"

„Ja, aber willst du das auch?"

Er sah mich genervt an. „Wenn wir fertig sind, sag es mir. Dann werde ich nach Hause gehen."

„Wenn wir fertig sind? Nein. Was meinst du?", fragte ich, verwirrt.

„Ich meine, du kamst hierher, hast mir irgendein großes Angebot gemacht, mir gesagt, wie sehr du in mich verliebt warst und jetzt fragst du mich, ob ich hier sein will?"

Ich zog die Stirn kraus und schüttelte den Kopf, versuchte zu verstehen, was vor sich ging.

„Ich weiß nicht, was ich darauf sagen soll. Ja, das ist passiert."

Er sah mich frustriert an. „Dann bin ich fertig."

„Whoa! Woher kommt das gerade?"

„Ich habe dich geküsst!", rief er und kam auf mich zu.

„Oh! Ja", sagte ich und blickte weg.

„Ja!"

Zuckend fragte ich: „Können wir so tun, als hättest du das nicht getan?"

Claude starrte mich mit offenem Mund an, bevor er resignierte.

„Ja. Scheiß drauf. Egal."

Als ich sah, wie verärgert er war, versuchte ich, mich zu erklären.

„Ich versuche wirklich, es richtig zu machen. Ich versuche, das Richtige zu tun."

„Indem du so tust, als sei es nicht passiert?"

„Ist das nicht das, was du tust?", fragte ich und bezog mich darauf, dass er keiner seiner Freunde von dem Teil seines Lebens erzählt hatte, der mich einschloss.

Claudes Ärger wandelte sich zu Resignation.

„Egal", sagte er und ging nicht länger irgendwohin.

„Schau", sagte ich und suchte nach Worten. „Ich möchte einfach nur, dass du das aus den richtigen Gründen tust. Du hast Football ziemlich leicht aufgegeben. Wenn du das Probetraining machst, möchte ich, dass du es machst, weil du dort sein möchtest, nicht, weil ich möchte, dass du es machst.

„Es gibt einen Teil von mir, der schreit, dass ich nehmen sollte, was ich bekommen kann, wenn es um dich geht. Aber wir wissen, wie das das letzte Mal geendet hat. Also möchte ich einfach nur wissen, ist das Probetraining etwas, das du willst?"

Claude lehnte sich zurück und dachte ernsthaft darüber nach. Schließlich sagte er: „Hätte mich jemand vor einer Woche gefragt, hätte ich gesagt, das ist es nicht. Aber deine Anwesenheit hat mich an die Dinge erinnert, die ich geliebt habe. Und ich bin zum Footballspielen geboren worden.

„Wenn ich in der Pocket stehe und den Ball in der Hand halte, fühle ich mich lebendig. Nichts anderes zählt. Das habe ich vermisst. Und wenn du mir jetzt sagst, ich könnte das wieder haben, dann will ich es."

Ein Lächeln stieg tief aus mir heraus.

„Dann lass es uns holen."

„Du denkst, ich bin bereit?", fragte Claude zweifelnd.

„Ich denke, du wirst einer der größten Quarterbacks in der Geschichte der NFL sein. Und ich denke, sie werden es sehen."

„Aber es fühlt sich so schnell an."

„Papa wollte dich so bald wie möglich sehen."

„Und du glaubst nicht, dass ich mich blamieren werde?"

„Claude, du könntest dich nicht blamieren, selbst wenn du es versuchen würdest. Also was sagst du? Bist du bereit dafür?"

Claude sah nachdenklich zur Seite.

Als ich sein Zögern sah, sagte ich: „Komm schon, Claude, sag, dass du bereit bist."

„Ich bin bereit", antwortete er leise.

Ich lächelte. „Ich muss es lauter hören. Ich sagte, bist du bereit?"

„Ich bin bereit", sagte er etwas lauter.

„Ich sagte, bist du bereit?", schrie ich.

„Ich bin bereit", rief er mit einem Lächeln zurück.

„Dann lass es uns machen!", sagte ich, packte seine Schultern und schüttelte ihn aufgeregt.

Mit Claude an Bord liefen wir Passübungen bis sein Arm müde war, danach ging jeder von uns nach Hause. Beim Packen wurde es mir schlagartig klar. Alles, was ich je wollte, stand auf dem Spiel. Der Besitzer des Teams hatte gewollt, dass ich kündige. Als ich es nicht tat, suchte er nach jedem Vorwand, um mich zu feuern.

Wenn ich Claude mitbrachte und er nicht gut abschnitt, könnte das genau der Vorwand sein, den der Besitzer wollte, und Claude könnte sich entscheiden, dass er mit mir fertig war. Er könnte verärgert sein, weil ich ihn dazu gebracht hatte, mir zu Vertrauen, und ihn dann wieder enttäuscht hatte.

Wenn es nicht gut lief, könnte ich alles verlieren. Und noch wichtiger als das, ich könnte Claude verlieren.

Mit einer Haut, die sich anfühlte, als würde sie brennen, bereitete ich mich auf das Auschecken vor. Als ich ein Flugticket für Claude buchte, dachte ich darüber nach, was es bedeutete. Ich hatte drei Tage, um ihn davon zu überzeugen, nicht wieder aus meinem Leben zu verschwinden. Wie sollte ich das anstellen?

Claude, der nie etwas Persönliches teilte, hatte mir mitgeteilt, dass er ein Problem damit hatte, Menschen zu vertrauen. Irgendwie hatte ich es geschafft, dass er mir wieder vertraut. Aber wenn es nicht so klappte, wie ich ihn überzeugt hatte, hätte ich dann sein Vertrauen gebrochen? Wäre dieses Mal der letzte Tropfen? Würde ich ihn für immer verlieren?

Mein Herz schlug schmerzhaft, während ich packte. Da ich nicht entspannen konnte, schlief ich nicht. Am nächsten Morgen schleppte ich mich mühsam aus dem Bett und war erschöpft. Als ich Claude abholte, um uns zum Flughafen zu bringen, hatte ich das Gefühl, den Verstand zu verlieren.

Da ich mich auf nichts konzentrieren konnte, war ich für alles empfindlich. Wie zum Beispiel die Tatsache, dass er mich nicht hereinbat, um die einzige Person zu treffen, von der er mir im Leben erzählt hatte. Während unserer drei Jahre an der Universität hatte ich seine

Mutter nicht kennengelernt. Es hatte mich denken lassen, dass er sie vor mir versteckte. Aber in Wahrheit, versteckte er vielleicht mich vor ihr?

Ich schob diesen Gedanken beiseite, als wir zum Flughafen fuhren, und schaffte es, nichts Verrücktes zu sagen, bis wir im Flugzeug waren. Mit verriegelten Türen und einer unausweichlichen Reise vor uns, bekamen mich meine Unsicherheiten zu packen.

„Ich möchte nur darauf hinweisen, dass wir nicht nach Miami fliegen", sagte ich ihm, als unser Flugzeug die Startbahn ansteuerte.

„Ich weiß", antwortete er gelassen.

Als wir uns unserer Destination näherten, sagte ich:

„Unser Team hat seinen Sitz im zugehörigen Landzipfel. Es wird hier nichts Besonderes geben."

Claude sah mich amüsiert an.

„Du hast gerade gesehen, wo ich herkomme. Nichts Besonderes ist mir ganz recht."

„Pensacola ist ein wenig anders als deine Stadt?"

„Inwiefern?"

Ich dachte darüber nach, wie unfreundlich die Stadt zu schwulen Menschen war. Das machte es für mich nicht gerade spaßig, dort zu leben. Aber würde das Claude beeinträchtigen?

Ja, er hatte mich geküsst. Aber was bedeutete das? Es war ja nicht so, als wäre er in mich verliebt, oder? Und selbst wenn er sich wie durch ein Wunder in mich verliebt hätte, ich konnte es mir nicht erlauben, auch darin falsch zu liegen.

„Es ist Florida. Du hast doch von den Florida-Mann-Storys gehört, oder?"

Claude machte eine Geste, als würde er eine Schlagzeile präsentieren.

„Du meinst sowas wie, ‚Florida-Mann überfällt Tankstelle mit einem Alligator'?"

„Genau."

„Oder ‚Florida Mann wirft Alligator durch das Drive-In-Fenster bei Wendy's'?"

„Ja."

„Oder ‚Florida Mann wird lebendig gefressen, während er versucht, eine Tankstelle bei Wendy's Drive-In mit einem Alligator zu überfallen'?"

„Du kennst dich aus", bestätigte ich. „Stell dir jetzt vor, diese Leute tragen ihr Hemd dabei, und das ist Pensacola."

„Verstanden. Und ich nehme an, sie mögen auch keine Schwarzen."

„Das ist selbstverständlich", sagte ich, um witzig zu wirken.

„Verstanden", antwortete Claude, nicht so amüsiert, wie ich gehofft hatte.

„Ehrlich gesagt, weiß ich nicht, wie sie mit Schwarzen dort umgehen. Es ist wahrscheinlich genauso schlimm wie anderswo. Überall gibt es gute und schlechte Menschen, richtig?"

„Ja. Das dachte ich mir", sagte Claude, ein wenig zurückhaltend.

Ich schaute aus dem Fenster des Flugzeugs, um mich von meinem unbedachten Verhalten zu erholen.

„Wie schlimm war es, in Oregon dunkelhäutig zu sein?", fragte ich, als ich mich zurück zu ihm wandte.

Claude überlegte.

„Es hätte schlimmer sein können. Es hilft, dass wir in einer Universitätsstadt waren. Aber ich versuche, nicht nach Dingen Ausschau zu halten, die ich nicht sehen will."

„Also war es in Ordnung dort?"

„Naja, ein paar Leute haben mich gefragt, ob sie meine Haare anfassen dürfen."

„Ernsthaft?", fragte ich zusammenzuckend.

„Es waren einige."

„Tut mir leid deswegen", sagte ich und entschuldigte mich stellvertretend für alle Weißen überall.

„Hör zu, wenn das das Schlimmste gewesen wäre, was mir dort passiert ist, hätte ich damit leben können", sagte er mit einem sarkastischen Lächeln.

„Was war das Schlimmste?", fragte ich nervös.

Er starrte mich nur an.

„Verdammt", sagte ich, als ich merkte, dass das, was ich gesagt hatte, das Schlimmste gewesen war. „Es tut mir so leid, Mann."

„Ich verstehe es."

„Es ist nur so, dass ich, in all der Zeit, die ich dich kannte, wirklich deine Haare berühren wollte. Ich wusste nicht, wie ich fragen sollte …", zuckte ich sehnsüchtig mit den Schultern.

Claude sah mich einen Moment an und brach dann in Gelächter aus.

„Kann ich es jetzt tun?", sagte ich und griff nach ihm.

„Lass mich in Ruhe", sagte er und wich zurück.

„Claude, darf ich deine Haare berühren?", neckte ich.

„Lass mich!", sagte er und schob mich weg.

Ich gab nach und tat so, als wäre ich enttäuscht. „Das wird den interkulturellen Beziehungen nicht förderlich sein", scherzte ich.

„Du bist ein Idiot."

Ich deutete auf mich selbst. „Florida-Mann."

Claude lachte.

Claudes Lachen ließ mich besser fühlen. Es hatte immer die magische Fähigkeit, mich glauben zu machen, dass alles in Ordnung kommen würde.

In Pensacola gelandet, schickte ich sofort eine Nachricht an Papa, um ihm mitzuteilen, dass Claude zugestimmt hatte, am Training teilzunehmen. Ich hatte bis jetzt gewartet, aus Angst, Claude würde es sich anders überlegen. Ich hätte es vielleicht getan, wenn ich an seiner Stelle gewesen wäre, wenn man bedenkt, was zwischen uns passiert war. Aber mit dem Flugzeug sicher am Boden und ihm in Pensacola fühlte ich mich endlich frei, alles in Gang zu setzen.

„Der Coach sagt, er richtet alles ein. Er muss es mit dem Generalmanager und ein paar anderen koordinieren. Er wird mich wissen Tag und Uhrzeit wissen lassen."

„Was machen wir bis dahin? Hast du mir ein Hotelzimmer besorgt?"

Mein panikempfindliches Gehirn leuchtete auf.

„Scheiße! Wolltest du eines?", fragte ich aufrichtig. „Ich dachte, du würdest bei mir bleiben. Auf der Couch, meine ich. Ist das in Ordnung? Ich schwöre, sie ist bequem. Oder ich könnte die Couch nehmen."

Claude starrte mich an.

„Nein, ich kann auf der Couch schlafen."

Ich konnte erahnen, was er dachte.

„Wenn du ein Hotelzimmer willst, kann ich dir eins besorgen. Ich dachte nur, dass es in Pensacola nicht viel zu tun gibt und du lieber bei mir bleiben würdest. Meine Wohnung ist nicht groß oder schick, aber zumindest würdest du jemanden kennen."

„Es ist in Ordnung. Dein Platz ist gut", sagte er mit einem freundlichen Lächeln.

Erst als ich in seine warmen Augen sah, dachte ich tatsächlich über meine Wohnung nach. Ich war so darauf konzentriert gewesen, ihn hierher zu bringen, dass ich nicht darüber nachgedacht hatte, was er erwarten könnte.

Als wir zu meiner Wohnung zurückfuhren, hielt ich den Atem an.

„Es ist nicht viel", sagte ich, als ich ihn einließ.

Er sah sich mein Einzimmerapartment an und sagte nichts.

„Was ich gelernt habe, als ich den Job antrat, war, dass Assistenztrainer nicht viel verdienen", gestand ich.

Es war nicht so, dass mein Apartment schlecht oder unordentlich war. Es war einfach klein und immer noch nicht möbliert. Es hatte das Nötigste – eine bequeme Couch, einen 60-Zoll-Fernseher und eine PlayStation. Aber an den Dingen, die mein Apartment wie das eines schwulen Mannes aussehen ließen, fehlte es.

Claude setzte sich auf die Couch.

„Bequem", bestätigte er und tätschelte die grauen Kissen.

„Außerdem ist sie ziemlich breit. Ich habe schon oft darauf geschlafen. Wenn ich das tue, schlafe ich die ganze Nacht durch. Es ist nicht schlecht."

„Cool", sagte er verhalten.

Ich sah mich zum ersten Mal mit neuen Augen in meinem Zimmer um. Es war wirklich ziemlich nüchtern. Mein Ex hatte es als mein Studentenzimmer bezeichnet. Genauer gesagt sagte er, es sähe aus, als würde hier ein Kind wohnen. Und ich hätte mich darüber geärgert, wenn ich nicht gerade mit einer Plastikgabel Müsli über dem Waschbecken gegessen hätte, als er es sagte.

„Ich hatte noch keine Gelegenheit, es fertig einzurichten."

„Wie lange lebst du schon hier?"

„Ungefähr ein Jahr", gab ich zu. „Aber du weißt, wie es während der Footballsaison ist. Ich bin die Hälfte der Zeit unterwegs. Dann, wenn ich hier bin, will ich nur auf der Couch einschlafen, während ich PlayStation spiele."

„Ich nehme an, manche Dinge ändern sich nie", sagte er mit einem Lächeln.

„Scheinbar nicht", sagte ich und entspannte mich.

Nachdem er seine Reisetasche abgestellt hatte, gingen wir wieder hinaus, um etwas zu essen. Das würde meine erste Gelegenheit sein, ihn zu überzeugen, mich nicht für immer zu verlassen. Ich musste genau den richtigen Ort wählen.

„Ist das eine Tennessee-Themenbar?", fragte Claude und musterte die Dekorationen an den Wänden.

„Bluegrass Bourbons", sagte ich stolz. „Das ist eine Whiskeybar. Fühlst du dich nicht gleich wie zu Hause?"

Claude blickte sich um, von dem Nummernschild an der Wand, auf dem 'TN2STEP' stand, bis zu den verkleinerten Whiskeyfässern in der beleuchteten Glasvitrine.

„Es lässt mich etwas fühlen", sagte Claude zögerlich.

„Alles ist hier frittiert. Es ist unglaublich."

„Gibt es auch einen Salat?"

„Einen frittierten Salat! Aber du solltest den Wels probieren. Der ist so gut", sagte ich begeistert.

„Wann ist mein Training?"

„Ich bin sicher, das ist erst in ein paar Tagen", sagte ich und griff nach meinem Handy. Nachdem ich die Nachricht von Papa gelesen hatte, sagte ich: „Es ist morgen früh um 9 Uhr."

„Wow, das ging schnell", antwortete Claude nervös.

„Ja", gab ich zu und hörte die ohrenbetäubenden Schritte, die das Ende unserer Freundschaft ankündigten. „Vielleicht ist das doch nicht der beste Ort. Wir kommen hierher zum Feiern, nachdem du es in die Mannschaft geschafft hast", sagte ich und schürte seine Erwartungen noch weiter.

Danach suchten wir das gesündeste Restaurant, das wir finden konnten. Claude bestellte zwei hautlose Hähnchenbrüste über Salat, während ich etwas mit Geschmack aß. Eine Stunde später gingen wir in den Park, um ihn aufzulockern.

Es hatte keinen Sinn, weitere Übungen als Ball werfen zu machen. Er würde von einem Training 18 Stunden vor dem eigentlichen Training nichts gewinnen.

Das Beste, worauf wir hoffen konnten, war, dass er eine Nacht lang gut schlief. Also, taten wir genau das.

Als wir vor Einbruch der Dunkelheit wieder zu Hause ankamen, richtete ich Claude mit Bettlaken und einem meiner Kissen her und ging dann selbst ins Bett. Ich brauchte verzweifelt Schlaf, und wieder kam er nicht. Als die Sonne durch mein Fenster schien, hatte ich das Gefühl, verrückt zu werden.

Die ganze Nacht hatte ich darüber nachgedacht, was passieren würde, wenn es heute nicht gut laufen würde. Ich hatte Claude gerade erst zurückbekommen. Ich war nicht bereit, ihn wieder zu verlieren. Alles musste perfekt laufen. Ich konnte nicht sicher sein, was ich tun würde, wenn es nicht so wäre.

Ich schleppte mich aus dem Bett und traf Claude im Wohnzimmer. Er saß auf dem Sofa, angezogen mit seinen gefalteten Laken und dem Kopfkissen neben sich.

„Hast du gut geschlafen?", fragte ich, als ob ich einen Frosch verschluckt hätte.

„Ich habe ein paar Stunden geschafft", antwortete er, und sah nicht erholt aus.

„War das Sofa nicht bequem?" fragte ich panisch.

„Nein, es war in Ordnung", versicherte er mir. Dann schloss er die Augen, atmete tief ein und sagte: „Gedanken."

Ich war mir nicht sicher, warum, aber als er das sagte, fühlte ich mich ein wenig besser.

„Ich verstehe. Wie fühlst du dich? Bist du bereit?"

Sein Kopf bewegte sich kaum, als er nickte. Er wollte mich nicht reinlassen. Selbst jetzt, als ich das Gefühl hatte, ich würde platzen, war er eine verschlossene Box voller Emotionen. Nichts kam raus.

Oder vielleicht legte ich mehr Gewicht auf das Ganze, als es verdiente. Vielleicht war es ihm wirklich egal, ob es beim Training gut lief. Vielleicht hatte er genug von mir und meinem kindlichen Leben gesehen, um zu wissen, dass er davon oder vom Football nichts wollte.

„Kannst du frühstücken?", fragte ich wohlwissend, dass ich nichts hinunterbekommen würde, wenn ich es versuchte.

„Etwas Leichtes. Und vielleicht etwas Kaffee. Normalerweise laufe ich morgens. Wie wäre es, ich mache ein oder zwei Meilen und halte unterwegs irgendwo an? Es wird mir helfen, den Kopf freizubekommen."

„Ich kann mit dir gehen", bot ich an, im Wissen, dass ich nach einem Block zusammenbrechen würde, aber ich wollte bei ihm sein.

„Nein, ich muss mich auf das Training konzentrieren. Wie lange brauchen wir, um da hinzufahren, wo wir hinmüssen?"

„Zwanzig Minuten?"

„Dann bin ich in einer Stunde zurück."

„Okay", sagte ich und beobachtete, wie er ging.

Noch mehr Zeit zum Nachdenken war das Letzte, was ich brauchte. Also machte ich stattdessen eine Liste von allem, auf die Papa und der Geschäftsführer bei Claude achten würden. Es war eine erschöpfende Liste. Oder genauer gesagt, ich war erschöpft, und die Worte, die ich schrieb, bildeten eine Liste.

Wem machte ich etwas vor? Das würde mich nicht von irgendwas ablenken. Stattdessen setzte ich mich auf das Sofa, schaltete die PlayStation ein und schlief ein. Ich wusste, warum. Das Sofa roch nach Claude. Es war, als wären seine Arme um mich geschlungen.

„Merri", sagte Claude und weckte mich. „Sollten wir nicht aufbrechen?"

Ich sah auf die Uhr über dem Fernseher. „Wir haben noch vierzig Minuten", sagte ich verschlafen.

„Pünktlich zu sein, ist zu spät", erinnerte er mich.

Als ich zu ihm aufsah, gefiel mir, wie er aussah. Ich meine, ich mochte immer, wie er aussah. Was ich dieses Mal meinte, war, dass er bereit aussah.

„Ja, wir sollten gehen."

Ich zog mich an und wir fuhren hin, aber ich war immer noch zu müde, um gestresst zu sein. Als wir allerdings das Stadion betraten, traf es mich. Das wäre es dann. In ein paar Stunden würde der Rest meines Lebens feststehen. Entweder würde ich arbeitslos sein und Claude würde wieder aus meinem Leben verschwinden.

Oder ich würde alles haben, was ich mir je gewünscht hatte. In meiner Brust wurde es bei dem Gedanken daran eng.

„Claude!", sagte Papa und schüttelte ihm lächelnd die Hand. „Fühlst du dich bereit für das?"

Claude schenkte Papa ein Millionen-Dollar-Lächeln. „So bereit, wie ich nur sein kann."

„Gut. Ich erwarte Großes von dir", meinte Papa, der so etwas noch nie zu mir gesagt hatte.

„Ich werde mein Bestes geben."

„Das sollte ausreichen."

Ja, Papa hatte sein Lieblingskind zurück. ‚Gut für ihn', dachte ich sarkastisch.

„Ich werde Claude zum Feld bringen. Wer leitet das Training?"

„Vincent", sagte Papa und nickte mir zu. „Viel Glück."

„Danke", sagte ich gleichzeitig mit Claude. Beide schauten zu mir. „Oh, du meintest ihn. Stimmt. Ich habe nicht viel geschlafen. Jetlag."

Claude neigte seinen Kopf, um mich daran zu erinnern, dass zwischen Tennessee und Florida nur eine Stunde Zeitunterschied lag.

„Folge mir", sagte ich und führte ihn zum Rand des Übungsplatzes. „Vincent ist unser Quarterback-Trainer. Papa führt viele der gleichen Spielzüge aus, die er mit dir gemacht hat. Erinnerst du dich an sie?"

„Großteils."

„Das wird helfen."

„Bist du okay?", fragte er besorgt zu mir sehend.

Wie sollte ich darauf antworten? Sollte ich ihm sagen, dass ich, ungeachtet dessen, was ich mir vorgenommen hatte zu tun, praktisch verrückt wurde vor Stress, ob er mich wieder verlassen würde oder nicht?

„Ich bin in Ordnung. Bleib einfach fokussiert. Du kennst alles, was Vincent mit dir durchgehen wird. Du hast das alles schon hundertmal im Training gemacht. Und mach dir keine Sorgen, du wirst großartig sein", sagte ich aufrichtig, weil ich wusste, dass es wahr war, ungeachtet des Ausgangs.

„Dankeschön", sagte er mit einem seiner strahlenden Lächeln. Es war genug, um mich denken zu lassen, dass alles in Ordnung kommen würde.

Als ich mich an die Seitenlinie zurückzog, grummelte mein Magen vor Nervosität. Ich konnte kaum atmen, während ich Claude und Vincent zusah, wie sie sprachen. Als Claude die Routine durchlief, schaute ich hinauf zu den Tribünen. Die Einzigen darauf waren Papa, der Geschäftsführer und der Besitzer des Teams.

„Verdammt!"

Ich nehme an, es war naiv von mir zu denken, dass er nicht dabei sein würde. Dennoch konnte ein Junge doch träumen. Es war nicht so, als würde er Claude etwas nachtragen, weil wir eine Geschichte hatten. Der alte Mann würde davon nichts wissen.

Solange Claude tat, was er konnte, und Papa ihn unterstützte, sollte Claude in Ordnung kommen.

Nach einer quälenden anderthalben Stunde nahm Vincent sein Clipboard voller Notizen und ging zu den Entscheidungsträgern. Als ich Claude auf dem Feld traf, pochte mein Herz wie das eines Wildkaninchens.

„Was hat er gesagt?", fragte ich ihn.

Das war der Moment der Wahrheit. Entweder war meine Karriere vorbei und ich würde Claude für immer verlieren, oder auch nicht. Es fiel mir schwer zu atmen.

„Er sagte, gute Arbeit und warte hier", sagte Claude, noch immer schweißüberströmt.

„Das ist immerhin besser als ‚verschwinde'", scherzte ich und fühlte einen Funken Hoffnung.

„Denke ich auch."

„Wie denkst du, hast du abgeschnitten?"

„Ich habe ein paar Mal meinen Split verpasst. Ich glaube auch, mein Passspiel war ein wenig daneben. Ich hätte mehr üben sollen. Ich weiß nicht, was ich mir dabei gedacht habe, hierher zu kommen. Ich bin nicht in NFL-Form. Sicher, ich bin gut genug, um mit Freunden Ball zu werfen. Aber ich glaube nicht, dass ich für das hier bereit war", sagte er und offenbarte mir mehr Verletzlichkeit, als ich in den drei Jahren unserer Freundschaft je gesehen hatte.

Ohne nachzudenken, ergriff ich seine Hand.

„Hey, sieh mich an. Du hast das verdammte Ding gerockt. Hörst du mich? Selbst zwei Drittel von dir sind besser als 100% von anderen. Du bist der beste Quarterback, den ich je gesehen habe, und wenn sie das nicht erkennen, dann scheiß drauf", sagte ich, und meinte es ernst.

Claude blickte auf. Seine Augen waren weich und sanft. Ich sah eine Seite an ihm, die ich nie zuvor gesehen hatte. Es machte mich schwach in den Knien.

„Du bist der Beste", sagte ich zu ihm. „Wirklich. Ich meine es ernst. Ich habe noch nie einen besseren Mann getroffen als dich."

„Danke", sagte er aufrichtig.

Dann tat ich etwas, was ich nicht hätte tun sollen. Auf dem Feld, vor den Augen aller, gab ich ihm eine Umarmung. Es war keine Halbumarmung unter Kumpels, bei der wir unsere Fäuste zwischen unseren Brustkörben hielten, um sicherzustellen, dass alle wussten, dass wir nicht schwul waren. Es war eine lange, anhaltende Umarmung, die von ungesagten Dingen sprach.

Sie war intim und warm. Sie ließ mich denken, dass dies vielleicht nicht das Ende war. Vielleicht war es nur der Beginn eines wundervollen Lebens miteinander.

„Verdammt", hörte ich jemanden hinter mir sagen.

Ich ließ Claude schnell los und drehte mich um. Es war der Teambesitzer, und er sah angewidert aus. Zu dem Geschäftsführer gewandt, sagte er: „Du hast mich hergebracht, um mir diese Scheiße anzusehen? Schmeiß sie raus", befahl er, bevor er davonstapfte.

Panik befiel mich. „Was?"

„Danke, dass du gekommen bist", sagte der Generalmanager und näherte sich Claude.

„Was ist gerade passiert?", fragte ich, da ich wusste, dass sich etwas verändert hatte. Alle wären nicht heruntergekommen, um Claude zu treffen, wenn sie nicht dächten, er hätte gut abgeschlossen. Ich ließ es nicht darauf beruhen, rannte an Papa vorbei und stellte mich vor den Eigentümer.

„Was geht hier vor? Sie wissen, dass er gut war."

Der Eigentümer sah mich mit kalkulierenden, blutunterlaufenen, alten Männeraugen an und sagte: „Dieses Team braucht nicht noch eine Schwuchtel", bevor er sich an mir vorbeischob.

„Was soll das bedeuten?", fragte ich, bevor es mich traf.

Es war die Umarmung. Es war meine nicht kumpelhafte Umarmung.

„Sie ziehen ihn nicht in Betracht, weil sie denken, dass er schwul ist. Sie denken, weil ich schwul bin und ihn umarmt habe, dass er ebenfalls schwul ist … Sie engstirniger Schwulenhasser."

Der Besitzer erstarrte und blickte mich schockiert an. Es gab eine ungeschriebene Regel bei bigotten Leuten. Sie konnten den lieben langen Tag Dinge andeuten. Doch so lange sie es nicht direkt sagten, würden sie nicht dafür zur Rechenschaft gezogen werden. Oh, scheiß drauf! Ich fuhr fort.

„Weil ich schwul bin und Sie uns bei einer Umarmung gesehen haben", meinte ich und zeigte, wie lächerlich das war, „denken Sie, dass er auch schwul ist. Darum wollen Sie ihn nicht im Team haben, sie verdammter Schwulenhasser!"

Wie vom Donner gerührt, blickte der Eigentümer zurück zu Papa, Vincent und dem Manager und dann wieder zu mir. Für einen Moment dachte ich, er würde nachgeben. Was ich gesagt hatte, war wahr, und er wusste es.

Aber wenn verletzte Tiere in die Enge getrieben werden, geben sie nicht auf. Sie greifen an.

Er raffte sich zusammen und straffte seinen Rücken. Als hätte ich nie etwas gesagt, erwiderte er: „Ich ziehe ihn nicht in Erwägung, weil dein Freund hier nicht passen kann, träge wie Sirup ist und keinen Split machen kann, selbst wenn sein Leben davon abhinge."

„Er kann es. Er braucht nur mehr Zeit, um sich vorzubereiten. Bevor ich da hochging, hatte er zwei Jahre lang keinen Football in der Hand gehabt."

„Was?", sagte der alte Mann plötzlich in der Defensive.

„Genau. Das ist, wie gut er ist, selbst nach einer Pause. Stellen Sie sich nur vor, wie gut er sein wird, wenn jemand mit ihm arbeitet."

Ich dachte, ich hätte ihn. Seine Fangzähne hatten sich zurückgezogen. Sein Gift war weg. Ruhig wandte er sich an mich und sagte:

„Daran hättest du wohl besser denken sollen, bevor du das Training angesetzt hast, nicht wahr?", sagte er zu mir und machte damit alles, was passierte, zu meinem Fehler.

Mich in meine Schranken verweisend, ging der alte Mann davon. Ich wusste nicht, was ich sonst noch sagen sollte. Mich zu Papa umdrehend, ging ich auf ihn zu.

„Du hattest mich gebeten, ihn so bald wie möglich mitzubringen."

„Du hast mir aber nicht gesagt, dass er zwei Jahre keinen Ball in der Hand hatte. Was hast du dir dabei gedacht, ihn hierher zu bringen? Du wusstest, dass dieser Bastard nach jeder Ausrede suchen würde, um uns das Leben schwer zu machen. Du hättest ihm nicht helfen müssen."

„Aber du hast mir gesagt, ich soll ihn so bald wie möglich mitbringen", wiederholte ich, während mein Widerstand nachließ.

„Das habe ich. Aber manchmal muss man einfach nachdenken, Merri", sagte er, als wäre ich der größte Narr der Welt.

Papa wandte sich an Claude und bot ihm seine Hand an.

„Danke, dass du heruntergekommen bist, Claude. Es war wirklich schön, dich zu sehen. Es tut mir leid, dass es nicht geklappt hat", sagte er mit aufrichtiger Enttäuschung in seinem Lächeln.

„Gleichfalls, Coach", entgegnete Claude, als wäre für ihn all dies keine große Sache.

Nachdem jeder Claude sein gequältes Lächeln gezeigt hatte und gegangen war, wandte ich mich an meinen einst besten Freund. Mit Tränen, die sich in meinen Augen sammelten, sagte ich: „Es tut mir leid."

„Können wir gehen?", war seine einzige Antwort.

Wir sagten kein Wort, als wir zu meinem Auto zurückgingen. Die Stille hielt an, bis ich den Mund öffnete, um zu sprechen, und er mich unterbrach.

„Kannst du meinen Rückflug umbuchen? Wenn es geht, würde ich gerne noch heute Abend abreisen."

Ein Frösteln durchzog mich. Alles, wovor ich Angst hatte, wurde wahr.

„Aber warum? Du hast nichts, wozu du eilig zurückkehren musst, oder? Du kannst bei mir bleiben. Wir könnten über die letzten Jahre reden", sagte ich, während ich spürte, wie meine Welt auseinanderfiel.

„Merri, ich muss los. Kannst du meinen Rückflug ändern oder muss ich einen neuen kaufen?"

„Ich kann ihn umbuchen", sagte ich ihm und versuchte, die Tränen zu verbergen, die mir über die Wangen liefen.

Wieder bei mir zu Hause sprach keiner von uns. Als ich seinen Rückflug umgebucht hatte und zusah, wie er seine Sachen zusammenpackte, sagte ich: „Lass mich dich wenigstens zum Essen einladen. Können wir das machen?"

„Ich werde jetzt gehen", antwortete er, als hätte all das keine Bedeutung für ihn.

„Ich fahre dich zum Flughafen."

„Ich habe einen Uber bestellt."

„Ist das also das Ende?", fragte ich und konnte die Tränen nicht mehr zurückhalten.

Claude antwortete nicht. Er sagte nur: „Tschüss, Merri", und ging aus meinem Leben.

Erst dann ließ ich alles heraus, was ich zurückgehalten hatte. Ich fiel auf den Boden und weinte. Ich dachte, es hätte wehgetan, als er mich das erste Mal verlassen hatte. Doch das war nichts im Vergleich zu dem, was ich jetzt fühlte.

Kapitel 10

Claude

Warum hatte ich es überhaupt gewollt? Ich war ein Narr zu glauben, dass irgendwas, was Merri mir erzählte, wahr war. Ich wusste, dass ich nicht mehr so gut war, wie ich einmal gewesen bin. Ich spürte es. Und dennoch entschied ich mich, ihm zu glauben. Ich hatte ihm vertraut, obwohl ich wusste, dass ich nur mir selbst vertrauen konnte.

Nun fühlte es sich an, als würde mir jemand die Eingeweide herausreißen. Ich wollte das nicht. Ich hatte das nicht gewollt. Aber nachdem ich einmal davon gekostet hatte, sehnte ich mich danach wie nach nichts zuvor.

Was wollte ich so sehr? Wollte ich zurück in ein Footballteam? Wollte ich wieder das Gefühl haben, dass ich wichtig bin? Ich wusste es nicht. Alles, was ich wusste, war, dass es mir wehtat und ich nicht wusste, wie ich es stoppen konnte.

Auf dem Weg zum Flughafen riss ich mich zusammen. Gleichermaßen, während ich auf meinen Flug wartete und ins Flugzeug einstieg. Mit Stunden, um darüber nachzudenken, wie ich diesen Gefühlen zuvor entkommen war, gab ich mein Bestes, um meinen Herzschmerz und die Enttäuschung zu unterdrücken.

Als ich in Tennessee landete, musste ich feststellen, dass es nicht funktionierte. Keine meiner Techniken, um taub zu werden, funktionierten. Ich konnte alles immer noch fühlen, die Minderwertigkeit, die Einsamkeit, sie schwelten knapp unter der Oberfläche.

In jedem Moment hatte ich das Gefühl, zu explodieren. Das Einzige, was mir übrigblieb, war so zu tun, als wäre nichts davon passiert. Ich würde niemandem davon erzählen. Ich würde versuchen, nicht mehr daran zu denken.

‚Wie läuft's in Florida?', las ich in einer Nachricht von Titus, während ich den Bus von Knoxville nahm.

„Scheiße!"

Ich würde nicht so tun können, als wäre nichts passiert. Jeder wusste, dass es passiert war. Merri hatte allen davon erzählt und damit sichergestellt, dass ich den Fragen nie entkommen könnte. Meine einzige Zuflucht würde die sein, mich in meinem Zimmer zu verstecken, und dieser Gedanke ließ mich meine Haut abziehen wollen.

Ich war gefangen. Merri hatte mich gefangen. Ich konnte nicht länger vor meinen Gefühlen davonlaufen.

Zusammengerollt in der Ecke wie ein ängstliches Kind, blickte ich auf. Das Monster war dunkel und furchteinflößend. Ohne Gnade verschlang es mich. Und ohne einen Fluchtweg zu haben, lehnte ich mich in meinem Bussitz vor und weinte hemmungslos.

Es war nicht nur wegen des Trainings, dass ich weinte. Es war wegen allem. Dafür, dass mein bester Freund mich damals so genannt hatte. Wegen des Schmerzes, den ich fühlte, als ich meine Einsamkeit in mir einschloss. Wegen des Achtjährigen, der nicht mit seinen Freunden Spaß haben konnte, weil er das Ansehen seiner ganzen Ethnie auf seinen Schultern tragen musste.

Die Tränen flossen und es fühlte sich nicht an, als würden sie je aufhören. Aber es war eine lange Busfahrt zwischen Knoxville und zu Hause. Und als ich zwanzig Meilen außerhalb der Stadt an der nächstgelegenen Haltestelle ausstieg, suchte ich die erste Bank, legte meine Ellenbogen auf die Knie und das Gesicht in die Hände.

Ich hatte so vieles vermasselt. Was war mein Leben? Wen hatte ich? Wie war ich alleine gelandet?

Als ich auf mein Handy schaute, das vibrierte, las ich Titus' Nachricht: ‚Übrigens, Lou sagt, wenn du für die Cougars spielst, plant er die Übernahme der Tourenfirma.'

Sekunden später schrieb er: ‚Jetzt sagt er mir, ich hätte dir das nicht erzählen sollen.'

Sekunden danach: ‚Jetzt sagt er, dass er nie wieder mit mir schlafen wird, wenn ich dir nicht sage, dass er das nicht gesagt hat. Also, er hat das definitiv nicht gesagt.'

Sekunden danach: ‚Hey Claude, hier ist Lou. Titus macht nur Spaß. Du weißt, wie gern er scherzt. Wie läuft das Training? Bist du schon ihr Starting-Quarterback? Keine versteckte Agenda hinter der Frage. Frag für einen Freund.'

Als ich Titus' letzte Nachricht las, konnte ich mich nicht zurückhalten. Ich lachte. Das war genug, um mich daran zu erinnern, dass meine Welt nicht unterging.

Ich richtete mich auf, nahm einen tiefen Atemzug. Erneut sah ich auf mein Handy und rief Titus an.

„Claude, wie geht's dir?"

„Um ehrlich zu sein, nicht großartig."

„Was ist los?", fragte mein Bruder besorgt.

„Kannst du mich an der Bushaltestelle vom Flughafen abholen?"

„Du bist zurück?"

„Ja."

„Ich komme so schnell ich kann", sagte er mir, mit einer Traurigkeit in seiner Stimme, die mir sagte, dass ich nichts weiter erklären musste.

Ich war erleichtert. Vielleicht könnte ich so tun, als wäre nichts davon passiert. Vielleicht könnte ich mein Leben zu dem zurückkehren lassen, was es gewesen war.

War ich nicht endlich in Cages sozialen Kreis aufgenommen worden? Könnte ich diese Einladung in ein Leben verwandeln, das lebenswert war? Wenn ich es heute schaffte, nichts zu sagen, konnte ich es einen Tag nach dem anderen angehen. Schließlich würde das alles nur noch eine ferne Erinnerung sein.

Als Titus' Truck vorfuhr, war ich erleichtert zu sehen, dass nur er darin saß. Ich mochte Lou, aber oft war er einfach etwas zu viel. Er würde sich nicht zurückhalten können, nach jedem Detail zu fragen, was passiert war. Das konnte ich jetzt nicht ertragen.

Ich wollte einfach nur eine Fahrt nach Hause, ohne über irgendetwas reden zu müssen. Ich wollte über alles hinwegkommen, was passiert war. Das wollte ich … was das, was als Nächstes passierte, so überraschend machte.

„Wie machst du das?", fragte ich meinen Bruder und brach das Schweigen.

„Wie mache ich was?", fragte Titus nüchtern.

„Wie schaffst du es, dass das Leben so einfach aussieht?"

Er sah mich überrascht an.

„Du denkst, mein Leben ist einfach?"

„Nein. Das ist es ja gerade. Du bist ein Star in deinem Footballteam, du bist Teilhaber eines Geschäfts, du bist Bürgermeister dieser Stadt, du hast einen Freund und trotz allem auch noch so eine riesige soziale Gruppe. All das kann nicht einfach sein. Und dennoch wirkst du, als wäre es das."

„Ich bin froh, dass du das denkst. Und du hast recht, es ist viel. Aber alles ist viel einfacher, wenn man bereit ist, um Hilfe zu bitten. Ich weiß, dass ich das alles nicht allein bewältigen kann. Aber ich habe Leute wie dich und Lou, die mir helfen. Ich weiß, dass ihr da sein würdet, wenn ich euch brauche. So wie ich für dich da wäre."

Bei seinen Worten senkte ich meinen Blick.

„Ich habe es nicht ins Team geschafft. Sie sagten, ich sei nicht gut genug."

„Das ist mies", sagte Titus mitfühlend.

„Ja."

Nach einem Moment sagte Titus: „Darf ich dich was fragen?"

„Was denn?"

„Warum hast du niemandem erzählt, dass du an der Uni Football gespielt hast?", fragte Titus behutsam.

Ich öffnete meinen Mund, um zu sprechen. Ich wollte sagen: Ich weiß es nicht. Aber ich hielt inne, weil ich wusste, dass es nicht die Wahrheit war.

„Ich habe Probleme, mich zu öffnen", sagte ich ihm ehrlich.

„Woran liegt das?"

„Gott allein weiß das. Ich könnte sagen, es liegt an etwas, das meine Mutter zu mir sagte, als ich acht war. Oder weil ich das Gefühl hatte, dass ich niemandem trauen konnte, als ich aufwuchs. Oder vielleicht, weil ich einfach nicht weiß, wer ich bin und ich nicht will, dass die Leute das sehen."

„Das ist hart", sagte Titus und nickte mitfühlend.

„Ich will nicht mehr so sein."

„Wie so?"

„Distanziert. Allein. Ich will nicht mehr alles allein auf meinen Schultern tragen. Ich will mich öffnen können."

„Dann mach es doch einfach."

„Ich weiß nicht wie. Ich habe es versucht. Ich versuche, Dinge zu teilen. Ich habe sogar Regeln aufgestellt, bei denen ich gezwungen bin, meine Gewohnheiten zu brechen. Aber jedes Mal, wenn ich in der Situation bin und weiß, dass ich die Gelegenheit habe, entscheide ich mich dagegen. Ich schaffe das nicht."

„Natürlich kannst du", sagte Titus ermutigend.

„Ich kann nicht. Glaub mir, ich habe es versucht. Ich habe es bei Merri versucht."

„Und was ist passiert?"

„Er hat gefragt, ob wir so tun können, als wäre es nicht passiert."

Titus dachte einen Augenblick nach.

„Du magst Merri, oder?"

„Ja", gab ich geschlagen zu.

„Ich meine, so wie ich Lou mag."

Ich nickte mit dem Kopf. „Ja."

„Er schien ein netter Kerl zu sein."

„Er hat seine Momente."

„Glaubst du, er empfindet das gleiche für dich?"

„Ich weiß, dass er es einmal tat."

„Hast du ihm gesagt, wie du dich fühlst?"

„Du meinst mit Worten?"

Titus lachte.

„Ja, mit Worten."

„Darin bin ich nicht gut."

„Du solltest üben."

„Was meinst du?"

Titus zuckte mit den Schultern und kehrte zu seinem gewohnt positiven Ton zurück.

„Es ist wie beim Football, oder?"

„Inwiefern?"

„Du warst doch nicht von Anfang an ein wahnsinnig guter Quarterback, oder?"

„Nein."

„Und wie bist du gut geworden?"

„Hartes Training. Studieren. Üben."

„Genau. Wie oft hast du geübt, Leuten zu sagen, was du für sie empfindest?"

Als ich meinen Mund öffnete, spürte ich einen Schmerz in meiner Brust. Schon allein der Gedanke daran war überwältigend.

„Was? Zu viel?", fragte Titus und wandte kurz seinen Blick von der Straße zu mir.

Ich schnaubte sarkastisch.

„Okay, es ist zu viel für den Moment. So wie es zu viel zu erwarten wäre, beim ersten Mal, dass du einen Football in der Hand hattest, gleich einen perfekten Hail-Mary-Pass zu werfen. Aber einen kurzen Pass könntest du werfen, richtig? Und wenn der Receiver jedes Mal ein bisschen weiter hinten steht und du weiter übst, dann schaffst du es irgendwann."

„Dann willst du sagen, wenn ich geübt hätte, könnte ich Merri sagen, wie ich fühle?"

„Ich sage, wenn du übst, könntest du es immer noch", sagte er mit einem Lächeln.

„Wie übt man, sich zu öffnen?"

Titus presste die Lippen nach einer Antwort suchend zusammen.

„Du fängst mit kleinen Dingen an, wie Komplimenten. Wie oft machst du Leuten Komplimente?"

„Ich mache sie, wenn ich denke, dass die Leute es verdienen."

„Also nehme ich an, das ist nicht sehr oft?"

Ich lachte.

„Ich nehme das nur an, weil ich noch nie eines von dir gehört habe. Also hoffe ich, dass es deshalb ist."

„Wovon redest du? Ich mache dir ständig Komplimente."

„Nenne mir nur einmal."

Ich öffnete meinen Mund und lachte dann.

„Mach dir keine Sorgen. Ich nehme es nicht persönlich. Das ist einfach, wer du bist."

„Aber du solltest keine Entschuldigungen für mein schlechtes Brudersein machen müssen."

„Das habe ich nicht gesagt. Du bist der beste Bruder, den ich mir wünschen könnte. Sag es nicht Cali, aber du bist mein Lieblingsbruder", sagte er und errötete.

„Danke." Ich pausierte. „Du auch."

Titus sah mich fragend an. „Du auch, was?"

„Du willst, dass ich es sage", fragte ich ihn verwirrt.

„Ja, Claude! Das ist der Sinn dessen, was ich sage. Du musst das üben. Und da ich dich abhole, was mich offensichtlich zu einem großartigen Bruder macht, sollte das ein kurzer Pass sein."

„Du bist auch ein guter Bruder", gab ich nach.

Titus lächelte. „Danke, Claude. Ich weiß es wirklich zu schätzen, dass du das sagst."

„Nun, es ist wahr", bestätigte ich. „Du warst ein guter Bruder für mich."

„Danke. Also, wie schmerzhaft war das zu sagen?"

„Es war nicht so schlimm", gab ich zu.

„Dann mach das tausendmal mehr und in ein paar Jahren könntest du vielleicht Merri sagen, dass er tolle Haare hat", neckte Titus.

„Fick dich", scherzte ich.

„Was? Zu viel. Wie wäre es mit zufriedenstellenden Haaren? Denkst du, in ein paar Jahren könntest du das sagen?"

„Fick dich, Titus", sagte ich mit einem Lächeln.

Er lachte.

So sehr Titus auch recht hatte, das änderte nichts an der Klemme, in der ich steckte. Dank Merri wusste jeder, wohin ich gegangen war, und ich würde jedem erzählen müssen, dass ich versagt hatte.

„Wie war deine Reise?", fragte meine Mutter mich, als ich nach Hause kam. „Konntest du deinem Freund helfen?"

„Das habe ich", sagte ich ihr.

„Das ist gut. Hast du dich rumgetrieben?"

„Momma!"

„Ich dachte nur, wenn du heimlich davonschleicht, um einem ‚Freund' zu ‚helfen', den du nie zuvor erwähnt hast, könnte mein Junge endlich etwas erleben."

„Oh mein Gott, Momma! Und ich habe mich nicht davongeschlichen. Ich habe dir gesagt, wo ich hingehe."

„Klar hast du", sagte Momma mit einem Lächeln.

Ich starrte sie an und wusste, dass sie nicht völlig falsch lag, und fragte mich, ob sie der Grund war, warum ich nichts mit jemandem teilen konnte. Ich bezweifelte nie, dass sie mich liebte. Aber, wie Lou, Titus' Freund, war Momma eben sehr viel.

„Ich gehe in mein Zimmer", sagte ich ihr, bevor ich meine Reisetasche nahm und nach oben ging.

Im Bett liegend, auf die kleinen Schatten starrend, die die untergehende Sonne an der strukturierten Decke warf, fragte ich mich, was ich als Nächstes tun sollte. An einem Tag hatte ich sowohl die Karriere als auch den Mann verloren, die ich so verzweifelt gewollt hatte, dass ich es nicht zugeben konnte.

Und war es nicht so, dass ich sie verloren hatte, weil ich es nicht zugeben konnte? Hätte ich, statt meine Gefühle zu verleugnen, geübt, hätte ich jetzt nicht alles, was ich je wollte?

Hätte ich eine zweite Chance, es noch einmal zu tun, würde ich alles anders machen. Schade, dass ich keine zweite Chance bekam … Oder etwa doch?

Kapitel 11

Merri

Schlaf. Ich brauchte Schlaf. Und nachdem ich mich vom Boden aufgerappelt und ins Bett geschleppt hatte, bekam ich ihn auch. Als ich erwachte, sah ich die Dinge in einem anderen Licht. Wörtlich. Ich war so erschöpft gewesen, dass ich erst nach Mitternacht aufwachte. Nachdem ich 48 Stunden mit nur 45 Minuten Schlaf hinter mir hatte, hatte ich einiges nachzuholen.

„Oh verdammt! Claude", sagte ich und erinnerte mich an alles, was geschehen war.

Er war wütend auf mich gegangen. Und wie beim letzten Mal hatte er allen Grund dazu. War ich überhaupt fähig, ihn nicht zu verletzen? Was war nur los mit mir, dass ich immer wieder dasselbe tat?

War es, wie sehr ich ihn begehrte? Machte mich meine Besessenheit von ihm blind gegenüber der Vernunft?

Ja, er war noch nicht bereit für das Training. Das konnte ich sehen. Er war nicht weit davon entfernt, aber er war noch nicht soweit. Hätte ich geduldiger sein müssen und vielleicht darüber nachdenken sollen, wie sich mein Handeln auf ihn auswirken würde, hätte ich bessere Entscheidungen treffen können.

Aber ich hatte es verdorben. Ich hatte uns verdorben. Und es gab kein Zurück.

War ich nicht auch gefeuert worden? Als ich mein Handy suchte, erwartete ich eine Nachricht, die genau das bestätigte. Da war keine. Ich war mir nicht sicher, warum. Hatte ich nicht meinen Boss vor allen als engstirnigen Schwulenhasser bezeichnet? Wäre das nicht Grund genug für eine Kündigung, selbst wenn es wahr war?

Egal, aus welchem Grund ich noch nicht gefeuert worden war, ich war mir sicher, dass es nur eine Frage der Zeit war, bis es soweit wäre. Nicht nur, dass der Teambesitzer mich nicht da haben wollte, ich hatte auch den Coach enttäuscht. Claude war wirklich die beste Chance für Papa, seinen Job zu behalten. Claude zu dem Training zu drängen, hatte alle verlieren lassen. Jetzt waren alle unglücklich, und ich war schuld.

„Scheiße!", murmelte ich in der Dunkelheit.

Ich wusste nicht, was ich tun sollte. Wie kam ich hier wieder raus? Wie konnte ich die Dinge wieder in Ordnung bringen?

Ich verließ in dieser Nacht das Bett nicht. Stattdessen dachte ich nach. Als die Sonne aufging, wurde mir schmerzlich bewusst, dass ich seit Tagen nichts gegessen hatte. Ich würde nicht sagen, dass ich Appetit hatte, aber ich war interessiert daran, nicht zu sterben … gerade so.

Ernsthaft, wie hatte ich mich nur in dieses Durcheinander gebracht? Ich war völlig ratlos. War ich einfach kaputt? War ich unfähig, irgendetwas richtig zu machen?

Mit nichts weiter als Beilagen in meinem Kühlschrank tat ich mein Bestes, um mich zusammenzureißen und etwas zu essen zu bekommen. In dieser Stunde hatten nicht viele Orte geöffnet. Aber ich kannte einen, der bald öffnen würde. Es war nur ein kurzer Weg zu Fuß. Vielleicht würde mir die frische Luft guttun.

Als ich mein Gebäude verließ und auf den historischen Teil von Pensacola zusteuerte, schweiften meine Gedanken ab. Wie mochte es wohl gewesen sein, hier vor hundertfünfzig Jahren zu leben? Gab es vielleicht einen Mann, der den gleichen Weg ging und das Gleiche dachte wie ich?

Umgeben von den steinernen Gebäuden und malerischen Läden fand ich das Frühstückscafé, in das ich einmal gegangen war. Während ich darauf wartete, dass es öffnete, dachte ich über das letzte Mal nach, als ich hier war. Es war vor Monaten gewesen, nach einer Nacht bei meinem Ex. Er hatte mich gefragt, ob ich seinen Lieblingsort für das Frühstück sehen wollte. Das war er gewesen. Also dachte ich immer daran, wenn ich es sah,

„Merri?", sagte eine vertraute Stimme und drehte mich um.

„Jason?", sagte ich und starrte in die Augen meines Ex.

Sofort verärgert, verschränkte Jason trotzig die Arme.

„Ich habe dir diesen Ort gezeigt. Das hier ist mein Ort. Ich gehe nicht weg."

„Ich gehe", gab ich nach, wohlwissend, dass er recht hatte.

Während ich wegging, dachte ich darüber nach, was es bedeutete, dass ich ihn ausgerechnet jetzt traf. Es war nicht so, dass er jeden Tag hierherkam. Er reiste fast so viel wie ich.

„Warte, kann ich einen Moment mit dir reden?", fragte ich und drehte mich um.

Er atmete erschöpft aus. „Was?", knurrte er.

Ich senkte meinen Kopf. „Ich habe die Dinge mit dir nicht gut gehandhabt."

„Ohne Scheiß", bestätigte er.

„Richtig. Und ich schätze, ich sollte mich dafür entschuldigen."

Jason sah mich verwirrt an. „Was geht hier vor?"

„Ich entschuldige mich dafür, ein Arschloch zu dir gewesen zu sein; dafür, generell ein Arschloch zu sein", sagte ich, während sich meine Augen mit Tränen füllten.

Jason sah mich herzlos an. Das hielt an, bis er genervt den Kopf zurückwarf und stöhnte.

„Obwohl ich gerne hätte, dass du dich wie ein Stück Scheiße fühlst, bist du kein Stück Scheiße, Merri."

„Du sagst das, weil du mich nicht kennst. Ich ruiniere das Leben von Menschen. Ich bin ein selbstsüchtiges Arschloch", gab ich zu und kämpfte darum, meine Tränen zurückzuhalten.

„Nein, das bist du nicht."

„Aber ich bin es", bestand ich.

„Merri, es ist schon schwer genug, dich jetzt nicht zu hassen. Lass mich nicht auch noch nette Sachen über dich sagen müssen. Du hast mich verletzt. Es kostet mich viel, dich nicht dich selbst runtermachen zu lassen."

„Es tut mir leid. Siehst du, ich bin nicht gut."

„Willst du wissen, was dein Problem ist, Merri?"

„Was denn?"

„Du bist leer", sagte er vorwurfsvoll.

„Was?"

„Du hast mich gehört. Du hast dieses Loch in dir, das du ständig mit Dingen zu füllen versuchst. Du denkst, wenn du der perfekte Schwule bist, werden die Footballgötter dich mögen und es wird dein Loch füllen. Nun, ich habe versucht, dein Loch zu füllen, Merri. Ich habe es wirklich versucht. Aber dein Loch ist größer als wir beide."

Jason hielt inne, als eine alte Frau vorbeiging und ihn anstarrte.

„Es war eine Metapher", rief er ihr hinterher. Er wandte sich wieder mir zu. „Du weißt, was ich meine."

„Ich bin mir nicht sicher, ob ich es tue", sagte ich ehrlich.

Er sah mich an und presste die Kiefer aufeinander. Er beruhigte sich und erklärte.

„Du fühlst dich nicht wie eine ganze Person. Wahrscheinlich, weil dein Vater dich nie so akzeptiert hat, wie du bist. Also wirst du jetzt den Rest deines Lebens damit verbringen, dem nachzujagen, was du als Kind nicht bekommen konntest. Und wenn eine Sache es dir nicht geben kann, wirst du deine ganze Aufmerksamkeit auf etwas anderes legen, wie zum Beispiel, oh, ich weiß nicht, die Anerkennung einer Gruppe von Footballspielern in einer Liga, die einen Scheiße auf dich gibt."

„Oder einen heterosexuellen besten Freund, über den ich nicht hinwegkomme", erkannte ich.

Jason starrte mich mit offenem Mund an. „Natürlich ist er das. Ich wusste, dass da jemand anderes war. Und ich hätte wissen müssen, dass er hetero ist. Je härter du kämpfen musst, um es zu bekommen, desto besser, oder? Du konntest nicht einfach den Typen vor dir lieben, der es dir anbot. Du musstest dafür kämpfen, damit es sich echt anfühlt." Jason verzog das Gesicht. „Ich hasse es, wenn meine Therapeutin recht hat."

Ich starrte meinen Ex erstaunt an. „Wenn das wahr ist, was soll ich dann tun? Denn ich bin wirklich ratlos."

„Hier ist ein Gedanke. Und das mag verrückt klingen. Aber anstatt nur auf das zu fokussieren, was du brauchst, warum versuchst du nicht mal, etwas für jemand anderen zu tun? Und nicht, weil es dir etwas bringt. Sondern weil es ihnen hilft. Hast du das mal versucht?", fragte er spöttisch.

Jason schaute sich um und dann wieder zu mir. „Weißt du was, ich will hier nicht mal mehr essen. Du kannst es haben. Ich habe zu viel um die Ohren, um mich damit auseinanderzusetzen", sagte er, bevor er sich umdrehte und wegstürmte.

Während ich zusah, wie Jason wegging, war ich verblüfft. Ich hätte gerne geglaubt, dass das düstere Bild, das er von mir malte, nicht wahr war, aber es fühlte sich real an. War nicht genau das, was er sagte, der Grund für meine Besessenheit von Claude?

Von dem Moment an, als ich ihn sah, war es seine Andersartigkeit, die mich zu ihm hinzog. Ich war nur irgendein schmächtiger weißer Junge aus einer Kleinstadt in Oregon. Er war dieser unglaublich coole schwarze Kerl, der athletisch, gutaussehend war und sein Leben im Griff hatte. Und darüber hinaus war er hetero.

Wenn ich jemanden wie ihn dazu bringen könnte, mich zu mögen, würde das nicht beweisen, dass das, was mein Vater über mich sagte, nicht stimmte? Würde das nicht beweisen, dass ich Claude als besten Freund verdient hätte? Als meine Gefühle für ihn also drohten, alles zu ruinieren, drehte ich durch. Ich verlor den Verstand, denn wer war ich ohne ihn?

Oh Gott, Jason hatte recht. Ich bin nur dieses schwarze Loch, das nach Dingen sucht, um es zu füllen. Liebte ich Claude überhaupt oder liebte ich nur die Vorstellung von ihm? Ich war nicht mehr sicher. Das Einzige, dessen ich mir sicher war, war, dass ich ausgehungert war. Also, sobald Jasons Frühstücksplatz öffnete, bestellte ich von allem etwas und versuchte, ein weiteres Loch zu füllen.

Nachdem ich viel zum Nachdenken bekommen hatte, kehrte ich nach meiner Mahlzeit nach Hause zurück und dachte über alles nach. Das dauerte, bis ich einschlief, was ungefähr zur gleichen Zeit war, als ich am Tag zuvor eingeschlafen war. Anscheinend kann das Nicht-Schlafen für 48 Stunden deinen Schlafplan durcheinanderbringen.

Aber auf eine Art war es gut. Aufzuwachen bei Dunkelheit und einschlafen vor Mittag gab mir viel Zeit für mich allein. Es half mir, ein paar Dinge zu verstehen. Zum einen hatte ich Claude nicht nur benutzt, um mich besser zu fühlen. Wir hatten zusammen wirklich eine gute Zeit. Wir lachten, wenn wir zusammen waren, und wir teilten gemeinsame Interessen.

Das bedeutete allerdings nicht, dass das, was Jason gesagt hatte, nicht auch wahr war. Das war es. Bei Claude zu sein, bestätigte mich auf eine Weise, die ich nicht vollständig erklären konnte.

Aber war das falsch? War es nicht gut, sich glücklich zu schätzen, mit der Person zusammen zu sein, die man liebte? Ist das nicht ein Zeichen dafür, dass die Beziehung Bestand haben wird?

Vielleicht lag ich falsch, als ich Claude zu allem machte und nicht nur zu einem Teil dessen, wer ich war. Wenn Claude alles war, dann hieße ihn zu verlieren, alles zu verlieren. Es musste einen Teil von mir geben, der auch ohne ihn blieb. Und wie Jason sagte, musste ich anfangen, ihn wie einen Freund zu behandeln und nicht nur wie die Person, die mich bestätigte.

Oh verdammt, ich habe so viele Dinge vermasselt. Aber ich hatte genug davon, mich darüber zu grämen. Ich wollte nicht mehr dieser Typ sein. Ich wollte besser sein, für Claude. Selbst wenn er nicht mehr mein Freund sein wollte, wollte ich ihm helfen, glücklich zu sein. Was würde Claude glücklich machen?

Während ich kämpfte, um meinen Schlafrhythmus wieder einzurichten, dachte ich darüber nach. An dem Tag, an dem ich um 9 Uhr morgens aufwachte, war es mit einer Antwort. Obwohl er zögerte, es zuzugeben, hatte er eingestanden, dass er wieder

Football spielen wollte. Ich hatte seine Chance, für die Cougars zu spielen, torpediert, aber ich glaubte trotzdem, dass er ein außergewöhnliches Talent war.

Er könnte es in ein NFL-Team schaffen, wenn er richtig trainiert wäre und wieder da, wo er war, als er uns unseren dritten Titel in der zweiten Division holte. Die Frage war, wie könnten NFL-Scouts ihn spielen sehen, um ihn für ihre Teams zu empfehlen? Wenn er noch Student gewesen wäre, könnte ich Scouts zu Spielen einladen. Aber nachdem er frühzeitig seinen Abschluss gemacht hatte, verspielte er seine College-Berechtigung.

Da traf mich die Erleuchtung. Mir war klar, wie ich Scouts der NFL dazu bringen konnte, ihn zu sehen. Und ich wusste, wer es möglich machen konnte.

„Oh Gott, was ist nun schon wieder?", fragte Jason, als er meinen Anruf annahm.

„Ich habe über das nachgedacht, was du zu mir gesagt hast. Und ich möchte mich nochmal entschuldigen, dass ich so ein schlechter Freund für dich war. Alles, was du über mich gesagt hast, stimmte. Ich habe ein großes Loch, und du konntest es nicht füllen. Keine Person könnte das je."

„Ich glaube, es klingt schlimmer, wenn du es sagst", sagte Jason, unbeeindruckt von meiner Entschuldigung.

„Trotzdem habe ich beschlossen, dass ich beginnen werde, mich auf die Bedürfnisse anderer zu konzentrieren und nicht nur auf meine eigenen."

„Das ist ein Fortschritt", sagte er, etwas erfreuter. „Und ich möchte damit anfangen, dir zu helfen."

„Tatsächlich? Das wird bestimmt gut. Erzähl weiter."

„Was wäre, wenn ich dir sagen würde, dass ich einen NFL-Anwärter habe, von dem keine der anderen Scouting-Agenturen weiß, der aber die Nummer eins im Draft wäre, wenn sie es täten?"

Jason machte eine Pause.

„Das geht um den hetero Jungen, oder?"

Ich zuckte zusammen.

„Ja. Aber er ist auch der beste Quarterback, den du jemals sehen wirst."

„Das klingt kaum nach etwas für mich. Eher wie etwas, das du willst, dass ich für dich tue", warnte Jason.

„Nein ist es nicht. Naja, ein bisschen schon. Aber nicht, weil ich etwas davon habe. Dieser Kerl ist wirklich der beste Quarterback, den ich je in meinem Leben gesehen habe. Er ist der Grund, warum mein Vater den Job bei den Cougars bekommen hat."

„Warte, ist das der Junge, von dem du in deinem Universitätsteam erzähltest? Der, der die Trickspielzüge gemacht hat?"

„Die Trickspielzüge, die zu drei nationalen Titeln geführt haben."

„Merri, es waren Titel in der zweite Division. Ich und die Ersatzbank in Harvard könnten das gewinnen", sagte er abschätzig.

„Okay, aber er hat alle Spiele gewonnen, die er spielte. Das ist alles, was man machen kann, oder? Die Teams schlagen, die man spielt? Und das hat er getan. Stell dir vor, was er hätte leisten können, wenn er in der ersten Division gespielt hätte."

„Und warum hat er nicht in der ersten Division gespielt?"

„Weil sein erstes Jahr das erste Mal war, dass er überhaupt als Quarterback spielte."

„Was?"

„Ja. Er hat sich als Walk-on für das Team beworben und gar nicht daran gedacht, sich als Quarterback zu versuchen. Er tat es nur, weil, naja, ich ihn dazu gezwungen habe."

„Was sind seine Statistiken?"

„Phänomenal."

„Nein, Merri. Ich brauche seine tatsächlichen Statistiken."

„Wenn ich sie dir gebe und sie dir gefallen, würdest du dann in Erwägung ziehen, ihn in deiner Vorsaisonspielerauswahl miteinzubeziehen?"

„Die Auswahl ist nur für College-Studenten, die nicht gedraftet wurden", sagte Jason.

„Aber du hilfst sie zu organisieren. Du könntest eine Ausnahme machen."

„Merri, warum tust du das?"

„Warum gebe ich dir die Möglichkeit deines Lebens?" sagte ich und verfiel in puren Verkäufermodus.

„Komm schon, Merri, ich meine es ernst."

Ich machte eine Pause.

„Es ist, weil ich etwas tun möchte, das ihm hilft und nicht nur mir. Claude war mein bester Freund. Er war gut zu mir, und ich war nicht immer gut zu ihm. Aber er ist talentiert und verdient es, eine Chance auf seinen Traum zu haben. Wenn ich das für ihn tun kann, könnte es die Momente vielleicht wieder gutmachen, in denen ich nicht so gut war."

„Also, wäre das immer noch für dich?"

„So sehr wie es auch für dich ist. Lass uns ehrlich sein, wenn du den Spieler findest, den sonst niemand finden konnte, und er durchstartet, wird deine Agentur diejenige sein, auf die sich die Teams verlassen. Das könnte uns allen zugutekommen. Aber ich tue dies für ihn."

Jason schwieg am anderen Ende des Telefons. Ich dachte, ich hätte ihn verloren, bis er sagte,

„Schick mir seine Statistiken. Wenn sie auch nur annähernd das sind, was du behauptest…"

„Das sind sie."

„Dann werde ich sehen, was ich tun kann."

„Danke, Jason. Und es tut mir wirklich leid, dass es zwischen uns nicht geklappt hat."

„Ja. Wie auch immer", antwortete er, bevor er auflegte.

Ich stellte alles zusammen, was ich über Claude hatte, und schickte es per E-Mail an Jason. Es dauerte einige Tage, aber schließlich antwortete er: ‚Nicht schlecht. Ich werde sehen, was ich tun kann.'

Das war Schritt eins. Schritt zwei würde weit schwieriger werden. Ich musste Claude davon überzeugen, mich lange genug nicht zu hassen, um ein weiteres Angebot zu erwägen.

Kapitel 12

Claude

Titus hatte recht gehabt. Übung machte den Meister. Ich war noch nicht in der Phase, in der ich Komplimente aussprechen konnte, aber zumindest in der Phase, in der ich Einladungen annahm. Also sagte ich zu, als Cage mich zum nächsten Spieleabend von ihm und Quin einlud. Mehr noch, ich ging hin.

Fast alle waren da. Es war eine gute Zeit. Mein Team gewann sogar ein Spiel.

Angeblich war das ein nahezu einmaliges Ereignis, weil sonst nie jemand das Team besiegte, in dem Quin spielte. Ich wusste nicht, was die große Sache war, aber laut Nero hatte ich mir gerade eine lebenslange Mitgliedschaft im Club gesichert. Ich fühlte mich allerdings schlecht für Quin. Alle machten so ein großes Ding daraus, dass mein Team gewonnen hatte, dass es ihm nicht gutgetan haben konnte.

Wie auch immer, auf dem Heimweg fühlte ich mich, noch immer leicht alkoholisiert, zufrieden mit mir.

Ich machte Fortschritte. Ich öffnete mich, wenn auch nur ein wenig. Und schon jetzt war mein Leben dadurch besser. Nun musste ich mir nur Sorgen darüber machen –

„Merri!" rief ich aus, als ich meine Haustür öffnete und ihn am Küchentisch mit Momma reden sah. „Was machst du hier?"

Er zuckte zusammen. „Alles vermasseln?"

„Dein ‚Freund' hier hat mir gerade erzählt, wie du ihm ‚geholfen' hast. Du hast bei einem NFL-Team vorgespielt?", Momma war schockiert.

„Tut mir leid", bot Merri traurig an. „Ich hätte mir denken können, dass sie es nicht weiß. Ich dachte nur …"

„Nein, Merri, das ist nicht deine Schuld. Es ist meine. Ja, Momma, er ist der Freund, den ich besucht habe. Er war vor ein paar Wochen in der Stadt, um mich zu bitten, für das NFL-Team vorzuspielen, bei dem er Assistenztrainer ist. Ich weiß nicht, warum ich es dir nicht erzählt habe."

Momma starrte mich fassungslos an. „Also, um das klarzustellen, du hattest in der Uni einen Freund? Ich dachte die ganze Zeit, ich hätte einen Außenseiter großgezogen. Wie viele Freunde hattest du noch? Ist Claude überhaupt dein richtiger Name?"

Ich musste lachen.

„Das ist der Name, den meine Momma mir gegeben hat."

„Ist das so? Denn ich weiß es langsam nicht mehr."

„Momma, kann ich kurz alleine mit Merri sprechen?"

„Also gibst du zu, dass dein Freund einen Namen hat. Und du hast es all die Zeit nicht für nötig gehalten, ihn zu erwähnen."

„Bitte, Momma."

Sie stand auf. Als sie mich erreichte, sagte sie: „Denk an das, was ich über das Schlafzimmerfenster gesagt habe", und ging dann nach oben.

Allein mit Merri wandte ich mich ihm zu.

„Was machst du hier?", fragte ich und versuchte, nicht harsch zu klingen.

„Ich musste mit dir reden."

„Du weißt, dass es so etwas wie Telefone gibt, oder?"

„Ich dachte, du solltest das persönlich erfahren."

Ich dachte über sein Angebot nach, nickte und sagte dann: „Du siehst übrigens gut aus."

Es dauerte einen Moment, bis er antwortete. Als er es tat, war es, als würde ein Reh in die Scheinwerfer eines Lkw starren.

„Was?", fragte er schließlich.

„Ich sagte, du siehst gut aus", wiederholte ich mit einem nervösen Lächeln.

Merri schüttelte den Kopf, als wolle er seine Gedanken ordnen.

„Es tut mir leid. Du hast mich nur für einen Moment aus der Fassung gebracht. Ich habe noch nie diese Worte aus deinem Mund gehört. Es hat einen Moment gedauert, bis ich verstanden habe, was sie bedeuten."

„Wovon redest du? Ich habe schon mal gesagt, dass du gut aussiehst."

Merri tat so, als würde er nachdenken, bevor er sagte: „Nein. Ich war drei Jahre lang in dich verliebt. Ich denke, ich würde mich daran erinnern."

„Also habe ich dir noch nie ein Kompliment gemacht?", fragte ich überrascht.

Merri tat so, als würde ihm etwas einfallen, und sagte dann: „Nö. Kein einziges Mal. Nicht einmal an dem Tag, als ich einen Smoking trug und verdächtig stark wie James Bond aussah."

„Oh, daran erinnere ich mich", sagte ich mit einem Lächeln.

Er starrte mich erwartungsvoll an. „Und?"

„Und was?"

Merri seufzte. „Nichts. Pass auf, ich bin hier, weil ich dir ein weiteres Angebot machen will."

„ Hat der Eigentümer der Cougars seine Meinung geändert?" fragte ich, spürte ein Kribbeln in meiner Brust.

„Oh. Nein. Er ist immer noch ein Schwulenfeind und ein Idiot."

„Oh."

„Das Angebot, das ich dir machen will, betrifft eine Vorsaisonauswahl."

„Eine Vorsaisonauswahl?"

„Ja. Mitten in der Vorsaison gibt es eine für nicht gedraftete Spieler. Ich habe ein paar Strippen gezogen und denke, ich kann dich dort unterbringen."

„Warum würdest du das tun?", fragte ich und war mir unsicher, was ich fühlen sollte.

„Weil ich trotz allem, wie sehr du auch so tust, als wolltest du nicht in der NFL spielen, denke, dass du es doch willst. Und ich habe vielleicht die Sache mit den Cougars für dich versaut, aber du könntest es trotzdem in ein Team schaffen. Du könntest der beste Quarterback in der Geschichte der Liga werden. Nur wäre ich nicht dein Assistenztrainer", sagte er mit einem traurigen Lächeln.

Ich wusste nicht, was ich davon halten sollte. Einer der einzigen Gründe, warum ich Football spielte, war wegen Merri. Ich wollte ihm etwas beweisen. Was wäre Football ohne ihn?

„Aber du hast gehört, was der Besitzer deines Teams gesagt hat. Ich bin langsam auf meinen Positionen und kann keinen Split machen, selbst wenn mein Leben davon abhinge."

„Ja, aber er glaubt auch, dass Schwule im Football nichts zu suchen hätten. Also würde ich ihn kaum als verlässliche Informationsquelle bezeichnen."

„Aber ich fühle es. Ich fühle mich langsam", gab ich zu.

„Und das bringt uns zum anderen Teil meines Angebots."

„Und der wäre?"

„Ich möchte, dass du den Sommer bei mir verbringst, während ich dich trainiere. Ich meine, du musst nicht bei mir bleiben. Du könntest überall wohnen. Aber bei mir ist es umsonst. Und da ich immer noch Zugang zu den Einrichtungen der Cougars habe, könnte ich sie nutzen, um dich vorzubereiten."

„Für den Sommer?"

„Bis zur Auswahl."

„Ich habe ein Geschäft zu führen."

„Das stimmt. Das hast du", sagte er und erinnerte sich. „Könnte dein Bruder für dich einspringen? Ich meine, wenn er wüsste, wie viel es dir bedeutet?"

„Angenommen, ich will es?"

„Natürlich. Ich würde vollkommen verstehen, wenn du es nicht wolltest. Du hast ein Leben hier. Du hast Freunde und ein ziemlich schlagfertiges Mamachen. Übrigens, warum wollte sie wissen, wie gut ich im Fensterklettern bin?"

Ich zuckte mit den Schultern, als wüsste ich von nichts.

„Du hast recht. Ich habe ein Leben hier. Oder zumindest könnte ich eines haben."

„Ich verstehe", sagte er und versuchte, seine Enttäuschung zu verbergen.

„Aber der Freund von Titus hat bereits Pläne für eine Firmenübernahme gemacht. Also könnte er vielleicht für mich einspringen, während ich weg bin."

„Wirklich?", fragte Merri aufgeregt.

„Vielleicht. Und ich denke nicht, dass ich mir für den Sommer eine eigene Wohnung leisten könnte, wenn ich nicht arbeite, also müsste ich wahrscheinlich bei dir bleiben."

Merri hielt seine Reaktion zurück und sagte: „Du wärst willkommen."

„Glaubst du wirklich, du kannst mich in die Auswahl bringen?"

„Mein Ex besitzt eine Scouting-Agentur. Er und ich sind die Gründungsmitglieder der schwulen Football-Mafia. Wir könnten dich reinbringen."

„Könntet ihr?", sagte ich lachend.

„Nicht, dass ich damit sagen wollte, dass du schwul bist. Ich meine nur, du hast da einen hübschen Mund, Mr. Quarterback."

Ich erstarrte.

„Ich mache nur Spaß! Das war ein Witz. Das sagt jeder gruselige schwule Südstaatler in Filmen. Ich finde nicht, dass du einen hübschen Mund hast. Also, du hast schon, aber … Okay, tun wir so, als hätte ich nach ‚schwule Football-Mafia' nichts mehr gesagt."

„Verstanden", sagte ich und entspannte mich.

„Also, was sagst du?"

Ich dachte nach.

„Mach es!", rief meine Mutter von oben herunter.

Merri und ich sahen uns schockiert an. Er formte ein 'Wow' mit dem Mund, und ich stimmte ihm entschuldigend zu.

„Ich werde darüber nachdenken", sagte ich zu ihm und wiederholte es dann in Richtung der Treppe. „Ich werde darüber nachdenken."

„Lass ihn wissen, dass er, wenn er eine Unterkunft braucht ..."

Ich unterbrach Momma, bevor sie ihren Satz beenden konnte. „Ich bin sicher, er hat einen Platz, Momma. Hast du, Merri?", fragte ich plötzlich unsicher.

„Ja. Ich bin wieder bei Cali untergekommen."

„Okay. Denn wenn du einen Schlafplatz bräuchtest, könntest du hierbleiben."

„Wir wären glücklich, dich aufzunehmen", fügte Momma hinzu.

„Danke, Miss Harper", entgegnete Merri, bevor er sagte: „Ich gehe dann jetzt. Aber ich möchte, dass du weißt, dass du keinen Druck hast. Wenn du wirklich für ein NFL-Team spielen willst, wäre das deine beste Chance. Und ich weiß, wenn du es willst, kannst du es schaffen. Ich würde alles in meiner Macht stehende tun, um sicherzustellen, dass es klappt", sagte er lächelnd.

„Ich werde mit Titus reden und dir Bescheid geben."

„Morgen?"

„Morgen", bestätigte ich und führte ihn zur Tür hinaus.

Nachdem ich gesehen hatte, wie er zu seinem Auto ging und davonfuhr, kehrte ich in die Küche zurück, wo Momma war. Ich hatte erwartet, dass sie ein großes Theater machen würde, aber das tat sie nicht.

„Er schien nett zu sein."

„Er hat seine Momente."

„Du lächelst", bemerkte sie.

„Tue ich das?"

„Tust du", sagte sie mit einem Lächeln. „Hängt das mit dem Football zusammen oder mit ihm?"

Ich zuckte mit den Schultern und ging hoch in mein Zimmer.

Am nächsten Morgen ging ich ins Büro, ich wusste, dass Titus da sein würde. Wir hatten noch ein paar Dinge zu tun, um unseren neuen Platz vor der Saison fertig zu machen, und da er montags keine Vorlesung hatte, hatte er zugestimmt zu helfen.

„Letzte Nacht hat Spaß gemacht", sagte ich zu ihm, während wir das Glasgehäuse für unsere T-Shirts installierten.

„Definitiv! Und du weißt, dass du jetzt eine Legende bist, oder? Wir hatten gar nicht gedacht, dass es möglich wäre, Quin bei einem Spiel zu schlagen. Du hast vielleicht seine ganze Weltsicht erschüttert."

„Wenn du meinst", räumte ich ein. „Also, was Lustiges ist passiert, als ich nach Hause gekommen bin."

„Was denn?"

„Ich hatte einen Gast."

Titus hörte auf zu arbeiten und starrte mich an. „Wer?"

„Merri."

Titus neigte fragend seinen Kopf. „Und?"

„Er war da, um mir ein Angebot zu unterbreiten."

„Von seinem Team?"

„Nein. Er hat einen Ex, der mich in eine besondere Auswahl bringen kann."

„Das ist der Hammer."

„Aber ich müsste mit ihm den Sommer verbringen, um zu trainieren."

„Willst du das machen?", fragte Titus aufgeregt.

„Ich weiß nicht. Ich habe hier … mit dir Verantwortlichkeiten."

„Redest du von diesem Laden?"

„Ja."

„Lou und ich schaffen das schon, während du weg bist", sagte er lächelnd. „Er hat bereits darüber geredet, wie er sich im Geschäft engagieren könnte. Ich denke, er versucht mich dazu zu bekommen, ihn einzuladen, mit mir zusammenzuziehen."

„Ah, richtig. Er macht jetzt im Frühjahr Abschluss."

„Genau", sagte Titus nervös.

„Und?"

„Ich meine, ich liebe ihn. Warum sollte ich ihn nicht einladen, einzuziehen? Er mag die Stadt. Er mag Quin und Quin wird hier sein. Es ergibt einfach Sinn, oder?"

„Und was denkst du darüber?"

Titus schnaufte.

„Nervös. Ich meine, das ist ein großer Schritt, nicht wahr?"

„Liebst du ihn?"

„Kein Zweifel."

„Glaubst du, ihr werdet gut miteinander auskommen, wenn ihr zusammenlebt?"

„Ich hoffe es. Ich weiß, wir haben Spaß, wenn wir zusammen sind. Es fühlt sich nur nach viel an, ihn jeden Tag da zu haben."

„Das verstehe ich", gab ich zu.

„Und du? Denkst du, du könntest den Sommer mit Merri leben? Ich meine, glaubst du, ihr kommt gut miteinander aus?"

„An der Uni waren wir unzertrennlich."

„So wie Lou und ich."

„Also nehmen wir an, dass keiner von uns beide große Schwierigkeiten haben wird, sich einzustellen", schlug ich vor.

„Ich nehme an, das werdet ihr nicht", sagte Titus mit einem Lächeln.

„Wirst du Lou einladen, bei dir einzuziehen?"

„Ich glaube, das werde ich müssen. Weißt du, da du den Sommer über in Florida sein wirst und so", sagte er mit einem Lächeln.

Ich umarmte Titus. „Danke. Ich weiß dich zu schätzen."

„Ich schätze dich auch, Bro", sagte Titus zu mir und gab mir die Ermutigung, die ich gebraucht hatte, um zu gehen.

Es dauerte nicht lange, bis das Training mit Merri sich anfühlte, als wären wir zurück an der Uni. Unsere Tage waren gefüllt mit Sprintübungen und Passübungen, während unsere Nächte ganz der PlayStation gehörten.

Aber so sehr ich mich auch beim Training anstrengte, es fühlte sich nicht so an, als machte ich irgendwelche Fortschritte. Merri bemerkte dasselbe und nannte es ein Plateau. Er versicherte mir immer wieder, dass ich das überwinden würde. Aber als noch mehr Zeit verging und ich es nicht überwand, begann ich an allem zu zweifeln.

„Es ist schön zu sehen, dass ich dich immerhin noch bei etwas schlagen kann", sagte Merri, als er mich bei Mario Kart fertigmachte.

„Wenn ich meine ganze Zeit damit verbracht hätte zu spielen, anstatt ein Leben zu haben, wäre ich auch so gut."

„Das nenne ich Blödsinn! Denn es gab keine Chance, dass du jemals ein Leben ohne mich hattest. Vergiss nicht, dass ich dich kenne."

„Okay, du hast recht. Nach dem Abschluss habe ich die meisten meiner Abende lesend verbracht."

„Oh mein Gott, das tut mir so leid", sagte er schmerzlich. „Habe ich dich etwa zum Lesen gezwungen?"

„Du sagst es, als wäre es ein Lebensurteil", bemerkte ich amüsiert.

„Aber war es das nicht? War es nicht genauso schlimm?"

„Du bist ein Idiot."

„Schau dich an, voller Komplimente."

Das brachte mich ins Stocken. So sehr ich es auch versucht hatte, ich war bei der anderen Sache, die ich hier üben wollte, auch nicht erfolgreich.

„Aber mal ernsthaft, du bist ein guter Kerl, dass du mich hierbleiben lässt."

„Mach dir keine Sorgen. Es ist mir ein Vergnügen. Entweder hätte ich dich eingeladen oder mir eine Pflanze zugelegt. Ich bin mir immer noch nicht sicher, wer mehr Persönlichkeit hat", neckte er.

„Danke dafür. Aber nein, ernsthaft, ich weiß wirklich zu schätzen, was du für mich tust."

„Klar, kein Problem. Du hast mir gefehlt. Es fühlt sich gut an, dich wieder um mich zu haben", sagte er mit einem seiner süßen Merri-Lächeln.

Als ich es sah und dann den Blick in seinen Augen, pochte mein Herz plötzlich. Die Stimmung hatte sich verändert. Ich konnte es spüren.

„Apropos, was sich gut anfühlt", begann er.

„Ja", antwortete ich, in der Hoffnung, zu wissen, wohin das führte.

„Ich denke, wir könnten eine Pause brauchen."

„Von was?", fragte ich nervös.

„Von unserer Routine. Mir ist aufgefallen, dass deine Zahlen immer noch nicht steigen."

Ich sah enttäuscht weg, weil er direkt darauf anspielte.

„Mir ist das auch aufgefallen. Willst du, dass ich nach Hause gehe?"

„Nach Hause? Nein! Warum schlägst du das vor? Ich meinte eine Pause vom Training."

„Oh! Du meinst einen Ruhetag."

„Ja, einen Ruhetag. Was habe ich gesagt?"

„Naja, was ich gehört habe, war, dass du dachtest, ich sei schlecht und du würdest auf mich verzichten."

Merri lachte sarkastisch.

„Claude, an dem Tag, an dem ich dich aufgebe, ruf um Hilfe, denn dann habe ich aufgehört zu atmen", sagte er verletzlich.

Ich errötete. „Und was schlägst du vor?"

„Etwas, das dich vom Training ablenkt."

Ich zögerte.

„Meinst du so etwas wie ein Date?", fragte ich mit klopfendem Herzen.

Er sah mich überrascht an.

„Oh nein. Kein Date. Bestimmt kein Date."

Als ich seine Worte hörte, brach mein Herz.

„Oh."

Als er meine Reaktion sah, ruderte Merri zurück.

„Ich meine, es ist nicht so, dass ich nicht mit dir ausgehen wollte. Du weißt, was ich für dich empfunden habe."

„Dann, was ist es?", fragte ich verletzlich.

„Ich meine, wir sollten uns darauf konzentrieren, dich vorzubereiten, oder?"

„Richtig. Weil das der einzige Grund ist, warum du mich hierher eingeladen hast", erinnerte ich mich selbst.

„Es ist nicht der einzige Grund", sagte er und gab mir Hoffnung. „Aber dir diese Chance zu verschaffen, ist wichtig für uns beide. Wie wäre es, wenn wir die Dinge einfach so belassen, wie sie früher waren? Zumindest vorerst. Ich möchte das wirklich für dich tun, Claude. Und ich will nichts vermasseln."

„Natürlich. Lass uns nichts vermasseln."

„Richtig", stimmte er zu, trauriger dreinblickend als ich mich fühlte.

Wir planten unseren freien Tag – der definitiv kein Date beinhaltete – für den folgenden Tag. Wir hatten sieben Tage die Woche trainiert, seit ich angekommen war. Eine Pause war überfällig.

Während Merri am nächsten Morgen ausschlief, nutzte ich die Gelegenheit, meine Morgenläufe wieder aufzunehmen. Mit all dem Sprinten, das ich gemacht hatte, fühlten sich die zehn Meilen leicht an. Das bedeutete, mein Kopf konnte seinen Gedanken freien Lauf lassen. Worauf er sich festsetzte, war, wie sehr ich mir wünschte, Merri und ich würden ein echtes Date haben.

Seit meiner Ankunft hatte ich entschieden, dass Merri nicht mehr das fühlte, was er einst für mich empfunden hatte. Er konnte nicht. Nachdem ich ihn geküsst hatte, hatte er sich geweigert, darüber zu sprechen. Er hatte gefragt, ob wir so tun könnten, als wäre es nie passiert. Stell dir vor, ich wollte über etwas sprechen und Merri nicht. Wie sehr musste er von meinem Kuss angeekelt gewesen sein?

Als ich meinen lockeren zweistündigen Lauf, der wenig dazu beitrug, meinen Kopf freizubekommen, beendete, kam ich nach Hause zurück, um Merri wach und besorgt vorzufinden, wo ich war.

„Ich dachte, du wärst nach Hause gegangen", scherzte er. Zumindest dachte ich, es wäre ein Scherz.

„Nein, ich entschied mich, einen Lauf um die Stadt zu machen. Ich hatte bisher noch keine Chance, viel davon zu sehen."

„Da gibt es nicht viel zu sehen."

„Trotzdem war es schön, mich mit meiner neuen Wohngegend vertraut zu machen."

„Schätze schon", gab er nach und sah in Gedanken versunken weg.

Zum Frühstück gesellte ich mich zu Merri in ein Lokal im historischen Viertel und entschied, dass heute auch ein Schummeltag sein würde. Ich aß nicht nur Waffeln, sondern auch frittiertes Hühnchen und ein volles Glas Milch. Ich war pappsatt, als wir gegen Mittag von dort aufbrachen.

Auf dem Weg zurück zu seiner Wohnung, merkte ich, dass ihm etwas durch den Kopf ging. Obwohl ich wusste, dass dies der perfekte Moment gewesen wäre, ihn danach zu fragen und ihm vielleicht ein Kompliment zu machen, tat ich es nicht. Ich war mir nicht sicher, warum.

Mein Training in Offenheit verlief genauso gut wie meine Footballtrainings. Aus irgendeinem Grund machte ich in keinem Bereich Fortschritte. Ich würde mich verbessern müssen, das wusste ich. Ich müsste mich sowohl auf dem Spielfeld als auch bei Merri mehr anstrengen.

Es war nicht so, dass ich nicht jeden Morgen sofort daran dachte, wie hübsch Merri war, wenn er aus seinem Schlafzimmer kam. Wie schon auf der Universität schien er allergisch gegen Shirts zu sein. Wenn wir zu Hause waren, trug er nie eines. Und der Kerl hatte den Körper eines Halbgottes.

Ich meine natürlich nicht Herkules. Merri war viel kleiner als der. Aber seine schmalen Linien und das spielende Muskelrelief auf seinem Bauch ließen mich auf Gedanken kommen. Nachdem ich wochenlang darauf gestarrt hatte, musste ich mich fragen, was los war mit mir.

Warum hatte ich ihn geküsst? War ich im Moment gefangen? Hatte ich Merri einfach das gegeben, von dem ich dachte, dass er es wollte? Ich war mir nicht sicher. Aber wenn ich mit Merri darüber sprechen könnte, könnte ich es vielleicht herausfinden.

Zurück in seiner Wohnung, zog Merri sein Shirt aus und wir begruben uns beide im Sofa. Den neuesten Actionfilm auf Netflix streamend, schauten wir ihn gedankenlos an und nutzten unseren freien Tag voll aus.

„Warum hast du diese Wohnung nie eingerichtet?", fragte ich und schaute die kahlen Wände und leeren Bodenflächen an.

„Wie meinst du das? Ich habe ein Sofa, einen Fernseher und ein Bett. Was braucht man sonst noch?", sagte er, während er auf dem Sofa saß und den Film ansah.

„Was ist mit einem Gemälde? Oder zumindest einem Poster von einem Gemälde?"

„Das würde bedeuten, aufzustehen, zu einem Posterladen zu gehen und zu entscheiden, was ich kaufen soll. Wer hat dafür schon Zeit", sagte er, während er ebenfalls den Film schaute.

„Hast du es nicht eingerichtet, weil du nicht weißt, wie lange du den Job bei den Cougars haben wirst?"

„Da ist was dran", bestätigte er.

„Wie lange läuft der Vertrag deines Vaters?"

„Er soll vier Jahre laufen, aber er enthält eine Ausstiegsklausel. Wenn das Team ihn feuert, müssten sie ihn immer noch bezahlen. Ich? Nicht wirklich. Ich stünde mit leeren Händen da."

„Ich denke trotzdem, du solltest den Platz dekorieren", entschied ich.

Er sah mich neugierig an. „Warum?"

„So zu leben, als würdest du auf den Beginn deines Lebens warten… Du lebst es. Das ist es. Das ist dein Leben. Verpflichte dich dazu. Hänge etwas an die Wände. Du kannst es immer mitnehmen, wenn du gehst."

Das war das Ende unseres Gesprächs. Ich konnte nicht sagen, was Merri dachte. Ich hätte es nicht erraten müssen, wenn ich ihn danach gefragt hätte. Aber wieder schwieg ich.

Was war los mit mir? Ich wusste, welche kleinen Schritte ich machen musste, und ich konnte nicht einmal das tun. Vielleicht war ich dazu bestimmt, alleine zu sein. Wenn nicht allein, dann zumindest, so zu fühlen, als wäre ich es.

Merri war ein großartiger Kerl. Ich fühlte mich in seiner Nähe wohler als bei jedem anderen, den ich kannte. Trotzdem konnte ich ihn nicht einmal fragen, wie es ihm ging. Warum? Was war los mit mir?

Als dieser Film zu Ende war, schauten wir einen weiteren. Danach wechselten wir zu einer Reality-Dating-Show, und Merri kündigte an, dass er mich an einen Ort mitnehmen würde, von dem aus ich die Stadt sehen könnte.

„Wir verlieren das Tageslicht", sagte ich ihm und mochte seine Idee.

„Das ist in Ordnung. Die Aussicht ist nachts besser."

„Oh", sagte ich gespannt darauf, was er plante. „Ist das etwas, für das ich mich anziehen sollte?"

„Wirst du Hosen brauchen? Wir werden draußen sein, also ja, das wirst du."

Ich lachte.

„Nein. Ich meinte ... Weißt du was, vergiss es. Ich gehe duschen", sagte ich ihm.

„Ich würde sagen, lass dir nicht zu viel Zeit, aber wen mache ich was vor", sagte er mir mit einem Lächeln.

„Egal", erwiderte ich und wischte seine neueste Stichelei über die Dauer meiner Duschen beiseite.

Ich schwor, so schnell wie möglich fertig zu werden, und verließ dreißig Minuten später das Badezimmer, um festzustellen, dass Merri nicht da war. „Nun, es ist nicht meine Schuld, wenn wir zu spät kommen", sagte ich mir selbst und ging zurück ins Badezimmer, um mich fertigzumachen.

„Mein Gott!", sagte Merri und hämmerte an die Badezimmertür. „Sollte ich nicht der Schwule sein?"

„Ich war vor dreißig Minuten fertig", sagte ich und verließ das Badezimmer, um ihn zu finden, wie er wieder einmal kein Shirt trug.

‚Wow!' dachte ich, ohne es auszusprechen.

„Wohin gehen wir noch mal?", fragte ich ihn, als er an mir vorbei ins Badezimmer ging.

„Du wirst schon sehen", sagte er mir, als er die Tür hinter sich schloss.

Als ich das Wohnzimmer betrat, blickte ich in Richtung Küche. Da war etwas Ungewöhnliches. Dort lag tatsächlich Essen. Aber nicht irgendein Essen. Es waren Dinge da, die für ein seltsames Nicht-Date gepasst hätten.

„Wohin gehen wir?", fragte ich ihn erneut, als er fünf Minuten später das Badezimmer verließ.

„Siehst du. So nimmt man schnell eine Dusche. Lass mich mich einfach anziehen und wir können los", sagte er, unglaublich aussehend und in ein Handtuch gewickelt.

Nachdem ich den Korb von der Küchenzeile genommen hatte, gingen wir zu seinem Auto.

„Wirst du mir wirklich nicht sagen, wo wir hinfahren?", fragte ich sowohl nervös als auch aufgeregt.

„Ich habe dir gesagt, ich werde dir zeigen, wo wir sind."

„Was bedeutet das?", fragte ich, mein Puls baute sich voller Neugier auf.

Er sah mich mit einem teuflischen Lächeln an. „Du wirst schon sehen."

Wir fuhren zur Küste, die untergehende Sonne im Rücken, und fanden wir uns neben einer Klippe wieder. Wir durchquerten sie und hielten an einem Ort, der wie ein Nationalpark aussah, parkten das Auto und stiegen aus.

„Wo sind wir?", fragte ich, verwirrt.

„Das sind die Bay Bluffs. Es ist ein Naturschutzgebiet."

„Es sieht geschlossen aus", stellte ich fest.

„Deswegen nehmen wir den langen Weg hinein", sagte er mit einem Lächeln.

Er schnappte sich den Korb und führte uns um den Kiefernstammzaun herum in das Dickicht aus Bäumen. Wir wanderten einige Minuten lang, bis wir auf einen angelegten Weg stießen. Wir folgten dem Pfad, der mich an Zuhause erinnerte, vorbei am Waldgebiet, bis wir schließlich auf einen langen, leeren Strand traten.

„Das ist Pensacola. Es ist das Beste, was die Stadt zu bieten hat", sagte Merri und deutete auf den weißen Sand und das poolblaue Wasser vor uns.

„Es ist wunderschön", gab ich zu.

„Bist du bereit für etwas zu essen? Ich habe ein paar Sachen im Laden geholt, während du geduscht hast", sagte er, während er mir den Korb abnahm. „Ich habe auch eine Decke mitgebracht. Soll ich sie ausbreiten?"

„Sicher", sagte ich, während mein Herzschlag sich beschleunigte. „Aber es wird bald dunkel."

„Ich habe auch Kerzen dabei", sagte er und holte sie aus dem Korb. „Sie haben Deckel, damit sie nicht ausgehen. Schau", zeigte er mir.

Als ich ihm dabei zusah, wie er die Decke ausbreitete und die Kerzen aufstellte, pochte mein Herz. Dieses Nicht-Date begann verdächtig nach einem echten Date auszusehen. Und als er die Weinflasche herauszog und zu gießen begann, setzte ich mich.

„Ich sollte wahrscheinlich nicht", sagte ich und spürte, wie ich mich zurückzog.

„Ein Abend mit Wein wird das Training nicht ruinieren. Außerdem geht es heute Abend darum, zu entspannen. Entspann dich", sagte er lächelnd.

Ich nahm den Becher und betrachtete den Rest dessen, was er mitgebracht hatte. Nichts davon stand in meinem Ernährungsplan. Käse, Cracker, fettige Würste, Marmeladen – alles sah unglaublich aus.

„Du hast dir wirklich Mühe gegeben", sagte ich zu ihm, während meine Nervosität einsetzte.

„Ich dachte, du arbeitest so hart, dass du es verdient hast. Wirst du etwas davon essen?"

Ich kämpfte gegen meinen Drang, mich zurückzuziehen. „Ich weiß nicht."

„Bitte. Für mich."

Als ich ihn ansah, konnte ich nicht ablehnen. Er konnte mich zu allem überreden. Ich hatte keinen Widerstand ihm gegenüber.

„Natürlich", sagte ich und stapelte alles zusammen. Als ich einen Bissen nahm, war ich überrascht. „Es ist gut!"

„Das nennt sich Kohlenhydrate", scherzte Merri.

„Ich mag sie", erwiderte ich.

Merri lachte.

Während wir aßen und tranken und die Sonne am Strand unterging, wurden wir beide immer entspannter. Ich konnte nicht umhin, ihn anzustarren. Er erwischte mich dabei, aber es schien ihm nichts auszumachen.

Mit dem Geräusch der sanft die Küste küssenden Wellen und einer sanften Brise in der Luft fragte er:

„Was ist dein größter unerfüllter Traum?"

„Mein größter unerfüllter Traum?"

„Ja, weißt du. Was bedauerst du am meisten, nicht getan zu haben?"

Ich nippte am Wein und dachte darüber nach.

„Am meisten bedauere ich wohl, keine Superkräfte entwickelt zu haben."

Merri lachte.

„Komm schon. Ich meine es ernst."

„Ich auch."

„Gut, dann erzähl mir. Warum bedauerst du es, keine Superkräfte entwickelt zu haben?"

„Weil ich, wenn ich sie hätte, das Gefühl hätte, den Menschen helfen zu müssen."

Merri sah mich verwirrt an.

„Du brauchst keine Superkräfte, um Menschen zu helfen. Du könntest es einfach tun."

„Das ist leichter gesagt als getan. Ich weiß nicht, ob du das über mich weißt, aber ich bin ziemlich angespannt."

„Wirklich?", sagte er sarkastisch.

„Nein, es ist wahr. Ich weiß, ich verstecke es ziemlich gut, aber das bin ich."

„Das hätte ich niemals erraten."

„Naja, mir gefällt nicht, wie angespannt ich bin. Ich sehe andere Menschen und wie leicht sie sich eingliedern können oder Spaß haben." Ich machte eine Pause. „Ich wünschte, ich wäre mehr so", sagte ich und spürte das Gewicht meiner Worte.

Als mein Blick abschweifte, legte Merri seine Hand auf mein Bein. Das überraschte mich. Ich blickte auf in seine Augen, und seine Empathie durchbrach die Versiegelung um mein Herz. Ich fing mich schnell wieder und fuhr fort.

„Alles, was ich sagte, war, dass wenn ich Superkräfte entwickelt hätte, dann könnte ich eine heldenhafte Persönlichkeit annehmen, die Menschen helfen könnte. Er könnte die Dinge tun, die ich schon immer tun wollte, die mir aber schwer fallen."

Merri rieb mein Bein.

„Darauf trinke ich", sagte er mit einem Lächeln.

Er stieß mit meinem Becher an, und wir tranken beide. Mein Schluck war genug, um das, was ich hatte, zu leeren. Merri gab mir Nachschub.

„Also, was ist mit dir?", fragte ich ihn. „Was bedauerst du am meisten?"

Merri dachte einen Moment nach.

„Mein Bedauern ist, dass ich in all der Zeit, die wir uns kennen, nicht mehr wie du geworden bin", sagte er verletzlich.

„Du willst nicht wie ich sein", sagte ich schnell.

„Ja, wer möchte schon diszipliniert sein und jedes Mal Respekt einfordern, wenn er einen Raum betritt?"

Sanft sagte ich ihm: „Es ist nicht alles Gold, was glänzt."

Merri, der seine Hand bewegt hatte, um näher an mich heranzukommen, sagte: „Von meinem Platz aus ist es das."

Als ich ihm in die Augen sah, blieb mir die Luft weg. Mit klopfendem Herzen und sich nähernden Lippen gab es eine Explosion. Ich zog mich zurück und schaute hoch. Es gab Feuerwerk, buchstäbliche Explosionen am Himmel.

„Was ist los?", fragte ich Merri.

Er lächelte. „Ich habe mich gefragt, ob du es weißt."

„Was weißt?"

„Es ist der vierte Juli."

„Oh!", antwortete ich und schaute nach oben.

Sich zurücklehnend und es sich gemütlich machend, gesellte sich Merri zu mir. In meine Arme kriechend und seinen Kopf an meine Brust legend, schauten wir es zusammen an. Ich zog ihn an mich und spürte seinen warmen Körper auf meinem. Ich wollte nicht, dass dieser Moment endet.

Die Explosionen schienen ewig zu dauern, und als das Feuerwerk aufhörte, kroch Merri auf meiner Brust hoch und küsste mich. Ich küsste ihn zurück, teilte seine Lippen auf der Suche nach seiner Zunge. Als ich sie fand, tanzten unsere Zungen miteinander.

Ich küsste Merri, meinen besten Freund, meine liebste Person auf der Welt, und es war unglaublich. Meine Gedanken zogen sich und schmolzen wie Karamell. Meine Finger in sein Haar schiebend, massierte ich den Hinterkopf.

Ich wollte ihn. Ich wollte jeden Teil von ihm. Sanft zog ich an seinen schlanken, muskulösen Armen und er kletterte auf mich. Und als ich an seinem Shirt zog, ließ er mich wissen, dass auch er mich wollte.

Unseren Kuss unterbrechend, um sein Shirt auszuziehen, sehnte ich mich nach seiner Rückkehr. Als sein Shirt ausgezogen war, zog ich meines aus. Rittlings auf mir, als er fertig war, blickte er mit Hunger auf mich herab.

 Er konnte seine Augen nicht von meinem Körper lassen. Seine Finger über die Erhebungen auf meiner Brust gleiten lassend, stöhnte er. Das ließ meinen Schwanz zucken. Er war so schön und zart. Er war gleichzeitig ein Vogel, den ich beschützen wollte, und ein Junge, den ich ficken wollte.

 Und ich wollte ihn ficken. Das hatte ich schon lange gewollt. Ich hätte es zuvor nicht zugeben können, nicht einmal mir selbst gegenüber. Aber es war immer da, zog mich immer wieder zu ihm zurück.

 Meine großen Hände um seine Brust legend, hielt ich ihn. Ich hatte meinen besten Freund vorher noch nie so berührt. Er war kleiner, als ich gedacht hatte. Meine Hand zu seiner Taille gleitend, war er noch kleiner.

 Gott, wie liebte ich es, ihn zu halten. Das war fast so schön wie das, was er als Nächstes tat. Nach vorn gebeugt, nahm er mein Fleisch zwischen seine Zähne. Sanft ziehend, legte er seinen Körper auf meinen. Er hatte es getan, um in meine Hose zu gelangen. Mit nunmehr geöffneten Hosen küsste er einen Pfad meinen Oberkörper hinunter, durch das Tal meiner Bauchmuskeln, bis zum Bund meiner Unterwäsche.

 Mit nur einem dünnen Stoff zwischen ihm und meinem harten Schwanz, drückte er seine Wange dagegen. Meine Beule über sein Gesicht wischend, glitt seine Unterlippe über die erhabene Länge davon. Mit einem Kuss auf die Spitze meiner Eichel, sah er meinen Körper hinauf in meine Augen.

„Ja", sagte ich und gab ihm die Erlaubnis, meinen Schwanz in den Mund zu nehmen.

Meine Jeans und Unterwäsche ausziehend, tat er genau das. Mit seinen kleinen Händen um mich geschlossen, stieß er meine Spitze in seinen Mund. Das war Merri, der das tat. Es war unglaublich. Und als die Spitze seiner Zunge entlang der Unterseite meiner Eichelkante glitt, hielt ich seinen Kopf und warf meinen eigenen zurück.

Das fühlte sich besser an als alles, was ich in meinem Leben gefühlt hatte. Was es abrundete war, dass es Merris Mund war, der das tat. Bei dem Gedanken dran stand ich kurz davor, die Kontrolle zu verlieren, also griff ich nach seinem Hinterkopf und zog ihn von mir weg.

Ich brauchte ihn. Ich wollte in ihm sein. Aufsetzend und ihn in die Kuhle meines Arms hebend, wechselte ich unsere Positionen. Ihn unter mir liegend, küsste ich seine Brust, während ich das Letzte, das uns trennte, entfernte. Mit seiner Hose und Unterwäsche neben uns liegend, klammerte ich mich an die Rückseite seiner Schenkel und spielte mit meiner Zunge an seinem Schwanz.

Merris Männlichkeit war wunderschön. Ich konnte nicht glauben, dass ich sie berührte. Ich saugte daran, bevor ich zu seinen Eiern ging und sie auf meiner

Zunge hüpfen ließ, während ich seine Knie an seine Brust hob. Seine Beine spreizend, fand ich sein Loch. Meine Stirn an seinem Damm drückend, fand die Spitze meiner Zunge seine Öffnung.

Sobald ich sie berührte, quiekte Merri. Es machte mich gierig auf mehr. Mit Kitzeln und Drücken lockerte ich seine Öffnung. Und als Merri klang, als könne er nicht mehr, glitt ich seinen Körper hinauf und fand seine Lippen.

Ich küsste ihn, positionierte meinen Schwanz und schob mich langsam in ihn hinein. Er stöhnte. Ich hielt inne, bevor ich fester drückte.

„Ja", flüsterte er. „Mehr."

Ich gab ihm mehr. Drückte stärker, während er zusammenzuckte, stieß mit meinen Hüften, bis ich mit einem Ploppen in ihn eindrang.

„Ahh", schrie er auf.

Wie ein Reh im Scheinwerferlicht sah er mir in die Augen. Wir dachten dasselbe. Nach Jahren der Freundschaft war ich in ihm. Er passte zu mir wie angegossen. Wir waren perfekt füreinander.

Ich glitt hinein bis es nicht weiterging und zog mich langsam wieder zurück. Als ich wieder in ihn stieß, musste ich ihn küssen. Ich liebte, was wir taten, und wollte, dass er es weiß. Ich wollte ihm all die Dinge zeigen, die ich nicht sagen konnte. Also legte ich meinen Arm um seinen Rücken, hockte mich auf ihn und machte Liebe mit ihm.

Es war süß, behaglich und mehr als alles andere, heiß. Merris Körper war perfekt. Seine Winkel passten zu meinen Biegungen. Und als ich nicht länger sanft sein konnte, ließ mein Stoßen ihn auf eine Weise stöhnen, die meine Seele packte.

„Ja. Ja!", schrie er.

Als ich immer härter und härter in ihn drang, konnte ich sehen, wie sich seine Zehen verkrampften. Er kämpfte damit, sich zurückzuhalten. Das schickte ein Kribbeln meine Beine hoch bis in meine Eier. Schnell kämpfte ich. Ich wollte, dass dies ewig dauerte. Aber als Merri kam, ohne dass wir seinen Schwanz berührten, kam ich in ihm. Wie ein Fluss floss ich in ihn hinein, mein Zucken hörte nicht auf.

Seinen Körper fest umklammernd, ließ ich ihn schließlich los. Mit seinen Beinen, die sich um mich senkten, war ich immer noch in ihm. Ich wollte ihn nicht verlassen, ehe ich es musste. Und letztendlich, als ich aus ihm herausschrumpfte, kroch ich an seine Seite und zog ihn in meine Arme.

Es gab so viel, was ich sagen wollte, aber nicht tat. Er musste doch wissen, wie ich für ihn empfand, nicht wahr? Das musste er. Merri bedeutete alles für mich. Konnte er nicht verstehen, dass ich nie wollte, dass dies endete?

Kapitel 13

Merri

Nein, nein, nein, nein, nein. Ich meine, ja. Ein definitives Ja. Aber nein.

Das hätte nicht passieren sollen. Wollte ich, dass es passiert? Natürlich. Seit dem Tag, an dem ich ihn kennengelernt habe. Aber das würde alles ruinieren.

Ich liebe Claude. Und ich meine nicht auf die Art und Weise, wie sein unglaublich durchtrainierter Körper mich fühlen lässt. Und das will wirklich etwas heißen, denn er hat diese ‚V'-förmigen Muskeln, die ständig zu seinem erstaunlich großen Schwanz zeigen.

Nein. Ich liebe ihn auf die Art, wie man jemanden liebt, wenn man will, dass die Person bis zum Tod im eigenen Leben bleibt. Ich brauchte keinen Sex.

Versteht mich nicht falsch, zu spüren, wie er in mich eindringt, wird das sein, woran ich mich beim Wichsen die nächsten Jahre aufgeilen werde. Es war besser, als ich es mir je hätte erträumen können. Aber an Claude ist mehr als das, was er mit seinem Körper anstellen kann. Und in diesen Teil von ihm war ich verliebt.

Wenn ich alles, was gerade passiert ist, rückgängig machen könnte, würde ich es tun. Dafür bräuchte ich eine Gehirnwäsche, denn vergessen könnte ich das niemals. Aber wenn das der Preis dafür wäre, ihn für immer als Freund zu haben, würde ich es machen.

Dennoch, das Gefühl, wie er mich unter den Sternen hielt, war unglaublich. Ich konnte hören, wie die Wellen sanft ans Ufer schlugen. Das Mondlicht warf einen schwachen Schatten auf alles. Und trotz der kühlen Meeresbrise hüllte mich sein warmer Körper ein wie eine Decke.

Ich konnte das hier noch ein paar Minuten genießen, bevor ich dem Ganzen ein Ende setzen musste. Warten, musste ich dem wirklich ein Ende setzen? Ja. Ja, ich musste das wirklich beenden.

„Wir sollten wahrscheinlich gehen", sagte ich zu ihm – wie ein Verrückter.

Als Claude sprach, klang er verwirrt.

„Okay."

Bereute er jetzt, was er getan hatte, und überdachte er, ob er jemals hätte nach Florida kommen sollen? Wahrscheinlich. Claude war hetero. Oder zumindest größtenteils hetero. Was passiert war, konnte nicht mehr als ein Experiment gewesen sein. Und obwohl ich liebend gerne dieses Experiment gewesen wäre, während wir an der Uni waren, wollte ich nach zwei Jahren ohne ihn in meinem Leben kein Risiko mehr eingehen.

„Wolltest du nicht gehen?", fragte ich, nervös darüber nachdenkend, ob dies der Punkt war, an dem ich ihn verlieren würde.

„Nein, wir sollten gehen", sagte er entschlossener.

Als er seine Arme von mir löste, fühlte ich mich nackt. Mehr noch, ich fühlte mich unbeholfen und kalt. Während wir beide unsere Kleidung zusammenrafften und den Sand ausschüttelten, warf ich einen Blick auf Claude. Er sah so stoisch aus wie immer. Wie schaffte er es, stoisch so heiß wirken zu lassen? Genug, um mich wieder hart werden zu lassen.

Aber nein, ich konnte diesen Weg jetzt nicht einschlagen. Nicht heute Nacht. Nie wieder. Und ich musste die Zeit, die er mir gab, bevor er wieder verschwinden würde, nutzen, um das zu kompensieren, was gerade passiert war.

Angezogen und zusammengepackt, machten wir uns auf den Rückweg den Strand hinauf und in den Wald.

„Hast du zufällig eine Taschenlampe mitgebracht?", fragte er mich, als wir in die Dunkelheit eintraten.

„Ich habe Kerzen mitgebracht", erinnerte ich ihn, in der Hoffnung, dass es meine offenkundige Nachlässigkeit entschuldigen würde.

„Die Kerzen waren gut. Es war eine gute Wahl", sagte er fröhlich und ließ mich mich ein wenig besser fühlen.

Ich wollte die Kerzen nicht wieder anzuzünden, aus Angst, mich dem stellen zu müssen, was ich getan hatte. Und so fanden wir langsam den Weg zum Holzweg und zurück zu unserem Auto.

„Du hast einen guten Ort ausgesucht. Das war schön. Danke", sagte er in einem Ton, der mir sagte, dass er so tun würde, als hätten wir nicht getan, was wir getan hatten.

Das war gut. Es würde mir mehr Zeit geben, bevor er nicht mehr so tun konnte und davonlief, ohne je wieder mit mir zu sprechen.

Während der Fahrt zurück zu mir war es unglaublich still, und ich hatte viel Zeit zum Nachdenken. Habe ich Nachdenken gesagt? Ich meinte in Panik darüber, jeden Atemzug, den er tat, der nicht perfekt ruhig und gemessen war, zu analysieren. Vielleicht, wenn wir die Nacht überstehen könnten, ohne dass die Kacke am Dampfen war, konnte ich das noch retten.

„Ich schätze, wir sollten schlafen gehen", sagte er, als wir in meinem Wohnzimmer standen. „Morgen wieder Training?"

„Ja, zurück zum Ackern ... ich meine Training", sagte ich und hörte, was ich da sagte. „Wir machen morgen mit dem Training weiter ... unserem Zeitplan."

Offiziell hatte ich vergessen, wie man spricht.

„Okay. Klingt gut."

Natürlich klang das gut für ihn. Es würde bedeuten, dass er sich nicht mit dem auseinandersetzen musste, was wir gerade getan hatten. Er könnte es ignorieren. Ich meine, nicht, dass es eine schlechte Sache war. Sobald er es vergessen konnte, könnten wir daran arbeiten, unsere Beziehung wieder aufzubauen.

„Ääähm ...", sagte Claude und blickte auf die Couch.

„Sie ist nicht so bequem, oder?", gab ich betrübt zu.

„Es ist in Ordnung. Sie ist bequemer als manche Betten, in denen ich geschlafen habe. Sie ist nur klein."

„Ich meine, du könntest in meinem Bett schlafen, wenn du möchtest. Aber du solltest wissen, dass ich schnarche."

„Ich bin derjenige, der dich darauf hingewiesen hat, während einer der vielen Male, in denen wir ein Zelt geteilt haben."

„Stimmt! Dann sollte es kein Problem sein", sagte ich, sowohl am Schwitzen als auch erregt.

„Wenn du nicht möchtest, dass ich ..."

„Nein, nein. Das ist es nicht. Es ist nur ...", ich schloss die Augen, was es mir leichter machte zu sagen, was ich sagen musste. „Ich denke nicht, dass wir das, was wir getan haben, noch einmal tun sollten."

Claude sah mich verwirrt an.

„Klar. Richtig." Er hielt inne. „Aber nur, damit wir beide im Klaren sind, warum nicht?"

Wie erkläre ich ihm, dass ich Angst habe, dass er meine Art satt hat und mich verlässt?

„Du bist hierhergekommen, um dich auf die Auswahl vorzubereiten. Ich denke, wir sollten uns beide darauf konzentrieren. Du hast nur einen Versuch und ich wünsche mir das für dich. Es wird sein, wie wenn ein Boxer vor einem Kampf keinen Sex hat."

„Ein Boxer. Klar", sagte er zögerlich.

Ich wollte verzweifelt das Thema wechseln.

„Möchtest du zuerst duschen?", fragte ich ihn.

„Nein, du kannst zuerst. Ich weiß, wie lange ich da drin brauche", sagte er und schaute mich nicht mehr an.

Als ich ihn dort ließ und praktisch ins Badezimmer rannte, schloss ich die Tür hinter mir und lehnte meine Stirn daran. Was machte ich nur? Hatte ich gerade angenommen, dass er wieder mit mir schlafen wollte? Und hatte ich ihn in mein Bett eingeladen?

Ich versuchte, ein anständiger Kerl zu sein. Wie sollte ich das machen, wenn er jede Nacht halbnackt neben mir lag?

Nach der kältesten Dusche, die ich ertragen konnte, verließ ich das Badezimmer und fand ihn in Gedanken versunken auf der Couch.

„Du bist dran", sagte ich und überquerte den Flur zu meinem Zimmer.

Drinnen war ich mir nicht sicher, was ich tun sollte. Sollte ich die Tür zumachen, um Unterwäsche anzuziehen? Er hatte mich bereits nackt gesehen. Verdammt, er hatte mich im Mund, und jetzt würden wir im selben Bett schlafen.

Ich ließ mein Handtuch fallen, während die Tür offen war, und suchte in meiner Schublade ein Paar Unterhosen heraus. Als ich zurückblickte, weil ich fühlte, dass jemand mich anstarrte, sah ich, wie Claude ins Badezimmer ging. Das hier würde peinlich werden, und es war alles meine Schuld.

Ich hatte den Picknickkorb nicht aus Versehen gekauft. Er hatte mich gefragt, ob der von mir vorgeschlagene freie Abend ein Date sein würde. Wollte ich, dass es ein Date war? Natürlich wollte ich das. Aber ich dachte, es wäre wie eines meiner albernen ungeouteten Dates, auf die ich ihn im College mitgenommen hatte. Wie damals dachte ich, es wäre genug, um meine Fantasie weiter zu verfolgen, dass wir daten, ohne wirklich etwas zu verderben.

Aber das war nicht passiert. Ich gebe dem Alkohol die Schuld. Oder den Feuerwerken. Könnten es die Kerzen gewesen sein?

Was auch immer es war, es machte es zur romantischsten Nacht meines Lebens. Ich war nur ein schwacher schwuler Junge. Wie viel Widerstand konnte ich einem solchen Moment schon entgegensetzen?

Auf der Suche nach meiner besten Unterwäsche zog ich sie an und sah mich um. Ich räumte schnell auf, machte das Bett und legte mich hinein. Es gab keine Möglichkeit, dass ich mich entscheiden könnte, welche Regeln in unserem Schlafzimmer gelten würden.

Also schaltete ich die Lichter aus und schob die Verantwortung beiseite. Ich würde so tun, als wäre ich eingeschlafen, wenn er eintrat. So müsste ich nicht wissen, was ich tat, oder seinen unglaublichen Körper wieder ansehen. Es gab nur so viel, was ich ertragen konnte.

Wie immer brauchte Claude ewig zum Duschen. Was machte er da drin? Was auch immer es war, es war lange genug gewesen, um legitimerweise behaupten zu können, nicht mehr wach zu sein.

Im Dunkeln liegend, folgte ich den Geräuschen von ihm im Raum. Als er – ich nehme an, weil er erkannte, dass ich schlief – ruhig den Raum verließ, war ich überzeugt, dass er es sich anders überlegt hatte, mein Bett zu teilen.

Doch das hatte er nicht. Er holte nur sein Zeug. Und als ich hörte, wie sein Handtuch zu Boden fiel und mir sagte, dass er nackt war, tat ich, was ich nicht hätte tun sollen. Ich linste.

Ja, er war so heiß, wie ich mich erinnerte … Und jetzt war mein Schwanz wieder hart. Steinhart. Toll! Wie sollte ich jetzt einschlafen?

Mit geschlossenen Augen folgte ich wieder dem Geräusch von ihm im Raum. Er tat Dinge, die ich nicht erkennen konnte, bis er sanft ins Bett stieg. Als er sich zurechtgerückt hatte, konnte ich seine Nähe spüren. Mein Herz schlug so heftig, dass ich es hören konnte. Es war so laut, dass ich sicher war, auch er konnte es hören.

Wenn er es hörte, sagte er nichts. Er lag einfach da und war, nehme ich an, ahnungslos und umwerfend. Wie hatte ich mich nur in diese Lage gebracht? So nah bei ihm zu sein, ohne ihn berühren zu können, war Folter. Ich würde nie wieder schlafen.

Nach einer Stunde des Daliegens, traumatisiert, war ich kurz davor aufzugeben. Zu dem Schluss gekommen, dass ich den Rest meines Lebens wach bleiben würde, drehte ich mich auf die Seite.

Meine Bewegung muss ihn geweckt haben, denn sobald ich mich bewegte, tat er es auch. Und als er sich bewegte, war es zu mir hin. Genauer gesagt, mit seiner Brust an meinem Rücken und seinem Arm um mich herum. Wusste er, was er da tat? Sollte ich etwas tun, um ihn von mir wegzukriegen, damit er weniger bereuen musste am Morgen?

Ich war kurz davor, mich zu bewegen, um ihn wieder aufzuwecken, als ich stattdessen meine Hand bewegte, um seine zu berühren. Als unsere Finger sich trafen, umschlossen seine meine leicht, und ich schlief sofort ein.

Am nächsten Morgen, als ich mich daran erinnerte, was Claude und ich am Abend zuvor getan hatten, sprangen meine Augen auf. Es war spät. Als ich mich umsah, um Claude zu finden, war er nicht da. Auch seine Sachen waren weg.

Ich war mir sicher, dass ich gehört hatte, wie er sie letzte Nacht ins Schlafzimmer gebracht hatte. Aber heute Morgen waren sie verschwunden. Er war verschwunden. Wie ich gedacht hatte, war das, was wir getan hatten, zu viel für ihn gewesen. Er war wieder verschwunden.

Ich sprang aus dem Bett, Panik breitete sich aus und ich rannte ins Wohnzimmer. Es sah aus wie vorher, bevor er eingezogen war, leer. Er hatte mich verlassen. Wir hatten Sex gehabt und es hatte alles ruiniert.

Verzweiflung stieg in mir auf, Tränen traten in meine Augen. Das konnte ich nicht ertragen. Warum verpatzte ich immer alles? Ich war der Versager, den Papa immer in mir sah. Ich hatte es nicht verdient, geliebt zu werden. Ich war nichts wert.

Da hörte ich, wie ein Schlüssel ins Schloss gesteckt wurde und die Tür aufging. Ich wirbelte herum und sah Claude verschwitzt hereinkommen. Ein Blick auf mich und er fragte:

„Was ist los? Warum weinst du?"

Ich wischte meine Tränen schnell weg.

„Wovon redest du? Ich weine immer morgens."

„Nein. Du holst dir immer morgens einen runter", verbesserte er mich, während er sich ein Glas Wasser einschenkte.

„Das war ein einziges Mal!"

Er gab mir einen ungläubigen Blick.

„Es waren mehrere Male. Ich war gerade inmitten einer stressigen Phase."

„Wir waren auf einem Campingtrip am Mount Rainier."

„Oh, du meinst damals. Das war, weil ich dachte, du wärst nicht wach."

„Das war ich auch nicht, bis du angefangen hast, dir einen zu rubbeln."

Zu meiner Demütigung begann er, mich nachzuäffen, wie ich einen Orgasmus unterdrückte.

„Ah, ah."

„Hör auf!", protestierte ich. „Und wo warst du gerade?", fragte ich, um das Thema zu wechseln.

„Ich habe beschlossen, wieder mit meinen Morgenläufen anzufangen. Es fühlt sich gut an."

„Wo sind deine Sachen?"

„Ich habe alles weggeräumt. Ich hoffe, es stört dich nicht; ich habe mir einen Teil deines Schrankes und der Schubladen angeeignet. Ich habe nicht viel, also hast du immer noch jede Menge Platz."

„Nein, das ist in Ordnung", sagte ich, erleichtert. „Ich hätte dir das wahrscheinlich schon vorher anbieten sollen, anstatt dich aus deiner Tasche leben zu lassen."

„Das hättest du wohl tun sollen", neckte er mich auf dem Weg ins Badezimmer. „Ich geh duschen."

„Wir sehen uns morgen", neckte ich zurück.

Zu meiner Überraschung waren Claudes nächste Trainingseinheiten die besten bisher. Er hatte sich um eineinhalb Sekunden bei seinem 50-Yard-Sprint verbessert, was enorm war. Und seine Pässe quer über das Spielfeld waren punktgenau.

„Weißt du, was der Unterschied ist?", fragte er mich, nachdem ich ihm die Statistiken gezeigt hatte.

„Dein Morgenlauf?", fragte ich, in der Hoffnung, er würde sagen, es sei der Sex gewesen.

„Ja, das ist es", antwortete er und blickte enttäuscht weg.

Was hatte er von mir hören wollen? ‚Nimm all deine Sachen und verlass meine Wohnung.' Denn das hätte ich auch sagen können, wenn ich vermutet hätte, dass es am Sex lag.

Nein, ich wollte, dass wir zu dem zurückfanden, was wir hatten. Ich hatte akzeptiert, dass die Dinge nie wieder genau so sein würden wie früher. Und sobald er bei der Auswahl allen zeigte, was er draufhatte, würde er in irgendeinem Team am anderen Ende des Landes landen.

Aber wenn wir diesen Sommer unsere Verbindung wieder aufbauen könnten, würden wir vielleicht diesmal in Kontakt bleiben. Vielleicht würden wir sogar zusehen, wie die Kinder des anderen aufwachsen. Wollte ich, dass alle seine Babys meine waren? Offensichtlich. Aber wenn ich mich für eines entscheiden müsste, wüsste ich, welches ich wählen würde.

In den folgenden Wochen verbesserten sich Claudes Statistiken immer weiter. Es stellte sich heraus, dass wir wirklich etwas in ihm freigesetzt hatten. Dazu kam, dass es zwischen uns nie besser gewesen war.

Jede Nacht schlief ich ein, umschlungen von seinen starken Armen. Anfangs hielt er mich nicht, bis wir lange genug im Bett gelegen hatten, dass er hätte schlafen können. Aber eines Nachts, zu frustriert, um zu warten, schmiegte ich mich an ihn, sobald ich das Licht ausgemacht hatte. Als er immer noch nichts tat, stieß ich ihn weiter mit meinem Hintern, bis er es kapierte.

Ich bin mir sicher, er hat mich nur gehalten, damit ich nicht mehr nervte. Aber ich war müde. Ich wollte schlafen. Und das passierte nicht, bevor ich nicht in seinen Armen lag, mit seinem Duft überall um mich. Was sollte ich sonst tun?

Bald danach geschah etwas anderes. Ich fand etwas im Badezimmer nach einer seiner irre langen Duschen. Auf dem beschlagenen Spiegel war eine Zeichnung von jemandem im Bett mit einer Sprechblase daneben. Darin stand geschrieben: ‚Furz'.

Sagte er mir damit, dass ich im Schlaf furzte? Wie konnte er es wagen? Zu denken, ich hätte das

Masturbieren morgens für ihn aufgegeben. Unverschämt! Das verlangte eine Antwort. Aber welche?

Ich sagte nichts, als ich aus dem Badezimmer kam. Stattdessen schmiedete ich Pläne. Was konnte ich auf dem Spiegel zeichnen, um mich zu revanchieren? Könnte ich etwas zeichnen, das darauf hinwies, wie ärgerlich perfekt sein Körper war?

Das könnte ich vielleicht. Aber das war nicht der richtige Ton. Und vielleicht kam mir das nur in den Sinn, weil ich beim Brainstorming zusah, wie er ohne Shirt Übungen machte.

Verdammt, war er heiß. Er musste wissen, was er mir antat, wenn ich gezwungen war, ihm ohne Oberteil zuzusehen, oder? So ein Bastard. Ein sehr heißer, sehr durchtrainierter Bastard.

Dann hatte ich die Erleuchtung. Ich wusste, was ich zeichnen würde. Aber wie und wann?

Ich konnte wahrscheinlich etwas zeichnen, das erschien, wenn der Spiegel durch seine verrückt lange Dusche beschlug. Also, was könnte ich verwenden, damit die Zeichnung nicht beschlägt? Da gab es doch Mittel für, oder? Ich musste ein wenig recherchieren.

„Kannst du dich heute nicht konzentrieren?", fragte mich Claude, als er mich mit dem Handy erwischte, anstatt seine Sprints zu timen.

„Tut mir leid, etwas Wichtiges kam dazwischen", sagte ich ihm und steckte mein Handy weg.

„Geht es darum, ob sie dich feuern werden?"

„Nein. Und ich glaube nicht, dass sie das tun. Denk mal nach. Wie kannst du den schwulen Typen feuern, nachdem er dich darauf hingewiesen hat, dass du abfällige Kommentare vor anderen gemacht hast? Das wäre doch eine Klage, die nur darauf wartet, eingereicht zu werden. Jetzt habe ich vielleicht mehr Jobsicherheit als Papa", sagte ich lachend.

Claude lachte. „Du hast recht. Vielleicht hast du die ja wirklich. Also, was war es?", fragte er, und bezog sich darauf, dass ich am Handy war.

„Nichts", sagte ich ihm. „Es war nur etwas Persönliches."

„Oh. Okay", antwortete er und wirkte ein wenig verletzt.

Ja, was auch immer. Er hatte es selbst über sich gebracht. Er würde den Tag bereuen, an dem er sich über mich lustig gemacht hatte, weil ich im Schlaf gefurzt hatte. Und dieser Tag kam bald.

Nach dem Training und dem Abendessen schlich ich davon, während er seine Abenddusche nahm. Ich rannte zum Autoteileladen und holte eine Flasche Entfroster, die man auf Windschutzscheiben auftrug.

„Wo warst du?", fragte er vom Sofa aus, als ich zurückkam.

„Drogen nehmen", sagte ich in Panik.

„Hast du eine neue Sucht?"

„Die Leute reden wie verrückt von Heroin. Ich dachte, ich probiere es aus."

„Und? Was denkst du?", fragte er und kehrte zu seinem Buch zurück.

„Es ist okay. Aber man trifft die interessantesten Leute in den Opiumhöhlen", sagte ich auf dem Weg ins Badezimmer.

„Ich wusste nicht, dass sie in Pensacola Opiumhöhlen haben."

„Spinnst du? Die Opiumhöhlen hier sind weltbekannt. Du kommst wegen des Heroins und bleibst für die süchtig machenden Appetithäppchen."

„Ich verstehe", sagte er, anscheinend unseres Gesprächs überdrüssig.

Mit geschlossener Badezimmertür holte ich die Flasche und mein Handy heraus. Ich musste herausfinden, wie ich das zeichnen sollte.

„Alles in Ordnung da drinnen?", fragte er, nachdem es sich herausstellte, dass ich dreißig Minuten gebraucht hatte.

„Ja. Es ist nur das Heroin."

„Verstopft dich ziemlich, was?"

„Genau. Ich bin gleich fertig."

Er musste ahnen, dass etwas im Busch war, oder? Das musste er doch. Zum Glück war ich fast fertig.

Teil des Problems war, dass ich keinen beschlagenen Spiegel zum Zeichnen hatte. Ich musste die Schlieren, die ich machte, aus seltsamen Winkeln betrachten, um zu wissen, wie es aussah. Und wenn ich dann einen Fehler machte, musste ich von vorne anfangen.

Nach all der Arbeit, die ich investiert hatte, sollte er besser das Meisterwerk zu schätzen wissen, das ich geschaffen hatte. Man würde nie eine bessere Darstellung eines Mannes finden, der seinen Kopf im Arsch hat, gezeichnet auf einem Spiegel mit Entfrosterflüssigkeit, wenn man es versuchen würde.

„Fertig", sagte ich ihm, als ich aus dem Badezimmer kam. Die Tür hinter mir schließend – in der Hoffnung, dass er es nicht sehen würde, bis nach seinem Morgenlauf – sagte ich: „Ich würde nicht da reingehen, wenn ich du wäre."

„Ich bin mir nicht sicher, ob Heroin gut für dich ist."

„Ist es nicht. Aber man weiß es nie, bis man es ausprobiert, oder?"

„Ich nehme an. Gehen wir schlafen?"

„Klar", sagte ich ihm, überzeugt, dass ich viel zu aufgeregt war, um schlafen zu können.

Ich legte mich ins Bett, mein Kopf raste beim Gedanken daran, was er sagen würde, wenn er es sähe. Ich wäre beinahe aufgestanden, um Videospiele zu spielen, um mich zu beruhigen. Aber dann schlang er seine Arme um mich, und ich war weg. Wie sich herausstellte, war Claude die einzige Droge, die ich brauchte.

Am nächsten Morgen aufwachend und feststellend, dass er weg war, erinnerte ich mich an mein Kunstwerk und sprang aus dem Bett. Ich war spät aufgestanden und hatte seinen Lauf verpasst. Er war bereits unter der Dusche.

Ich wusste nicht, was ich tun sollte, ging in Richtung Küche, änderte meinen Entschluss und eilte zurück ins Bett. Ich wollte so unauffällig wie möglich wirken, wenn er herauskam. Was war unauffälliger, als noch zu schlafen?

„Wirst du ewig schlafen?", fragte er mich, als er im Handtuch zurück ins Schlafzimmer kam.

„Hä? Entschuldigung, ich habe geschlafen."

„Das habe ich gesehen", sagte er mir, als er sein Handtuch fallen ließ und nackt vor mir stand ... dieser Bastard.

Sofort erregt, konnte ich jetzt definitiv nicht aus dem Bett.

„Ich habe darüber nachgedacht, dass wir heute ein paar absichtliche Ballverlust-Spielzüge üben könnten", sagte er und schlenderte langsam umher, anstatt sich anzuziehen.

„Die würden im NFL-Spiel nicht so gut funktionieren wie in der Division II."

„Vielleicht nicht. Aber es ist gut, ein paar in Reserve zu haben", sagte er, drehte sich um und präsentierte mir seinen perfekt gerundeten Halbmondhintern.

„Wie du möchtest."

Und damit meinte ich, dass er alles haben konnte, was er wollte. Wenn er so aussah, war ich wie Eiscreme in seinen heißen Händen. Es war gut, dass er sich anzog. Ich war fünf Sekunden davon entfernt, mich auf ihn zu werfen; Freundschaft hin oder her.

Als er vollständig angezogen war und ich wieder stehen konnte, stieg ich aus dem Bett und ging ins Badezimmer. Ich erwartete, mein Meisterwerk im beschlagenen Spiegel zu sehen, tat es aber nicht. Ich hatte einen Mann gezeichnet, der seinen Kopf im Arsch stecken hatte, in zwei Teilen. Auf der rechten Seite des Spiegels hatte ich einen nackten Arsch gezeichnet, wo die Person sich nach vorne beugte mit einem vom Rand des Glases abgeschnittenen Oberkörper. Auf der linken Seite hatte ich den weitergeführten Oberkörper gezeichnet, mit Schultern und Armen, die an den Pobacken anstießen. Wie gesagt, es war ein Kunstwerk.

Aber das war nicht, was ich an diesem Morgen vorfand. Da war immer noch ein nackter Arsch auf der rechten Seite des Spiegels. Aber auf der linken war das Bild eines Kopfes, der irgendwie mir ähnelte. Und es küsste den nackten Arsch.

War das der Grund, warum er nackt im Schlafzimmer umherlief? Und warum er mir absichtlich seinen Hintern zeigte? Sagte er mir damit, ich solle ihm den Arsch küssen?

Oh, das war Krieg. An diesem Abend zeichnete ich das Bild eines Typen, der seinen Kopf im Hintern eines Esels stecken hatte. Weißt du, falls er die Anspielung mit dem Kopf im Arsch das erste Mal nicht verstanden hatte. Dann, als ich danach ins Badezimmer kam, fand ich denselben Esel, aber dieses Mal lag der Typ darunter mit dem ausgestreckten Glied des Esels in seinem Mund.

„Was zum …?"

Dieses Bild war eindeutig Pornografie. Aber irgendwie immer noch beeindruckend. Wie hatte er so viel Detail auf einem beschlagenen Spiegel hinbekommen? Es war verrückt. Ich musste mich ganz klar steigern.

In der Nacht, nachdem ich den Esel neu gezeichnet hatte, führte ich sein Glied so herum, dass es wieder in seinen eigenen Arsch ging. Mit anderen Worten, ich sagte ihm, er solle sich selbst ficken. Mal sehen, ob er das überbieten könnte.

Das tat er. Er zeichnete einen nackten Typen, der erstaunlicherweise ihm ähnelte, beim Ficken eines Typen, der mir ähnelte. Sagte er mir damit ‚Fick dich'?

Oh, das war gut … und verdammt heiß. Ich kam, während ich mich zum Gedanken daran erleichterte und hielt meine Stöhner zurück. Ich wollte ihm nicht die Genugtuung geben zu wissen, dass er mich zum Höhepunkt gebracht hatte. Er hatte es nicht verdient. Und um ehrlich zu sein, war ich ein wenig sauer auf ihn.

War das fair? Nein, das war es nicht. Aber mich mit dem Gedanken zu quälen, mit ihm Sex zu haben, war auch nicht fair. Verstand er denn nicht, wie schwer das für mich war?

Natürlich wollte ich Sex mit ihm haben. Natürlich wollte ich seine großen Hände um meine Taille spüren, während er mich wie eine Marionette herumwirbelte.

Er würde meine Beine mit seinen Füßen auseinander drängen, meinen nackten Oberkörper nach vorne beugen, meine Pobacken spreizen. Mit meinen Händen gegen die Wand würde er seinen überdimensionalen Schwanz nehmen und an meiner Öffnung reiben. Er würde mich reizen, bis er wusste, dass ich es nicht mehr aushalten könnte.

Dann, wenn meine Knie vor Lust fast nachgaben, würde er in mich eindringen. Ich würde meinen Kopf nach hinten werfen vor schmerzhaftem Vergnügen, er würde seinen Finger in meinen Mund stecken. Am Haken gefangen, würde er mich ficken. Ich könnte nichts dagegen tun.

In die Wand gebohrt, würde ich stöhnen, bis meine Beine zitterten. Er würde genau wissen, wie lange er durchhalten muss, bis er kam. Und wenn er kam, wäre es eine Explosion. Ich würde zusammen mit ihm kommen. Und immer noch unfähig, meine Hände von der Wand zu nehmen, würde ich den Boden vollsauen wie ein Tier.

Da ich mich ein zweites Mal erleichtern musste, dank Claudes Spiegelzeichnung, beendete ich meine Dusche und kehrte geschlagen ins Wohnzimmer zurück. Als ich ihn ansah, war offensichtlich, dass er keine Ahnung hatte, was er mit mir machte. Das war wahrscheinlich meine Schuld. Wenn ich ihm sagte, wie ich mich fühlte, war es immer im Präteritum. Das lag zum Teil daran, dass ich ihn nicht in Verlegenheit bringen wollte. Aber war das der einzige Grund?

Nachdem ich meinen besten Freund vergrault und es nicht geschafft hatte, die Dinge mit Jason zum Laufen zu bringen, konnte man sagen, dass ich Probleme hatte. War es falsch, nicht wieder verletzt werden zu wollen? Wie tief saß mein Schmerz? Es half nicht, die Enttäuschung im Gesicht meines Vaters zu sehen, als ihm klar wurde, dass ich anders war. Danach verhielt er sich auch anders zu mir.

Teilweise begann ich meinem Papa beim Football zu helfen, um ihm zu zeigen, dass ich keine Enttäuschung war. Ich konnte das Kind sein, das er wollte. Vielleicht versuchte ich immer noch, das für meinen Vater zu sein, aber glücklicherweise fand ich irgendwann Freude an dem, was ich tat.

Ich stehe auf Kerle, die so aussehen wie Claude, und wo findet man diesen Typ? Auf einem Footballfeld.

Außerdem machte es mir Spaß, den Spielern dabei zu helfen, Dinge herauszufinden. Ich mochte es, Teil eines Teams zu sein. Ich hatte nicht den Körperbau, um einen 90 kg schweren Mann zu aufhalten, der mit voller Geschwindigkeit auf mich zulief. Aber ich konnte Spielzüge entwickeln, die den Spielern halfen, das Spiel zu gewinnen.

Football und ich, wir waren die perfekte Kombination. Was als Versuch begonnen hatte, meinem Vater etwas zu beweisen, wurde zu etwas, das ich gerne tat. Aber das nahm mir nicht den Schmerz, der mich dazu brachte. Ablehnung schmerzt, ob sie von Papa, den Jungs im Team oder meinem besten Freund kam.

Ich wollte bei Claude sein. Ich wollte den Rest meines Lebens mit ihm verbringen. Aber was ich noch mehr wollte, war, dass er mich nicht wieder verließ. Und wenn ich wählen musste, würde ich ein garantiertes bisschen von dem, was ich mochte, wählen, anstatt alles für das zu riskieren, was ich wirklich wollte.

„Warst du schon mal auf einem Pride-Festival?", fragte ich ihn beim Abendessen.

„Nein. Warum sollte ich?", fragte Claude ehrlich.

„Weiß ich nicht. Fällt dir kein Grund ein?", fragte ich vorschlagend.

„Ich bin nicht schwul", entgegnete Claude abwehrend.

„Das habe ich nicht gesagt."

„Du hast es angedeutet."

„Ich habe es angedeutet, weil" – ich hielt inne, bevor ich ihn daran erinnerte, dass er seinen Schwanz in meinem Arsch hatte. „Warum sagst du mir nicht, was du bist?"

„Was meinst du?"

„Ich meine, als was identifizierst du dich?"

„Das tue ich nicht."

„Oh, bist du einer von denen, die ‚nicht an Etiketten glauben'?", fragte ich abschätzig.

„Ist das schlimm?"

„Nein, es ist in Ordnung. Ich finde es nur praktisch. Mehr nicht."

„Inwiefern praktisch?"

„Du weißt schon. Wenn du nicht zugeben willst, wer du bist oder als ‚einer von denen' angesehen werden möchtest, kannst du einfach sagen ‚Ich glaube nicht an Etiketten' So bekommst du alle Vorteile des Kampfes, ohne die schlechten Seiten beanspruchen zu müssen."

„Ich verstehe", sagte er und versuchte, seine Verstimmung zu verbergen.

Das ärgerte mich.

„Okay, Claude, ich weiß, dein Ding ist es, nicht über Sachen zu reden, aber lass uns das jetzt nicht tun."

„Wir sollten wahrscheinlich gehen", sagte er und meinte das Restaurant.

„Nein. Wir sollten hierbleiben und darüber reden."

Claude sah mir in die Augen, zog Geld heraus, legte es auf den Tisch und ging. Er war verärgert, deshalb lief ich ihm natürlich nach.

„Also gehst du einfach weg?", fragte ich, als ich ihm die Straße hinunterfolgte. „Nach allem, was zwischen uns vorgefallen ist, kannst du immer noch kein einfaches Gespräch darüber führen, wie du für mich empfindest?"

Claude drehte sich wütend um.

„Du weißt, wie ich für dich empfinde?!"

„Wie? Du sprichst nie darüber."

„Du weißt, was wir getan haben. Denkst du, ich mache das einfach mit irgendjemandem?"

„Woher soll ich das wissen? Du hast es mir nie erzählt. Du erzählst mir nichts. ‚Keine Etiketten' ist nicht nur deine Identität. Es ist deine Lebensweise."

„Es tut mir leid, dass ich so ein Ärgernis für dich bin. Wenn du willst, kann ich gehen."

„Was zum Teufel, Claude? Ich bitte dich, mir etwas über dich zu erzählen, und du drohst mir damit, mich zu verlassen?"

„Ich habe nicht gedroht, dich zu verlassen", beharrte Claude.

„Von meiner Seite hat es sich aber ganz danach angehört", sagte ich, erschüttert von seiner Drohung.

Claude machte eine Pause und sah mich an. Ich zitterte. Ich wünschte, ich wäre stark genug, es nicht zu tun, aber ich tat es. Nackt vor ihm stehend, war ich verwundbar. Hätte er mich dort stehen lassen, wäre ich kaputtgegangen. Ich wusste es. Ich konnte nur eine bestimmte Anzahl von Schlägen verkraften.

Als er zögerte, brach mein Herz. Ich war kurz davor, auf die Knie zu fallen, als seine großen, starken Arme mich umfingen.

„Ich will dich nicht verlassen", flüsterte er mir ins Ohr. „Das wollte ich nie. Ich möchte es auch nie wieder tun."

„Warum hast du es dann getan?", fragte ich mit Tränen, die sein Hemd durchnässten.

„Ich weiß es nicht. Was du gesagt hast, hat so wehgetan."

„Es tut mir so leid, dass ich das gesagt habe, Claude."

„Ich weiß, dass du es bereust."

„Warum kannst du mir dann nicht verzeihen?"

Claude blieb stumm.

„Warum nicht, Claude?"

„Ich weiß es nicht. Aber das bedeutet nicht, dass ich nicht hier sein will."

„Ich möchte einfach, dass du dich mir gegenüber öffnest."

„Ich versuche es, Merri. Ich gebe wirklich mein Bestes."

„Ich weiß. Ich sehe es. Du bist nur wirklich schlecht darin."

Claude lachte. „Ja, das bin ich. Wirklich schlecht."

Ich wich zurück und sah zu ihm hoch.

„Aber du musst nicht immer schlecht darin sein. Teile jetzt zum Beispiel eine Sache mit mir."

„Was möchtest du wissen?"

„Was ist deine tatsächliche Identität? Ich weiß, du möchtest nicht darüber nachdenken. Aber überzeuge mich, dass das, was zwischen uns ist, nicht nur in meinem Kopf existiert."

Claude sah mich schmerzerfüllt an.

„Bitte, Claude. Wenn ich dir irgendetwas bedeute …"

„Das tust du", sagte er und unterbrach mich.

„Dann was?"

„Ich dachte, du könntest es sehen. Ich bin hier."

„Aber ich muss es hören. Von dir", sagte ich und berührte seine Brust. „Bitte, was bist du?"

Claude überlegte bei meiner Frage. Tief durchatmend sagte er:

„Nun, ich bin nicht hetero. Ich denke, dieses Schiff ist abgefahren."

„Okay."

„Ich glaube nicht, dass ich schwul bin", sagte er zögerlich.

„Was lässt dich denken, dass du es nicht bist?"

„Frauen. Hast du sie gesehen?"

„Ja, habe ich. Was willst du damit sagen?"

„Richtig. Schwul. Mein Punkt ist, dass ich mein Leben lang Frauen mochte."

„Warst du jemals mit einer Frau zusammen?", fragte ich, ohne zu wissen, wie ich mich fühlen würde, wenn ich hörte, dass er es war.

„Warst du?", konterte er.

„Du weißt, dass ich es war."

„Und jetzt bist du schwul. Also, was beweist es, mit einer Frau zusammen gewesen zu sein?"

„Nichts, schätze ich. Aber es würde mir zumindest sagen, was du denkst."

„Gut. Ich war mit Frauen zusammen."

Ich dachte darüber nach, verarbeitete es.

„Wann?", fragte ich herausfordernd, als es sich gesetzt hatte.

„Während der Uni."

„Wann?", fragte ich noch zweifelnder

„Jodi und ich", erklärte er.

Ich suchte in meiner Erinnerung nach, wer das war.

„Warte, du hattest Sex mit Jodi?"

„Ja", gab er schüchtern zu.

„Im Ernst?"

„Warum wundert dich das so?"

„Weil ich dich drei Jahre lang täglich gesehen habe und du mir das nie erzählt hast."

„Wie ich sagte, warum wundert dich das?"

Ich starrte ihn schockiert an und lachte dann.

„Du teilst wirklich gar nichts, oder?"

„Ich habe ein Problem", räumte er ein.

„Also, wann hat es angefangen?"

„Im ersten Semester."

„Wo habt ihr euch getroffen?"

„Es war auf einer Verbindungsparty. Du hast dich mit irgendeinem Mädchen davongemacht und ich bin mit Jodi heimgegangen."

„Was?", fragte ich betäubt und amüsiert.

„Ja."

„Und ihr habt öfter etwas miteinander gehabt als nur damals?"

„Sie wollte in die medizinische Fakultät und hat mir immer eine Nachricht geschickt, wenn sie Dampf ablassen musste. Es gab eine Menge Dampf."

„Aber ihr habt euch nie verabredet?"

„Nein."

„Warum nicht? Sie war hübsch." Ich hielt inne. „Eigentlich sah sie mir sehr ähnlich."

„Ich habe einen Typ."

„Warte, ich bin dein Typ. Was ist dein Typ?"

„Aufdringlich. Nervig. Stellt zu viele Fragen."

Ich lachte.

„Okay, ich weiß, das ist nicht wahr. Jodi war die ernsteste Person, die ich je getroffen habe. Ich erinnere mich, als du uns vorgestellt hast. Sie war praktisch eine blonde Version von dir. Sex mit ihr zu haben musste so viel Spaß machen wie Steuern zu machen."

„Sie war eigentlich ziemlich wild. Manchmal kam ich kaum hinterher."

„Huh! Das hätte ich nie gedacht. Es sind immer die Stillen. Also, das mit mir als deinem Typ", fragte ich spielerisch.

Claude lachte.

„Was ist damit?"

„Sag mehr."

Er gluckste.

„Wie was?"

„Irgendetwas", sagte ich ihm.

Claude entspannt sich, nahm meine Hände in seine und sah nachdenklich nach oben.

„Nun, ich mag zarte Hände."

„Ich habe keine zarten Hände", sagte ich selbstbewusst.

„Und ich mag deinen zierlichen Rahmen", sagte er und lächelte mich an.

„Ich bin nicht ‚zierlich'", wandte ich ein.

„Und ich mag, wie du selbst dann, wenn ich versuche, dir ein Kompliment zu machen, es abwehrst und mich fühlen lässt, als hätte ich gar keines gemacht."

Ich fing mich.

„Ich denke, ich bin genauso gut darin, sie zu bekommen, wie du darin bist, sie zu geben. Aber könntest du nicht mein männliches Verhalten mögen?"

„Wenn du eins hättest, sicher", sagte er mit einem Grinsen.

„Okay, jetzt bist du einfach nur gemein."

Claude fuhr fröhlich mit seinen Hände von meinen zu meiner Taille.

„Ich mag dich einfach so, wie du bist, Merri. Kannst du das nicht akzeptieren?"

„Du hast recht, Claude. Danke. Ich sollte mich einfach so akzeptieren, wie ich bin."

„Das solltest du. Denn was du bist, ist wunderbar. Und es spielt keine Rolle, ob du Hände wie eine Marionette oder eine vogelartige feminine Statur hast. Ich mag dich trotzdem."

Ich starrte ihn mit einem Blick an, der Blitze sprühte. Ich zog mich zurück und ging weg, während ich sagte:

„Weißt du was, geh zurück nach Tennessee. Hier will dich niemand haben. Auf Wiedersehen."

Außer sich vor Amüsement folgte er mir und fragte: „Was? Habe ich etwas Falsches gesagt?"

„Tschüss."

„Nein, sag es mir. Habe ich etwas Falsches gesagt?"

„Auf Wiedersehen", wiederholte ich, insgeheim erfreut zu hören, dass er mir folgte.

So nervenaufreibend er auch sein konnte, vielleicht würde er mich doch nicht wieder verlassen. Und obwohl es meine größte Angst war, vielleicht konnte ich ihm doch vertrauen und auch darauf, dass er für mich da sein würde.

Als wir wieder bei mir waren, unschlüssig, ob ich ihm die schrecklich wahren Dinge verzeihen sollte, die er gesagt hatte, stand ich kurz davor, als mein Telefon klingelte. Als er mich seltsam auf den Anrufernamen starren sah, fragte Claude:

„Wer ist dran?"

„Mein Ex, Jason."

„Ist er nicht derjenige, der die Auswahl organisiert?"

„Ja", sagte ich und nahm mit einem unguten Gefühl ab. „Hey, Jason. Was gibt's?"

„Ich weiß nicht, wie ich das sagen soll, also komme ich gleich zur Sache."

„Okay."

„Dein Freund kann nicht zur Auswahl kommen."

Mein Herz wurde schwer. Während ich die Kälte spürte, als das Blut aus meinem Gesicht wich, fragte ich:

„Warum nicht?"

„Weil meine Therapeutin sagt, dass er glaubt, es ist ungesund für mich, dir weiterhin Gefallen zu tun, wenn man bedenkt, wie du mich behandelt hast. Und ehrlich gesagt, stimme ich ihr zu."

Ich geriet in Panik.

„Aber das ist doch gar nicht, was passiert. Du hast ihn eingeladen, weil du seine Statistiken gesehen hast, erinnerst du dich? Er ist gut. Und ich habe den ganzen Sommer mit ihm gearbeitet. Er ist besser als je zuvor."

„Es tut mir leid, Merri. Du hast dich so verhalten wie in unserer Beziehung, weil du dachtest, es ist das Beste für dich. Jetzt bin ich dran."

„Das kannst du nicht machen."

„Weil es jetzt etwas ist, das dich betrifft und nicht nur mich?", fragte Jason bitter.

„Nein. Warum sagst du das? Ich spreche von Claude. Er hat hart dafür gearbeitet."

„Was ist los?", fragte Claude und hörte mein Flehen.

„Ich gehe davon aus, Claude ist jetzt dein Freund?", erkundigte sich Jason.

Ich erstarrte.

„Ich würde nicht sagen, dass ...", hielt ich inne und zweifelte an meiner Antwort.

„Nun, wer auch immer er ist, ich finde es nicht gesund für mich, dir zu helfen, mit jemand anderem zusammen zu sein. Du hast mich verletzt. Ich bin wütend auf dich. Und ich habe das Recht darauf, so zu handeln, genau wie du das Recht hattest, mich zu behandeln, als ob ich nichts bedeuten würde."

„Aber Jason ..."

„Ich ändere meine Meinung nicht. Ich rufe dich nur an, damit du es nicht in einer Nachricht lesen musstest. Viel Glück mit allem, und ich hoffe, du endest mit jemandem, der dich genauso behandelt, wie du mich behandelt hast. Tschüss, Merri."

„Aber …", sagte ich, doch dann war die Leitung tot.

Ich legte das Telefon wie gelähmt nieder.

„Merri, was ist los?", fragte Claude besorgt.

Ich wandte mich zu ihm, kaum fähig zu atmen.

„Ich glaube, ich habe wieder alles vermasselt."

„Was ist passiert?"

„Jason hat deine Einladung zur Auswahl zurückgezogen."

„Was bedeutet das?"

„Ich weiß es nicht."

„Heißt das, ich habe den ganzen Sommer umsonst trainiert?"

Ich starrte ihn ohne Antwort an.

„Ich verstehe es nicht. Warum hat er seine Meinung geändert?"

„Weil ich ein schrecklicher Freund war", gestand ich. „Er denkt, ich habe Gefühle für dich, und er tut das, um mich zu verletzen."

Claude lehnte sich zurück auf die Couch und fiel darauf. Mit geschlossenen Augen legte er die Hände auf seine Stirn und versuchte, seine Frustration zu bekämpfen.

„Es tut mir leid, Claude. Es tut mir so leid."

„Was machen wir jetzt?"

„Ich weiß es nicht."

„Soll ich einfach gehen?"

„Nein!", sagte ich lauter als beabsichtigt. „Ich meine, ich werde mir etwas einfallen lassen. Ich lasse dich nicht hängen. Ich finde einen Weg aus dieser Situation."

Wir sprachen für den Rest der Nacht nicht viel miteinander. Im Bett hielt er mich nicht. Seitdem wir angefangen hatten, zusammen zu schlafen, hatte er das jede Nacht getan, aber nicht heute Nacht.

Ich schlief überhaupt nicht. Stattdessen verlor ich mich in meinen Gedanken, was ich wohl tun könnte. Bis zum Morgen hatte ich eine Idee. Es war ein weiter Weg, aber es war eine Chance.

Sobald ich hörte, wie er sich regte, brachte ich ihm die Idee nahe.

„Du musst mich zum Hall-of-Fame-Spiel dieses Jahres begleiten", informierte ich ihn.

Claudes müde Augen kämpften darum, sich auf mich zu konzentrieren.

„Ich kenne all diese Worte. Trotzdem habe ich keine Ahnung, wovon du sprichst", antwortete Claude mit seiner heiseren Morgenstimme.

„Du kennst das Hall-of-Fame-Spiel, oder?"

„Ja, das ist das Vorsaison-Spiel, das sie am Wochenende der NFL Hall-of-Fame-Zeremonie spielen."

„Richtig. Und dieses Jahr wird einer der Spieler aufgenommen, der für die Cougars gespielt hat, bevor Papa dort war. Das bedeutet, dass die Cougars das Hall-of-Fame-Spiel spielen müssen. Und da ich noch nicht gefeuert wurde, bedeutet das, dass ich zum Spiel und zu den Zeremonien gehen muss. Du musst mitkommen."

„Ich bin nicht sicher, ob das eine gute Idee ist", sagte Claude zögernd.

„Was? Hast du Angst, wenn die Leute dich mit mir sehen, denken sie, du bist schwul? Anstatt ‚Ich bin zu maskulin, um ein Etikett zu haben', oder wie auch immer du dich identifizierst?", fragte ich, erschöpft vom Schlafmangel.

„Nein, natürlich nicht." Claude richtete sich auf seinen Ellenbogen auf, um mich anzusehen. „Denkst du, es interessiert mich, was die Leute denken, was ich bin?"

„Ja, das denke ich. Wenn nicht, hättest du mir irgendeine Gewissheit geben können, dass ich nicht auf dem Holzweg bin, indem ich mir selbst erlaube, etwas für dich zu fühlen."

„Merri, du bist nicht auf dem Holzweg. Wo kommt das auf einmal her?"

„Ich habe nur …" Ich fing mich und kam wieder zum Kernpunkt der Sache. „Hör zu, du musst mit mir zum Hall-of-Fame-Spiel kommen, denn dort werden viele Agenten sein. Wenn ich dich ihnen richtig präsentieren kann, bekommen wir vielleicht eine neue Einladung zur Auswahl."

Claude sah mich sprachlos an, schüttelte dann den Kopf und kehrte seine Meinung um. „Ich muss auf etwas zurückkommen. Warum denkst du, dass du auf dem falschen Weg bist?"

„Warum sagst du, dass es keine gute Idee ist, mit mir zu gehen? Du hast nicht einmal eine Sekunde gezögert. Es war, als ob du nicht zusammen mit mir gesehen werden wolltest."

„Merri, ich dachte, es ist keine gute Idee, weil du ständig diese Sachen machst, die mir das Gefühl geben, dass ich dir wichtig bin, aber wenn ich dich bitte, etwas zu tun, um es zu beweisen, lässt du mich fühlen, als ob ich Müll wäre."

„Wovon redest du?", fragte ich verwirrt.

„Ich habe dich geküsst und dann hast du gesagt, du möchtest nicht darüber reden. Wir hatten eine wirklich schöne Zeit am Strand und dann hast du sofort gesagt, wir sollten so tun, als ob das nie passiert wäre. Weißt du, ich hatte immer gedacht, dass ich derjenige bin, der verhindert, dass etwas zwischen uns passiert. Aber ich bin nicht derjenige, der davor wegläuft. Du bist es.

„Und jetzt willst du, dass ich zu diesem Ding mit dir gehe? Ich weiß, du sagst, es ist nur für mich, um mir zu helfen. Aber es fühlt sich nach mehr an. Es ist eine noble Veranstaltung mit all deinen Kollegen und allen in der Branche, die du respektierst. Was auch immer es sonst noch ist, es fühlt sich verdammt noch mal wie ein Date an. Aber was wirst du mir danach sagen? Dass wir so tun sollen, als ob es die Hall of Fame nie gegeben hätte?"

Ich starrte Claude überrumpelt an. „Ich verstehe nicht. Möchtest du, dass dies ein Date ist?"

„Merri, ich hätte gewollt, dass alles, was wir getan haben, ein Date wäre. Weißt du, all diese Male, wenn ich dir im Training den Ball zugespielt habe? Betrachte das als Vorspiel."

„Ich habe nicht realisiert, dass du so empfindest."

Claude beruhigte sich. „Das könnte daran liegen, dass ich nicht immer gut darin bin, meine Gedanken zu teilen. Aber jetzt bin ich es."

Ich lächelte. „Ja, das bist du. Aber, was ist, wenn dich die Leute bei der Veranstaltung sehen und annehmen, dass du schwul bist. Das könnte es viel schwieriger machen, in ein Team zu kommen."

„Dann scheiß auf Football. Wenn der Football mich nicht will, will ich ihn auch nicht. Ich würde dich jederzeit einem Sport vorziehen, der mich nicht will. Du bist das Wichtigste für mich, Merri. Football ist nur ein Spiel."

„Das ist wirklich süß."

„Ich weiß nicht, warum du immer wieder überrascht davon bist. Ich bin ein süßer Kerl", sagte er nachdrücklich.

Ich lachte.

„Ich nehme an, das bist du", sagte ich und sah zu dem Mann auf, den ich küssen wollte.

„Ich bin froh, dass du das endlich erkennst."

„Das tue ich. Und jetzt bist du mein Date für das Hall-of-Fame-Spiel", sagte ich scherzend.

„Es wurde auch Zeit", scherzte Claude und brachte mich zum Lachen.

„Aber wir müssen dich immer noch in die Auswahl bekommen. Und dafür müssen wir einen Agenten für dich finden."

„Was bedeutet das?"

„Wenn wir können, sollten wir ein Video deiner besten Spielzüge von der Universität erstellen. Ich kann deine Statistiken zusammentragen. Ich glaube, ich habe sie bereits. Und ich weiß, du magst es nicht, aber du wirst mir helfen müssen, dich bei den Agenten zu verkaufen."

„Was meinst du damit?", fragte Claude, unsicher.

„Ich meine, du musst sie bezaubern. Weißt du, ihnen erzählen, warum du denkst, dass du das verdienst. Verkaufe dich selbst."

Wenn nicht für Claudes Coolness, hätte ich geschworen, dass er in Panik geriet.

„Ich …", begann er. „Nein."

„Was meinst du mit nein?"

„Nein. Ich … Nein."

„Claude, das musst du machen."

„Ich muss gar nichts."

Er sprang aus dem Bett.

„Das wollte ich nicht. Du bist gekommen und hast mir das als abgemachte Sache präsentiert. Aber die Dinge ändern sich ständig."

„Ich weiß, es tut mir leid. Aber wir können es immer noch schaffen. Es ist nur noch eine Sache. Danach …"

Er fiel mir ins Wort.

„Was? Wird es wieder etwas anderes sein?"

Claude drehte sich weg und zog sich an.

„Das ist das Letzte. Ich verspreche es."

„Ich will das nicht mehr."

„Was willst du nicht?", fragte ich und fühlte, wie sich ein Knoten in meinem Magen bildete.

„Das Ganze hier. Ich will nichts davon!", sagte er, als ob ihm das zum ersten Mal klar wurde.

„Wohin gehst du?", fragte ich, als ich sah, wie er seine Reisetasche packte.

Er wandte sich mir zu.

„Ich will das nicht, Merri. Ich habe das nie gewollt. Du hast mir etwas verkauft, das nicht echt war. Und ich will es nicht mehr."

„Also gehst du einfach?", fragte ich, als ich sah, wie er seine Sachen zusammensuchte. „Wohin?"

„Nach Hause. Wo ich hätte bleiben sollen. Wo ich nie hätte weggehen sollen."

Ein kalter Schweiß bedeckte mich. Das war mein Albtraum.

„Ich verstehe nicht. Was habe ich getan?"

„Ich weiß es nicht, Merri. Warum sagst du mir nicht, was du getan hast?"

„Ich weiß es nicht. Sag mir, was ich getan habe", sagte ich, sprang auf und folgte ihm aus dem Zimmer. „Bitte, sag mir, was ich getan habe."

Mit seiner gepackten Tasche wandte er sich kalt zu mir.

„Wenn du es nicht weißt, weiß ich auch nicht, was ich dir sagen soll."

„Bitte geh nicht, Claude. Ich flehe dich an, geh nicht", sagte ich, während mir die Tränen in die Augen stiegen.

Das hielt ihn nicht auf. Mit entschlossenem Schritt ging er in Richtung Tür, gerade als er dabei war zu gehen, zog er etwas aus seiner Tasche.

„Hier, das kannst du haben. Ich werde es nicht mehr brauchen."

Ich nahm das flache Paket von ihm entgegen und erstarrte mit ihm in meinen Händen.

„Tschüss, Merri."

„Du gehst einfach?"

Er sah mich noch einmal an. Dann, ohne ein weiteres Wort, ging er.

Ich stand da und starrte fassungslos auf die Tür. Was war gerade passiert? Ich verstand es nicht.

Als ich das Paket in den Händen hielt, das er mir gegeben hatte, durchsuchte ich es auf der Suche nach Antworten. Darin befand sich eine Karte und ein großer

Bilderrahmen. Als ich die Karte öffnete, stand da: ‚Für deinen ersten Tag zurück bei der Arbeit. Du schaffst das. Ich glaube an dich. Das habe ich immer. Und jetzt hast du auch etwas für deine Wand. ;)'

Als ich den Bilderrahmen umdrehte, fand ich ein Collage unseres gemeinsamen Lebens. Oben links war ein Foto vom Footballtraining in unserem ersten Jahr. Darunter waren Bilder von unseren Campingausflügen. Rechts waren Partybilder, auf denen wir herumalberten. Und die Mitte war vom 4. Juli, der Nacht, in der wir Liebe machten.

Ich starrte es an und weinte. Was hatte ich nur getan? Hatte ich endgültig alles ruiniert?

Kapitel 14

Claude

Ich konnte es nicht. Das war zu viel. Wie oft konnte ich schon über meine Komfortzone hinausgehen und einfach weitermachen?

Ich hatte mich übernommen. Ich wollte das alles nicht mehr. Es gab nur eine gewisse Anzahl an Wegen, wie ich mich für Merri öffnen konnte. Aber der Gedanke, mich einer Gruppe reicher weißer Typen zu verkaufen, als wäre ich irgendein armer schwarzer Junge, der um Geld bettelte, das war mehr, als ich ertragen konnte.

Ich musste hier weg. Ich wollte wieder bei meiner Familie sein. Also nahm ich ein Taxi zum Flughafen, buchte den ersten verfügbaren Flug und machte mich auf den Heimweg.

„Kannst du mich abholen?", fragte ich Titus, als ich das Ende der Busstrecke erreichte.

„Claude? Wo bist du?", fragte er, überrascht von mir zu hören.

„Ich bin an der Bushaltestelle. Ich bin zurück in der Stadt."

„Natürlich. Es könnte allerdings ein paar Stunden dauern. Ich bin gerade dabei, eine Gruppe auf eine Tour zu nehmen. Danach habe ich noch eine geplant."

„Das ist in Ordnung, ich rufe jemand anderen an."

„Ich könnte Lou fragen, ob er es schafft. Vielleicht muss er aber den Laden hüten, falls jemand zu früh kommt."

„Das ist schon okay. Mach dir keine Sorgen."

„Ich wünschte, du hättest mir etwas früher Bescheid gegeben. Ich hätte etwas organisieren können."

„Ich rufe dich heute Abend an."

„Dann holen wir das nach."

„Definitiv", sagte ich und beendete den Anruf.

Ich fühlte mich verloren und fragte ich mich, wie ich hierher gelangt war. Ich war ausgeflippt. Daran gab es keinen Zweifel. Aber warum? War Merris Bitte wirklich so verrückt gewesen? Das war sie nicht. So lief die Welt eben. Und doch konnte ich es nicht einmal in Betracht ziehen. Warum nur?

Als ich mich umsah und die leeren Straßen um mich herum betrachtete, wusste ich, wer die Antwort darauf hätte.

„Momma?"

„Claude, wie geht es dir?", fragte sie fröhlich.

„Nicht gut, Momma. Kannst du mich abholen? Ich bin an der Bushaltestelle am Flughafen."

„Natürlich, mein Sohn. Was machst du zu Hause?"

„Ich erkläre es dir später. Kannst du mich einfach abholen?"

„Ich werde so schnell wie möglich da sein."

„Danke, Momma", sagte ich und beendete den Anruf, bevor ich mein Gesicht in meine Hände legte.

Als ich Mommas Auto fünfundvierzig Minuten später heranfahren sah, war es ein erleichternder Anblick. Ich schnappte meine Tasche und stieg ein, sie respektierte mein Schweigen. Das hielt an, bis wir zehn Minuten von zu Hause entfernt waren.

„Ich habe dir lange genug Zeit gegeben. Magst du mir erzählen, was du so bald hier machst? Ich habe deine Auswahl im Kalender. Das ist doch erst in ein paar Wochen."

„Ich bin nicht mehr in der Auswahl", erzählte ich ihr.

„Du bist nicht? Warum nicht?"

Ich überlegte, ob ich nicht weiter darauf eingehen sollte, und dann fiel mir auf, dass ich, wenn ich je darüber hinwegkommen wollte, was auch immer mich plagte, darüber sprechen musste.

„Weil ich glaube, dass ich kaputt bin, Momma", sagte ich und kämpfte dagegen an, dass mir die Tränen kamen.

„Baby, du bist nicht kaputt. Du bist der stärkste junge Mann, den ich kenne."

„Das bin ich nicht, Momma. Ich bin ein Wrack. Warum hast du mir diese Sache gesagt, dass ich mein Volk repräsentieren muss. Ich war gerade einmal 8 Jahre alt."

Momma wurde ernst.

„Ich habe es dir gesagt, weil es stimmte. Du kannst es dir nicht leisten, so zu tun, als wären die Dinge für dich genauso wie für andere Menschen. Die Welt ist zu gefährlich dafür, besonders in einem Bundesstaat wie Tennessee."

„Momma, wovon sprichst du? Mein ganzes Leben lang habe ich Rassismus nur dann erlebt, wenn ich danach gesucht habe."

„Also sagst du mir jetzt, Rassismus existiert nicht? Mit deinen vielen Lebenserfahrungen versuchst du deiner Momma weiszumachen, was du zu wissen glaubst?"

„Ich versuche nichts. Ich sage dir, was ich erlebt habe. Und ich sage nicht, dass es keine Menschen gibt, die versuchen, uns niederzuhalten, damit sie selbst oben bleiben können. Das sage ich doch gar nicht. Und ich sage auch nicht, dass die Menschen keine dämlichen Sachen sagen werden. Das werden sie. Das habe ich erlebt."

„Was sagst du dann?"

„Was ich sage, ist, dass wir das sehen, wozu wir erzogen wurden zu suchen. Das ist alles."

„Also glaubst du jetzt, ich hätte dich falsch erzogen? Ist das, worauf du hinaus willst?"

Ich dachte darüber nach.

„Ich weiß nicht, was falsch ist, Momma. Ich weiß nur, dass die Art, wie du mich erzogen hast, Konsequenzen hatte. Und nun ist mein Leben eine einzige große Konsequenz, über die ich nicht hinwegkommen kann."

„Geht es um diesen blonden Jungen, der bei uns war?"

„Er heißt Merri, Momma", sagte ich traurig.

„Geht es dann um Merri?"

„Ja. Weil ich glaube, ich liebe ihn. Und ich laufe vor ihm davon, und der einzige Gedanke, der mir dabei durch den Kopf geht, ist: ‚Was würde Momma dazu sagen, dass ich mit ihm zusammen bin?'"

„Du weißt, dass ich kein Problem damit habe, dass du bisexuell bist. Es wäre mir egal, wenn du schwul wärst."

„Ich weiß. Aber was würde das den weißen Menschen über unsere Rasse sagen? Bin ich nur ein weiterer schwarzer Mann, der durch die Beziehung zu einem Weißen Bestätigung sucht? Und wenn das wahr ist, wie vielen weiteren Stereotypen entspreche ich?"

„Claude, mein Sohn ist kein Stereotyp", protestierte sie.

„Wirklich, Momma? Ich bin ein schwarzer Mann, der gut im Sport ist und nur mit Weißen schläft. Wie viel mehr Stereotyp könnte ich denn noch sein?"

„Sohn, das ist nicht alles, wer du bist. Du bist intelligent und nachdenklich. Ich würde auch witzig sagen, aber wir wissen beide, wie witzig schwarze Menschen sein können", scherzte sie.

Ich konnte nicht anders als ein Lachen zu unterdrücken.

„Ich meine das ernst, Momma."

„Ich weiß, Claude. Und ich auch. Und vielleicht hast du recht. Es war vielleicht ein Fehler, dir das schon in so jungen Jahren zu sagen. Das war, was mein Vater zu mir sagte, und weil du ohne Vater aufgewachsen bist …"

„Ein weiterer Stereotyp", sagte ich und unterbrach sie.

„… weil du ohne Vater aufgewachsen bist, fühlte ich, dass ich es dir sagen musste."

„Nun, ich habe es gehört. Ich habe mein Leben danach ausgerichtet."

„Das war nicht der Sinn der Sache, als ich dir das sagte."

„Aber war es das nicht? Sollte es mich nicht zu einem Kind machen, auf das jeder stolz sein könnte?"

„Aber es sollte nicht auf Kosten deines Glücks gehen", sagte sie traurig.

Als wir in unsere Einfahrt fuhren, schaltete sie den Motor aus.

„Wenn das, was ich gesagt habe, dazu geführt hat, dass du das Gefühl hast, du müsstest unrealistischen Erwartungen gerecht werden, dann tut es mir leid. Es tut mir leid, Sohn. Aber lass nicht zu, dass es dich davon abhält, das zu tun, was dich glücklich macht. Wenn dich Merri glücklich macht, sei bei ihm."

„So einfach ist das nicht", sagte ich und blickte nach unten.

„Dann mach es so einfach. Vielleicht hätte ich dir auch sagen sollen, dass du für die Person kämpfen sollst, die du liebst. Denn wenn du jemanden findest, der es wert ist, festzuhalten, dann kämpfst du durch deinen eigenen Kram, um für ihn da zu sein."

Ich dachte darüber nach, als wir schweigend im Auto saßen.

„Hast du für meinen Vater gekämpft? Wie war noch gleich sein Name?"

„Armand Clement", sagte Momma mit einem sehnsüchtigen Lächeln.

„Richtig. Hast du für ihn gekämpft?"

„Das war anders."

„Wieso?"

„Habe ich dir je erzählt, dass ich früher auf Bad Boys stand?"

Als ich das Gefühl hatte, eine Frage zu viel gestellt zu haben, zog ich mich in meinem Sitz zurück.

„Nein, hast du nicht. Will ich das hören? Momma, denk darüber nach, was wir gerade besprochen haben – darüber, dass du mir Dinge erzählt hast, die du nicht hätten erzählen sollen – und frage dich, ob das jetzt das ist, was du mir erzählen solltest."

Momma sah mich an, tat dann so, als würde sie ihre Lippen verschließen und den Schlüssel wegwerfen.

„Danke, Momma."

„Und nutze nichts als Ausrede, um nicht alles zu tun, was nötig ist, um mit diesem kleinen blonden Jungen zusammen zu sein. Er war süß. Wenn ich dreißig Jahre jünger wäre ..."

„Und er hetero wäre?", fragte ich sie.

Sie lachte.

„Ich denke, den kannst du haben. Aber bitte, mein Sohn, lass nicht zu, dass ich der Grund für dein Unglück bin. Es würde mir das Herz brechen", sagte sie aufrichtig, bevor sie ihre Tür öffnete und mich dort zurückließ, um nachzudenken.

Kapitel 15

Merri

„Reiß dich zusammen, Merri", schrie Papa, und riss mich zurück in die Wirklichkeit. „Muss ich dich etwa ersetzen?"

„Nein, Coach", erwiderte ich und fragte mich, wie viele Leute ihn gehört hatten.

Ich sah mich um und begriff, die Antwort war alle. Wieder hatte ich einen Fehler gemacht. Ich konnte einfach nicht aufhören, Fehler zu machen.

Claude sollte eigentlich hier bei mir sein. Nicht am Spielfeldrand des Hall of Fame Spiels, sondern in Ohio und auf der Tribüne.

Er hatte mich wieder verlassen. War ich wirklich so wenig wert für alle? Würde es überhaupt jemanden interessieren, wenn ich nicht mehr da wäre?

Ich bezweifelte, dass es meinem Vater etwas ausmachen würde. Zu diesem Zeitpunkt fiel ich ihm nur noch zur Last. Ich war sein kleiner schwuler Sohn, der sein Leben und seinen Job schwieriger machte. Ich würde ihn nie glücklich machen. Was tat ich also überhaupt hier?

Als das Spiel mit sechs Abwehren, die unsere Niederlage besiegelten, zu Ende ging, stand ich hinter Papa, während er der Mannschaft seine Rede hielt. Er betonte, dass die Verantwortung für die Niederlage bei allen lag. Aber es war schwer zu gewinnen, wenn der Quarterback für sein Leben keinen Pass vollenden konnte.

Klar, er würde die Angriffslinie beschuldigen, ihm nicht genug Zeit zu geben, oder die Receiver, weil sie seine Pässe fallen ließen. Aber ich hatte schon mehr gesehen, mit weniger erreicht. Und der Name dieses Quarterbacks war ...

„Claude!", sagte ich, als ich mein Zimmer betrat und ihn dort vorfand. „Was zum Teufel? Was machst du hier? Wie bist du reingekommen? Und warum trägst du einen Smoking?"

Claude lächelte mit seinem strahlenden, leuchtenden Lächeln.

„Das waren viele Fragen."

„Dann fang mit ‚Was zum Teufel?' an."

Nach kurzem Überlegen sagte er: „Ich weiß nicht, wie ich darauf antworten soll."

„Im Ernst, Claude, was machst du hier?"

„Nun, soweit ich mich erinnere, hast du zugestimmt, mich als dein Date für dieses Event zu haben. Hast du gedacht, ich würde das einfach vergessen?"

„Hör auf, Claude. Sag mir, was machst du hier?"

„Eine große romantische Geste?", fragte er unsicher.

„Aber du hast mich verlassen. Ohne Erklärung. Ohne Vorwarnung. Du bist einfach gegangen."

„Ja", sagte er beschämt.

„Wohin bist du gegangen?"

„Um ein schwieriges Gespräch zu führen."

„Verstehe. Und worum ging es in diesem schwierigen Gespräch?"

„Darum, warum ich dich immer wieder verlasse", sagte er demütig.

Ich starrte ihn mit offenem Mund an. Nervös fragte ich:

„Und warum ist das so?"

„Es ist etwas, das sich generationenübergreifendes Trauma nennt."

„Was ist das?"

„Es ist, wenn jemand etwas Schlimmes erlebt und seinem Kind beibringt, wie es darauf reagieren soll, und dieses Kind es seinem Kind beibringt, und so weiter. Das ist so ein Ding bei Schwarzen."

„Als schwuler Sohn eines toxisch-männlichen Vaters kann ich dir sagen, das ist nicht nur ein Ding bei Schwarzen."

„Vielleicht nicht", räumte er ein.

„Okay, warum bist du hier?"

„Ich bin hier, um für dich zu kämpfen. Genauer, um gegen mich selbst für dich zu kämpfen. Und ich will, dass du weißt, dass ich weiterkämpfen werde, bis ich dich habe. Und ich verstehe, dass ich immer wieder verschwinde. Und dass du mir das vielleicht nicht verzeihen willst. Aber ich bin hier. Und ich werde immer wieder zurückkommen … zumindest bis du lernst, deine Türen besser zu sichern."

„Also planst du, mir nachzustellen. Ist das dein Plan?"

Claude wippte mit dem Kopf. „Vielleicht ein bisschen Einbruch."

„Ist das auch ein Ding bei Schwarzen?"

Er starrte mich an und brach dann in Gelächter aus.

„Nachdem du das gesagt hast, solltest du besser vorhaben, mir zu verzeihen."

Ich lächelte.

„Als könnte ich jemals lange auf dich böse sein. Hast du nicht gemerkt, dass ich meine Probleme habe?"

„Ich dachte, wir sollten nicht darüber sprechen."

Entwaffnet ging ich auf die Liebe meines Lebens zu und schlang meine Arme um ihn.

„Ich dachte, ich hätte dich verloren."

„Du wirst mich niemals verlieren. Hast du meine Ansprache über Einbruch nicht gehört?"

„Ich habe sie gehört. Sie war sehr beruhigend."

„Du hast Probleme."

„Ich weiß. Du auch."

„Ich weiß", sagte Claude und hielt mich fester.

„Warte", sagte ich und löste mich. „Warum trägst du einen Smoking?"

„A, ich wollte dich daran erinnern, wie heiß ich bin, falls die Einbruchsrede nicht wirken würde."

„Abgehakt."

„B, ich wollte, dass du heute Abend auf der Zeremonie gut aussiehst. Ich habe keinen Scherz gemacht, als ich meinte, ich sei unterwegs, um mein Date abzuholen."

Ich lächelte und sah zu dem attraktivsten Mann auf, den ich in meinem Leben je gesehen hatte. Ich liebte ihn, ganz und vollkommen.

„Ich weiß, das war nicht der Grund, warum du gekommen bist, und wahrscheinlich warum du gegangen bist, aber wenn du immer noch in der Auswahl sein willst, habe ich heute einen Agenten getroffen", sagte ich zögerlich.

Claude spannte sich an. Mit geschlossenen Augen und einem tiefen Atemzug entspannte er sich.

Die Augen öffnend, lächelte er und sagte: „Wenn es jemand ist, den ich treffen sollte, dann würde ich ihn gerne treffen."

Ich konnte nicht ausdrücken, wie gut mich das fühlen ließ. Er hatte es verdient, wirklich eine Chance zu bekommen, in ein Team zu kommen, und ich wollte das für ihn tun. Egal, was zwischen uns passiert war, ich wusste, dass er Football liebte. Ich wollte, dass er glücklich war.

Aber heute Abend würde nicht die Nacht sein, um die beiden vorzustellen. Das wäre morgen. Dann war die schicke Zeremonie. Dann konnte Claude alle staunen lassen, indem er seinen Smoking trug.

Heute Nacht musste ich Claude alleine lassen, um mit der Mannschaft zu Abend zu essen, als Teambondingveranstaltung. Wir hatten schon einige davon seit dem Beginn des Mini-Camp gehabt, und sie hatten unsere Passgenauigkeit nicht verbessert. Es sah so aus, als würde es eine weitere enttäuschende Saison für die Cougars geben, und die letzte mit Papa und mir.

Beim Abendessen und Zuhören der Spielerreden darüber, wie großartig die Saison werden würde, konnte ich nur an Claude denken. Ich konnte nicht glauben, dass er hier war. Ein Teil von mir dachte, ich sollte verärgert sein, dass er wieder gegangen war, aber konnte ich das zu diesem Zeitpunkt noch sein?

Es war nicht so, dass er mich verletzen wollte. Und war er diesmal nicht aus eigener Initiative zurückgekommen? Keiner von uns war perfekt, vor allem ich nicht. War es also nicht genug, dass wir kämpften, um für den anderen die besten Versionen von uns selbst zu sein? Wenn Perfektion keine Option war, konnte einer von uns mehr als das verlangen?

Als ich in mein Zimmer zurückkehrte, konnte ich nur an eine Sache denken, in seinen Armen einzuschlafen. Seit er gegangen war, hatte ich nicht gut geschlafen. Ein Teil davon war der Herzschmerz, weil er gegangen war. Aber der andere Teil war, dass ich nie mehr Liebe und Akzeptanz spürte, als wenn ich in seinen Armen lag.

„Wie war das Abendessen?", fragte er mich.

„Sag du es mir", sagte ich und reichte ihm einen Mitnahmebehälter.

„Oh", sagte er und nahm ihn entgegen. „Ich meinte doch, dass ich mir Fastfood holen würde."

„Ich weiß. Aber ich wollte nicht, dass du die Pracht verpasst, einen hastig für 40 Leute hergerichteten Rompbraten zu genießen."

„Oh, du bist so süß", sagte er sarkastisch.

„Ich gebe mir Mühe."

„Du solltest weiterhin daran arbeiten", sagte er neckisch.

Ich lachte.

„Also, wie geht es dir?", fragte Claude und stellte den Behälter auf den Schreibtisch des Zimmers und legte sich ins Bett.

Obwohl es zwei Betten gab, kroch ich zu ihm herüber und vergrub mich in seinen Armen.

„Wäre es zu viel zu sagen, dass das Leben ohne dich nie so schön ist?", fragte ich.

„Es wäre nicht zu viel. Vielleicht aber viel."

„In diesem Fall war das Leben großartig. Besonders hat mir gefallen, zuzusehen, wie Brad Pässe verpatzte, von denen ich weiß, dass du sie schaffen würdest."

„Klingt spaßig."

„Und wie geht es dir? Wie war es bei dir?"

„Reuevoll. Bedauernd. Es gab viel Selbstzweifel."

„Klingt spaßig."

„Es war ein Knaller", antwortete er mit Traurigkeit in seiner Stimme. „Ich wollte nicht immer wieder wegrennen. Es ist wie ein Reflex. Ich bekomme dieses Gefühl, als könnte ich nicht atmen, und alles, was ich will, ist Abstand."

„Hast du daran gearbeitet?", fragte ich zögerlich.

„Als ich zu Hause war, hatte ich ein paar Gespräche mit Kendall."

„Ist er nicht Neros Freund?"

„Ja. Woher weißt du das?"

„Ich habe ihn beim Spieleabend getroffen. War er nicht Therapeut oder so was?"

„Er studiert dafür."

„Was hat er gesagt?"

„Er sagte, ich wäre ein Idiot, wenn ich dich nicht sofort an mich binden würde."

„Er wirkt wie ein sehr weiser Mann."

„Zu der Zeit hatte er getrunken, also bin ich mir nicht sicher, ob es sein bester Rat war. Aber als er nüchtern war, sagte er mir, ich solle nett zu mir selbst sein. Er meinte, ich sollte von mir selbst nicht mehr erwarten als von anderen. Als er das sagte, wurde mir klar, dass er verrückt war, aber wir werden trotzdem weitersprechen."

„Das ist gut. Vielleicht sollte ich auch mit jemandem reden."

„Worüber denn? Du bist perfekt."

Ich drehte mich um und sah Claude schockiert an. „Hast du mir gerade ein echtes Kompliment gemacht? Ungefragt? Mein Gott, Therapie wirkt. Wirst du zu gut für mich?"

„Das ist der Plan. So kann ich dich gegen jemanden eintauschen, der gesünder ist, stabiler und genauso aussieht wie du. Weil du offensichtlich mein Typ bist."

Ich schaute ihn frustriert an. „Da ist er. Der Mann, den ich liebe", sagte ich sarkastisch.

Ich legte meinen Kopf zurück auf seine Brust. Nach einem Moment sagte er mit verletzlicher Stimme: „Ich liebe dich auch."

Hat er das gerade gesagt? Ich geriet in Panik. Als ich das sagte, war es ein Scherz. Wir machten immer solche Witze. Hatte er das ernst genommen?

Ich meine, ich liebte ihn. Natürlich tat ich das. Ich hatte ihn schon immer geliebt. Aber es gab einen großen Unterschied zwischen ihm zu sagen, dass ich früher in ihn verliebt war, so zu tun, als wäre ich in ihn verliebt, und tatsächlich zu sagen, dass ich ihn liebte, während ich ihn liebte.

Wie sollte ich darauf reagieren? Wahrscheinlich wäre jede Reaktion besser gewesen als das, was ich tat, nämlich Schweigen.

Gott, war ich ein Chaos. Das war Claude, der Mann meiner Träume. Es gab eine Zeit, in der ich nachts weinte in der Hoffnung, das zu hören, was ich gerade gehört hatte. Doch ich konnte es nicht erwidern. Was stimmte nicht mit mir?

Glücklicherweise sprang Claude nicht aus dem Bett und rannte weg. Es schien, als ob meine besondere Art von Verrücktheit nicht das war, was es auslöste. Gott sei Dank dafür. Und wenn ich den Rest der Nacht ganz leise war, würde er mich vielleicht in seinen Armen einschlafen lassen, ohne mich daran zu erinnern, wie schrecklich ich war.

Das war nicht ganz das, was passierte, aber was passierte, war nicht schlecht. Nachdem ich eine gefühlte Ewigkeit lang gewartet hatte, fragte er mich, ob ich mich ändern wollte. Ich sagte ihm, dass ich es versuchte. Aber er sprach eigentlich von meinen Kleidern. Das brach die Spannung.

Nachdem ich mich umgezogen hatte und zurück in seine Arme kroch, schliefen wir schnell ein. Am Morgen erwachte ich beim Geräusch seiner Dusche nach seinem Morgentraining. Ich blickte auf die Uhr und erkannte, dass ich losmusste. Ich erhaschte nur kurz einen Blick auf seinen halbnackten Körper, als er sich für den heutigen kurzen Tag anzog. Verdammt! Das ist definitiv der beste Teil des Aufwachens …

Ich beeilte mich, ging nach ihm ins Bad und verpasste fast die Zeichnung auf dem Spiegel. Ich freute mich darauf, sie zu sehen, bis ich sah, was es war. Es war das Bild von zwei Personen, die lagen, mit Sprechblasen über ihnen. Eine las 'Ich liebe dich.' Die zweite war eine Reihe von 'Zzzzz', dieser Bastard.

Ich wischte sie weg, ohne Zeit für eine Antwort zu haben, und sprang unter die Dusche. Ich zog mich an und eilte hinaus, sagte ihm, dass ich später wiederkommen würde, um mich für das Abendessen fertig zu machen. Das tat ich dann auch.

Sein heißer Körper in dem Smoking ließ mich nicht kalt, und während ich schnell eine weitere Dusche nahm, entdeckte ich etwas anderes. Anstatt einer Zeichnung auf dem beschlagenen Spiegel befand sich ein Kühlschrankmagnet am Metallrahmen des Spiegels. Der Magnet zeigte einen Clown, der ‚Ich liebe dich' sagte und dabei wartend auf eine saure Gurke herabschaute.

Dachte ich wirklich mal, dass Claude ein guter Kerl sei? Falsch gedacht. Er war ein Mistkerl.

Ich steckte ihn unbemerkt ein, als ich das Bad verließ und tat so, als hätte ich nichts bemerkt, als ich ihn wiedersah. Und der Kerl war phänomenal. Nichts an ihm verriet, dass er es dort platziert hatte.

Ich spielte mit, zog meinen Smoking an und machte mich fertig, um loszugehen.

„Sieht James Bond etwa so aus?", fragte er und sah mich an.

„Was meinst du?", fragte ich zurück, ahnungslos.

„Entschuldige, für einen Moment sahst du wie James Bond aus."

Verwirrt, fragte ich: „Du weißt schon, wie James Bond aussieht, oder?"

„Wie der größere Hobbit aus Herr der Ringe."

„Nein, das ist ... Merri", sagte ich und merkte, was er vorhatte.

„Genau! Ja, so siehst du aus. Warte, wie hieß er doch gleich? Egal, sollen wir los?"

Nachdem ich von Claude genug hatte, führte ich meinen umwerfenden Begleiter in den großen Ballsaal. Köpfe drehten sich. Und so sehr ich auch glauben wollte, sie würden wegen mir schauen, musste ich zugeben, dass Claude heute Abend umwerfend aussah.

„Du bist wie der schwarze James Bond. Wer ist das, Merri?", fragte mich einer meiner Spieler.

„Ich bin sein Date", sagte Claude lässig. Und als Claude wegschaute, zeigte mir der Spieler sein beeindruckter-Kumpel-Gesicht und streckte den Daumen hoch.

So herabwürdigend und abwertend ich seine Reaktion auch fand, sie ließ mich auch richtig gut fühlen.

Denn ja, ich war mit dem heißesten Kerl im Raum zusammen, und ich hatte ihn nackt gesehen.

Ich verzieh Claude seine vorherige miese Aktion und entspannte mich schnell, sogar so sehr, dass ich es wagte, seinen Arm zu nehmen. Für jemanden, der keine Etiketten für sich beanspruchte, schien er sich damit erstaunlich wohl zu fühlen. Er hätte irgendeiner reichen alten Dame der perfekte Armreif sein können, wenn ich ihn nicht zuerst für mich beansprucht hätte.

„Oh, Claude, das ist Arny. Arny, das ist der Quarterback, von dem ich dir erzählt habe."

Claude löste lässig meinen Arm und reichte Arny die Hand. Ich konnte sagen, dass der stämmige Mann mittleren Alters überrascht war, Claude an meiner Seite zu sehen, aber er fasste sich schnell.

„Merri sagt, du willst dabei sein, bei der Vorsaisonauswahl der Spieler."

„Das war mein Plan. Merri hat mich den ganzen Sommer trainiert. Ich glaube, er hat mich genau da, wo er mich haben will."

„Im Training, heißt das", fügte ich nervös hinzu.

„Ja. Ich trage überall seine Handschrift."

„Er spricht von seinem Spiel. Du weißt, seinem Spielstil."

„Ah, verstehe", sagte Arny, etwas unbeholfen. „Nun, Merri hat mir deine College-Statistiken gezeigt. Sehr beeindruckend. Drei Divisionstitel hintereinander, hmm? Warum hast du nicht am Draft teilgenommen, als du berechtigt warst?"

Ich spannte mich an, fragte mich, wie Claude das beantworten würde.

„Ich musste Dinge klären. Meine Gedanken waren nicht bereit für eine solche Gelegenheit", antwortete er aufrichtig.

„Und jetzt bist du bereit?"

Claude nickte. „Ja. Merri weiß, wie er meinen Kopf freibekommt."

Arny sah mich um Klärung bittend an.

„Mir fehlen die Worte", gab ich zu.

„Nun, aufgrund deiner Bilanz und Merris Empfehlung, werde ich sehen, dass ich dir einen Platz beschaffe. Wenn du aufs Spielfeld läufst, wirst du mich nicht blamieren, oder?", fragte er mit einem schleimigen Lächeln.

„Ich werde alles geben, was ich habe", stimmte Claude zu.

„Er wird großartig sein", versicherte ich ihm. „Ich habe noch nie einen Spieler wie ihn gesehen."

„Und er hat alles von mir gesehen", fügte Claude hinzu.

„Okay!", sagte ich, nicht mehr in der Lage, weitere Anspielungen zu ertragen. „Ich werde ihn vorbereitet und bereit machen."

„Mach das", sagte Arny, bevor er sich jemand anderem zuwandte.

„Was sollte das?", fragte ich, als wir alleine waren.

„Was denn?", gab Claude zurück.

„Das! Jetzt denkt er, wir haben miteinander geschlafen."

„Haben wir doch."

„Ich erinnere mich. Glaub mir, das tu ich."

„Wirklich?"

„Es ist sehr hart zu vergessen. Und lass mich betonen, hart."

Claude lächelte.

„Nun, ich möchte einfach, dass jeder hier weiß, dass ich der Glückliche bin, der bei dir sein darf und sie nicht."

„Das mag nicht so beeindruckend sein, wie du denkst", gestand ich.

„Nicht von da, wo ich stehe", sagte er mit einem Grinsen.

Ich schaute zu ihm auf. „Du wirst wirklich gut darin, Komplimente zu machen."

„Danke. Ich gebe mir Mühe", sagte er, zufrieden mit sich. „Also, wen möchtest du mir noch vorstellen?"

Als ich in seine milchschokoladenfarbenen Augen schaute, wollte ich ihn jedem vorstellen. Alles, was er sagte, füllte ein Loch in mir, von dem ich nicht wusste, dass ich es hatte. Besonders wollte ich, dass Papa ihn so über mich sprechen hörte, aber er war die letzte Person, die es hätte hören sollen.

So rücksichtslos er sich heute Abend auch verhielt, ich musste ihn vor sich selbst schützen. Wenn er bei der Auswahl so strahlte, wie ich erwartete, könnte er mit einigen dieser Leute zusammenarbeiten. Ich wusste, wie es war, im Football schwul zu sein. Er brauchte nicht auch noch das zu bewältigen neben allem anderen, was auf ihn zukam.

Mit dem geschäftlichen Teil des Abends hinter mir fühlte ich mich deutlich leichter. Ich stellte Claude einigen meiner aufgeschlosseneren Spieler vor. Bei einem war ich mir ziemlich sicher, dass er mich angeflirtet hatte. Als wir von ihm weggingen, fragte Claude:

„Ist er schwul?"

Ich lachte.

„Also fühlst du es auch?"

„Es war eher, wie er mich ansah, als wollte er mir den Kopf abreißen und meinen Hals ficken."

„Das habe ich übersehen."

„Das konnte man nicht übersehen."

Ich zuckte mit den Schultern. „Linebacker", sagte ich abfällig.

Insgesamt war der Abend ein Erfolg. Zurück in unserem Zimmer beobachtete ich Claude, wie er sich auszog. Gott, er wurde immer schwerer zu widerstehen.

„Bin ich immer noch ein Boxer?", fragte er und bezog sich auf meinen Vorschlag, keinen Sex zu haben.

Das brachte mich mehr als nur in Fahrt. Ich musste meine Beine übereinanderschlagen und wartete, bis die Hitze aus meinem Gesicht wich, bevor ich antwortete. Ich war mir sicher, ich wurde knallrot. Er wusste genau, woran ich dachte.

„Ja", sagte ich ihm. Es tat tatsächlich weh, das zu sagen.

Als er schließlich nur in Unterwäsche vor mir stand, die seine riesige Erektion in keiner Weise verbarg, deutete er auf meine Hose und sagte:

„Bist du sicher, dass du damit keine Hilfe brauchst?"

Ich war so erregt, dass ich fast ohnmächtig wurde.

„Ich bin sicher", presste ich heraus. „Entschuldigung", sagte ich zu ihm, bevor ich aufstand, ins Badezimmer ging und die Sache selbst in die Hand nahm.

„Bist du sicher, dass du da drin keine Hilfe brauchst?"

Völlig versunken in der Erinnerung an seinen Duft, ignorierte ich ihn und brachte es zu Ende.

„Merri?"

„Ahhh", stöhnte ich und versuchte leise zu sein, scheiterte aber. Als alles aus mir draußen war, antwortete ich außer Atem: „Nein, alles gut."

„Okay."

„Sag Bescheid, wenn du was brauchst."

„Werde ich", sagte ich ihm nachdenklich. „Musst du danach ins Bad?"

„Nein, alles gut", sagte er, während er sich von der Tür entfernte.

Offensichtlich hatte Claude nicht vor, sich selbst Erleichterung zu verschaffen. Stattdessen drückte er die ganze Nacht seinen unverschämt harten Schwanz gegen meinen Rücken, während er mich hielt.

Was tat er mir an? Wusste er nicht, dass ich ein schwacher schwuler Junge war, der nur so lange widerstehen konnte? Zumindest brauchte ich kein Heroin mehr auszuprobieren. Mich durch die heutige Nacht zu kämpfen, war schon schwer genug.

Die Anspannung, meinen Hintern nicht an seinem Prügel zu reiben, ließ meine Beine taub werden. Habe ich schon erwähnt, dass er ein Arschloch war? Denn als die Sonne aufging, war ich traumatisiert.

Ich kam nicht gut ohne Schlaf aus. Meine einzige Rettung war, dass er irgendwann seine Erektion verlor. Stoppte das meine quälende, schmerzende Lust? Nein. Und deshalb war ich am nächsten Tag nicht gut gelaunt.

„Also, wir fahren zurück zu dir?", fragte Claude, während ich packte.

„Ja."

„Werden wir noch trainieren vor der Auswahl?"

„Nein."

„Bist du sauer auf mich?"

Ich drehte mich zu ihm um. Ich war sexuell so frustriert, dass ich das Gefühl hatte, jeden Moment könnte ich platzen. Aber irgendwie beruhigte ich mich, hielt alles unter Kontrolle und sagte: „Mistkerl." Das erklärte eigentlich alles.

Jede Nacht danach war ein Albtraum. Der Mann quälte mich. Davon war ich überzeugt.

Das Einzige, was mir half, war, mich vor dem Schlafengehen zu erleichtern und dann gleich, wenn ich aufstand. Ich war mir nicht sicher, was er machte. Aber er war jede Nacht hart, bevor er einschlief, und manchmal auch eine Weile danach.

Ich schlief definitiv nicht mehr so gut wie früher. Und es beeinflusste definitiv meine Arbeit. Als der Coach mich beim Nickerchen in meinem Büro erwischte, fragte er, ob etwas los sei. Wie sollte ich ihm erklären, dass sein Lieblingssohn mich jede Nacht mit seinem harten Schwanz folterte?

„Du siehst aus wie ein Wrack. Reiß dich zusammen", sagte er mir.

Verstand er nicht, dass dies mein Zusammenreißen war? Er wollte mich nicht auseinanderfallen sehen.

Zum Glück stand die Spielerauswahl kurz bevor und das würde bald vorbei sein. Während es also näher rückte, driftete ich oft in ausführliche sexuelle Gedanken ab, in denen Claudes harter Schwanz meinen sonst so leblosen Körper zerstören würde. Und als der Morgen schließlich kam, war ich sicher, etwas im Badezimmer für ihn zu hinterlassen.

Ich konnte in dieser Nacht nicht einmal so tun, als würde ich schlafen. Als er also sofort aus dem Bad zurückkam und das Kondom hielt, das ich für ihn hinterlassen hatte, war ich wach, um es zu sehen.

„Jetzt?", fragte er, bereits hart.

„Heute Nacht."

„Bist du sicher? Wir könnten es jetzt tun."

„Wir haben so lange gewartet."

Claude presste genervt die Lippen zusammen. Dann packte er die Schlafzimmertür und riss sie beinahe aus den Angeln. Es war gut zu sehen, dass auch er all die Zeit über gelitten hatte.

„Benutz es", sagte ich ihm, anfällig vor lauter Geilheit.

Er antwortete nicht. Aber als ich ihm bei der Auswahl zuschaute, benutzte er es. Der Kerl war phänomenal.

Im 50-Meter-Lauf schlug er seine persönliche Bestzeit um zwei Sekunden. Das war riesig.

Auch beim Passspiel war kein Bereich des Feldes sicher. Er warf eine Bombe nach der anderen, jede landete präzise. Der Mann war ein Tier da draußen. Und als er mich auf der Tribüne erblickte, als die Auswahl zu Ende war, fixierte er mich wie eine Beute.

Ich hatte Angst, zu ihm zu gehen, noch während ich lief. Mein Herz pochte. Meine Knie schlotterten. Und als ich ihn sah, wich das Blut aus meinem Gesicht.

Ich wusste nicht genau, was als Nächstes geschah. Alles, was ich wusste, war, dass meine Beine um seine Taille geschlungen waren und mein Rücken gegen die Wand gedrückt wurde. Mit seinen riesigen Händen, die meinen Hinterkopf hielten, suchte seine Zunge nach meiner.

Ich konnte kaum geradeaus sehen; es fühlte sich so gut an. Und während wir zu meinem Auto eilten, mit pochendem Schwanz, schafften wir es gerade noch rechtzeitig, bevor er mir die Hose herunterriss und seinen Schwanz in mein Loch stieß.

„Ahh", schrie ich, brauchte mehr.

Was taten wir? Wir waren im Parkhaus eines Football-Stadions.

„Ja! Ja!", schrie ich, kümmerte mich nicht darum, wer es hörte.

Er schien größer zu werden, während er mich ritt, und kümmerte sich auch nicht darum. Der Mann fickte mich wie eine Puppe. Ich konnte spüren, wie wochenlange Zurückhaltung in mich eingehämmert wurde. Er war gnadenlos. Ich hatte es verdient. Und ich liebte jede Minute davon.

Irgendwie fand ich mich nackt in einem fahrenden Auto wieder, ich wurde zur gierigen Bestie.

Claude fuhr. Er nahm die Kurven wie ein Wahnsinniger. Er gab Gas, doch ich konnte nicht warten.

Ich kroch auf den Boden und schob meinen Kopf zwischen seine Beine. Ich würde uns beide töten. Dessen war ich mir sicher. Aber ich brauchte seinen Schwanz in meinem Mund. Das Warten hatte lange genug gedauert.

Ich holte ihn aus seiner geöffneten Hose und schob seine sich ausweitende Spitze zwischen meine Lippen. Der Geschmack, der Geruch, es war alles, wovon ich geträumt hatte. Das war Claudes Schwanz, das Zentrum seiner ganzen Macht über mich, und ich hatte ihn.

Ich drückte ihn in meine enge Kehle und hustete. Ich war bereit, davon zu würgen. Zum Glück musste ich das nicht, denn bevor ich es wusste, waren wir bei meiner Wohnung. Er trug mich wie einen Sack, brachte mich von meinem Auto in unsere Wohnung. Als er mich auf das Erste, was er fand, warf, starrte er mich auf dem Sofa an und riss sich die Kleidung vom Leib.

Ich wurde auch nackt. Ich war mir nicht sicher, wie. Seine Hände waren überall an mir. Er streichelte meinen Schwanz, leckte an meinem Arsch. Er faltete mich wie eine Brezel und fickte mich wieder. Ich wollte es. Ich wollte alles, was er mir geben konnte. Mein Körper gehörte ihm, er konnte mit mir machen, was er wollte.

Angefangen auf dem Sofa, bewegten wir uns zur Küche, dann ins Bad und schließlich ins Bett. Mein

Arsch war fix und fertig, als er mit mir durch war. Aber wenn er wollte, wusste ich, dass ich es noch einmal tun könnte.

Ich hatte den Überblick verloren, wie oft ich gekommen war. Es war oft gewesen. Und als Claude fertig war, schoss er in die Leere. Es hatte den ganzen Tag und die ganze Nacht gedauert, aber nun war sein Lauf leer.

Erst dann, als mein erschöpfter Krieger mich hielt, konnte ich sagen, was ich immer dachte. Es war in einem stillen Raum. Ich wusste nicht einmal, ob er wach war.

„Ich liebe dich auch", sagte ich zu ihm, in der Hoffnung, dass er es gehört hatte. „Und ich will nicht, dass du gehst."

Kapitel 16

Claude

Als ich zum Geräusch eines einzelnen Zwitscherns in der Ferne aufwachte, bewegte ich mich und stellte fest, dass ich mich nicht großartig fühlte. Mir tat alles weh. Was hatte ich am Tag zuvor gemacht? Ach ja, die Spielerauswahl. Und danach der wildeste Sex meines Lebens mit dem Mann, den ich liebte.

Vorsichtig rollte ich mich zur Seite, um Merri nicht zu wecken, drehte mich um und suchte ihn. Im frühen Morgenlicht, das durch die Vorhänge strömte, fand ich ihn, wie er mich mit zusammengezogenen Brauen musterte. Er war nie so früh wach. Und er sah aus, als hätte er nicht geschlafen.

Ich wollte ihn gerade fragen, was los sei, als er sagte: „Ich glaube, jemand versucht, dich zu erreichen."

Wieder hörte ich das Zwitschern. Es war der Benachrichtigungston meines Handys.

„Jemand schreibt dir seit Stunden."

Ich fragte mich, ob das der Grund für seine Schlaflosigkeit war, setzte meinen schmerzenden Körper auf und blickte durch den Raum. Nichts am Boden entdeckend, wartete ich auf ein weiteres Zwitschern. Als ich es hörte, wurde mir klar, dass es aus dem Wohnzimmer kam und erinnerte mich daran, warum. Gott, ich liebte es, Merri zu ficken. Wenn ich in ihm war, fühlte ich mich, als wäre ich zu Hause.

 Als ich spürte, wie mein Schwanz hart wurde, stand ich auf, bevor die Dinge außer Kontrolle gerieten. Nackt durch das Zimmer gehend, spürte ich Merris Blick auf mir. Ich mochte es, wenn er mich beobachtete. Ich liebte den Blick in seinen Augen, wenn er mich ansah.

 Aus dem Flur tretend, bekam ich ein klareres Bild davon, was wir am Tag zuvor gemacht hatten. Kein Wunder, dass mir alles wehtat. Jede Arbeitsplatte war leer gefegt worden und die Dinge, die darauf gestanden hatten, lagen auf dem Boden. Es gab zerbrochene Geschirrteile und eine Menge verschüttetes Salz. Es sah aus, als wäre ein Hurrikan durch die Wohnung gefegt.

 Als ich das Zwitschern wieder hörte, fand ich meine Hose und holte mein Handy heraus. In dem Moment, bevor sich alles änderte, war mein Leben großartig. Verdammt, es war perfekt. Dann las ich die Nachrichten und das Blut wich aus meinem Gesicht.

 „Wer ist es?", hörte ich Merri hinter mir sagen.

Als ich mich umdrehte, um ihn anzusehen, brachte ich kein Wort heraus. Merris nackter Körper war zu heiß.

„Es ist Arny", erzählte ich ihm schließlich. „Er sagt, ich habe zwei Angebote erhalten und ein drittes aus Neuengland steht noch aus. Eines der Angebote ist für eine Startposition und das andere ist verdammt viel Geld für einen Ersatzspieler."

Als ich Merri davon erzählte, klingelte mein Handy. „Hallo?"

„Wohin bist du nach der Auswahl verschwunden? Es gab viele Leute, die dich treffen wollten", sagte Arny mir und klang frustriert.

„Ich hatte jemanden, mit dem ich beschäftigt war."

„Du meinst ‚etwas'?"

„Wer wollte mich treffen?", fragte ich, seine Korrektur ignorierend.

„Alle. Und ich brauche dich hier."

„Jetzt?", fragte ich und schaute zu Merri zurück.

„Gestern!"

„Ich komme so schnell ich kann."

„Das machst du besser", sagte er, bevor er auflegte.

„Er will, dass ich in seinem Büro vorbeikomme."

„Hat er gesagt warum?"

„Nein."

„Dann solltest du besser hingehen", sagte er mit müden Augen.

Als ich den Flur zurück ins Schlafzimmer hinunterging, hörte ich: „Soll ich mitkommen?"

Ich drehte mich zu Merri um, der vor mir zu schrumpfen schien.

„Natürlich solltest du mitkommen. Warum nicht?", fragte ich, bevor ich weiterging, um mich anzuziehen.

Auf dem Weg zu Arnys Büro wirbelten meine Gedanken. Passierte das alles wirklich? Es fühlte sich unwirklich an. Vor ein paar Monaten war ich mir sicher, dass ich nie wieder Football spielen würde. Jetzt hatte ich Angebote, in der NFL zu spielen. Das war unglaublich!

Als ich parkte und schnell ins Penthouse hochlief, fand ich meinen Agenten etwas zerzauster vor, als er beim Hall of Fame Event gewesen war.

„Hast du geschlafen?", fragte ich ihn.

„Nein. Und das liegt daran, dass du dein verdammtes Telefon nicht abnimmst."

„Tut mir leid dafür."

„Und wo warst du gestern? Ich kann verstehen, dass du eine Pause gebraucht hast, als es vorbei war. Aber du hast nicht daran gedacht, dich bei mir zu melden?"

„Das wird nicht wieder passieren. Warum wolltest du mich hier haben?"

„Weil du dich den Medien stellen musst", sagte er genervt.

„Was? Warum?"

„Wenn ein Spieler bei einer Auswahl Aufsehen erregt und dann für die Teams nicht zu Treffen zur Verfügung steht, sorgt das für Wirbel. In deinem Fall ist es mehr wie ein Fressrausch. Du bist ein verdammter Hit, Claude. Alle wollen dich", bestand Arny.

Mein Herz sank wie betäubt. Auf der Suche nach Merris geteilter Aufregung fand ich ihn zaghaft in der Ecke stehen. Aber ich hatte keine Kapazität, um zu ergründen, was mit ihm los war. Ich hatte viel zu verarbeiten.

„Was soll ich tun?", fragte ich, als ich mich wieder Arny zuwandte.

„Ich habe eine Pressekonferenz organisiert."

Ich schüttelte ungläubig den Kopf.

„Was soll ich sagen?"

„Du weißt schon, das Übliche."

„Was da wäre?"

„Ich weiß nicht, dass du dich auf diese Gelegenheit freust. Dass du glaubst, du kannst eine großartige Bereicherung für jedes Team sein. Sprich darüber, wie lange du dafür gearbeitet hast, und erfinde irgendetwas über deine Mutter. Irgendetwas wird schon klappen. Die Presse frisst diesen Scheiß."

Nervös wartend, als sich die Reporter versammelten, saß ich neben Merri. Als er nichts sagte, nahm ich zur Beruhigung seine Hand. Er war nur müde, oder? Er sah aus, als hätte er nicht geschlafen. Hatte ich ihn in der Nacht zuvor verletzt? Ich war nicht gerade sanft, als ich ihn durchgevögelt hatte.

„Geht es dir gut?", fragte ich ihn und drückte seine Hand.

„Mir geht's gut", sagte er und drückte zurück. „Ich bin für dich da", fügte er mit einem traurigen Lächeln hinzu.

Immer noch nicht sicher, was mit ihm los war, schaute ich weg, um mich zu sammeln. Ich hatte nicht geübt, mit der Presse zu sprechen. Ich wusste nicht, was passieren könnte oder was sie fragen könnten. Das war Neuland für mich, und ich mochte es nicht, unvorbereitet zu sein.

„Wie fühlt es sich an, so viel Aufmerksamkeit zu bekommen?", fragte mich der erste Reporter.

„Als wärt ihr für den falschen Typen hier", sagte ich und erntete Gelächter.

„Sind wir nicht", entgegnete er. „Ich höre, dass du bereits mehrere Angebote erhalten hast."

„Das habe ich auch gehört. Hast du gehört, woher sie kommen?"

„Wo sind sie her?"

„Nein, ich frage ja gerade euch. Ich habe keine Ahnung", gestand ich und weiteres Gelächter folgte.

„Meine Quellen sagen Seattle und Portland. Das ist weit entfernt von Tennessee."

Ich dachte darüber nach.

„Das ist weit entfernt von vielen Orten", sagte ich und blickte zurück zu Merri.

Sobald sich unsere Blicke trafen, senkte er seinen Blick. Oh, deshalb benahm er sich so komisch. Für die NFL zu spielen würde ein Ende von dem bedeuten, was wir hatten. Ein Teil von mir hatte das gewusst, aber ich hatte mich geweigert, es zu glauben.

„Bist du bereit für so einen großen Schritt?"

„Nein", sagte ich direkt. „Überhaupt nicht."

Sie lachten wieder.

„Ich nehme an, das musst du sein. Spiele, wie du bei der Auswahl gespielt hast, und du wirst dort eine lange Karriere haben."

„Geschätztermaßen", sagte ich und teilte Merris Traurigkeit.

Als die Pressekonferenz vorbei war, gesellte ich mich wieder zu Arny in sein Büro.

„Warum hast du mir nicht gesagt, welche Teams das Angebot gemacht haben?"

„Ich dachte, du hättest es in meinen Texten gelesen."

„Du hast viele geschickt."

„Weil ich versucht habe, dich verdammt noch mal zu fassen zu bekommen.

„Wie auch immer, es liegt an dir, für wo du dich entscheidest. Ich bin nur hier, um dir die Angebote zu besorgen. Neuengland wäre eine interessante Aussicht wegen der Geschichte des Franchise. Aber mit Seattle kannst du deine eigene schaffen. Außerdem sind kleinere Teams auf dem Markt immer bereit, mehr zu zahlen, um Talente zu bekommen. Sie wissen, dass keiner wegen des Wetters dorthin geht."

„Seattle ist sehr weit weg", sagte ich ihm.

„Bist du nicht in Oregon zur Schule gegangen?"
Ich nickte.

„Dann kennst du es ja. Es gibt viele gute Dinge dort oben. Du könntest ein tolles Leben haben."

Als ich nicht antwortete, fuhr er fort.

„Schau, ich weiß, das kommt alles auf einmal auf dich zu. Geh nach Hause. Sprich mit den Menschen, die dir wichtig sind", sagte er, seine Blicke auf Merri werfend. „Wenn du dich entschieden hast, lass es mich wissen. Bevorzugt in den nächsten 24 Stunden."

„24 Stunden?"

„Du bist nicht die einzige Person, der diese Teams Angebote machen. Sie geben dir ein wenig mehr Zeit, weil sie gesehen haben, wie gut du bist. Aber warte zu lange und du wirst derjenige ohne Platz sein."

„Ich verstehe."

„Übrigens, es gibt einen Scout, dem du dafür danken solltest."

Ich sah verwirrt zu Arny auf. „Was meinst du?"

„Jason Rodriguez, kennst du ihn?"

„Nein."

„Ich schon", sagte Merri plötzlich lebendiger werdend. „Was hat er gemacht?"

„Er hat seinen Ruf aufs Spiel gesetzt, um dir das Angebot aus Seattle zu verschaffen. Dasselbe für das aus Portland. Er schien sehr motiviert, dich dorthin zu bringen. Wenn du ihn kennst, solltest du dich bei ihm bedanken. Er hat hart dafür gekämpft."

„Er hat hart gekämpft, um Claude so weit wie möglich von hier wegzubringen."

„Er hat dafür gekämpft, sicherzustellen, dass Claude bei einem Team landet", korrigierte Arny Merri.

„Ich bin mir sicher, dass er das getan hat", sagte Merri und sagte mir damit, dass Jason Rodriguez sein Ex war.

„Nun, danke ihm für mich, wenn du die Chance bekommst", sagte ich Arny.

„Klar doch."

„Wenn sonst nichts ist, wir gehen jetzt."

„Ich werde dir Bescheid geben über Neuengland. Aber ich denke wirklich, du solltest Seattle in Betracht ziehen."

„Verstanden", sagte ich zu meinem Agenten, bevor wir zu unserem Auto gingen.

Auf der Fahrt nach Hause schwieg Merri. Er sagte nichts, bis wir unsere Wohnung wieder betraten.

„Dieser Platz ist ein Durcheinander", sagte er und blickte herum.

„Er ist nicht ordentlich", stimmte ich zu. „Also, Merri, was soll ich tun?"

Er sah mich an, als würde er mit dem Augenblick kämpfen.

„Du weißt, was du tun solltest. Hat Arny dir nicht gesagt, dass du über Seattle nachdenken sollst?"

„Das hat er vorgeschlagen. Aber es ist meine Wahl", sagte ich, auf der Suche nach einer Antwort in Merris Augen.

„Ich denke, du solltest das tun, was für dich am besten ist", sagte er und vermied es, mich anzusehen.

„Ist es das, was du willst, dass ich tue?"

Merri zuckte bei meinen Worten zusammen.

„Das ist es, woran wir gearbeitet haben, oder?", sagte er und wurde wütend.

„Das ist es", gab ich zu.

„Dann solltest du es tun. Du solltest nach Seattle gehen", sagte er mir schmerzlich.

„Das bedeutet nicht das Ende von uns, weißt du", sagte ich sanft.

„Natürlich nicht. Es gibt kein Ende von uns. Haben wir nicht festgestellt, dass ich Probleme habe?"

Ich lächelte. Er sah mich immer noch nicht an.

„Ich weiß nur nicht, wie es sein wird, nie wieder zu schlafen", sagte er und begann zu weinen.

Ich konnte mich keinen Moment länger zurückhalten, schlang meine Arme um ihn und zog ihn zu mir. Er drehte sich um und weinte in meinen Armen.

„Ich will dich nicht verlassen", sagte ich ihm mit über meine Wangen rollenden Tränen.

„Du musst. Das ist dein Traum."

„Du bist mein Traum", sagte ich ihm. „Du bist der Mann, von dem ich in kalten, einsamen Nächten geträumt habe. Du bist alles, was ich je wollte."

Merri richtete seine tränenüberströmten Augen auf mich.

„Aber du musst das nehmen. Ich kann nicht derjenige sein, der dich von dem abhält, wofür du bestimmt bist. Du bist geboren, um Football zu spielen. Es lässt dich lebendig fühlen. Ich weiß, dass es das tut. Du kannst nicht auf diese Gelegenheit verzichten, besonders nicht wegen mir. Du musst das tun."

Ich zog ihn fest an mich, wusste, was ich tun musste, holte tief Luft und sagte: „Ich werde dich vermissen, Merri. Du bedeutest mir alles."

„Ich liebe dich, Claude. Seit dem Moment, als ich dich zum ersten Mal sah, habe ich nie aufgehört, dich zu lieben."

„Ich liebe dich auch, Merri. Und das werde ich immer tun", sagte ich, während mein Herz zerbrach, weil ich wusste, dass er recht hatte.

„Ich habe mich für Seattle entschieden", teilte ich Arny mit, nach einem Tag und einer Nacht voller Tränen, die ich in Merris Armen verbracht hatte.

„Ausgezeichnete Wahl! Ich bringe den Ball ins Rollen, und du solltest in zwei Tagen bereit sein, um den Vertrag zu unterschreiben."

„Zwei Tage? Das ist zu schnell."

„Sie wollen dich für die zweite Hälfte der Vorsaison. So funktioniert die NFL. Mach dich bereit", sagte Arny, bevor er unser Gespräch beendete.

„Ich habe zwei Tage", erzählte ich Merri und kämpfte die Tränen zurück. „Ich werde nach Tennessee zurückfliegen müssen, um meine Sachen zu packen. Ich muss auch Titus erklären, dass ich erst in nach der Saison zurückkommen werde."

„Wann musst du Pensacola verlassen?", fragte Merri verletzlich.

„Heute Nacht", erkannte ich.

Er schloss seine Augen, als ob er sich weigerte, traurig zu sein, öffnete sie dann wieder und fand seine Widerstandsfähigkeit.

„Wenn du heute Nacht gehen musst, dann weiß ich, was wir heute tun sollten."

„Du denkst an …", fragte ich mit einem anzüglichen Lächeln.

„Daran hatte ich gar nicht gedacht, bis du es gesagt hast. Und ja", sagte er mit einer Mischung aus Geilheit und Melancholie. „Aber vorher sollten wir noch etwas anderes tun."

Als wir ins Bluegrass Bourbons traten, Pensacolas angesagtester Bar im Tennessee-Stil, musste ich lachen.

„Ernsthaft, wer kam auf die Idee, das zu bauen?", fragte ich, während ich die authentische Waschbärenpelzmütze betrachtete, die zwischen zwei Fenstern im Whiskeyfass-Stil hing.

„Ich verstehe nicht, wovon du sprichst. Von meinem Standpunkt aus scheint dies der perfekte Ort. So etwas sollte es in jedem Staat geben. Also, welche Shots werden es? Der echte Tennessee Whiskey oder der genauso echte Tennessee Moonshine?"

„Nun, da ich meine Augen zum Footballspielen brauchen werde, wie wäre es mit dem Whiskey?", schlug ich vor.

„Und dann steigern wir uns zum guten Zeug. Verstanden", sagte Merri, in der Stimmung, einige wirklich schlechte Entscheidungen zu treffen.

„Auf was stoßen wir an?", fragte ich, als ich den Whiskey-Shot in der Hand hielt.

„Auf das, was ich sagte, dass wir anstoßen werden, an dem Tag, als ich dich hierhergebracht habe. Darauf, dass du in einem verdammten NFL-Team spielst."

„Da stoße ich darauf an", sagte ich erfreut, kippte den Shot hinunter und bereute es sofort. „Ich werde heute Nacht nicht fliegen können", sagte ich, während mein Gesicht sich zu einem Korkenzieher verzog.

„Dafür gibt es Piloten," entgegnete er und stellte einen weiteren Shot vor mich hin.

Dieser erste Shot führte zu zwei, dann zu drei, dann … äh, zu welche Zahl auch immer nach drei kommt. Was ich sagen will ist, obwohl unsere Welten um uns herum zusammenbrachen, hatten wir eine gute Zeit. Wir waren gerade dabei, sicherzustellen, dass wir jede Sekunde davon bedauern würden, indem wir einen Shot Moonshine exten, als Merris Telefon klingelte.

„Wenn es dein Exfreund ist, vergiss nicht, ihm für mich zu danken", sagte ich sarkastisch zu Merri.

„Scheiß auf Jason", antwortete er.

Er nahm das Gespräch an und sagte: „Fick dich, Jason." Er pausierte. Mit trunkener Belustigung sagte er: „Ich feiere, Papa!" Wieder pausierte er. „Ich weiß. Aber hast du nicht gehört? Claude wird der Starting Quarterback in Seattle."

Er pausierte und hörte zu.

„Ich weiß nicht." Er bedeckte das Telefon, drehte sich zu mir. „Hast du den Vertrag schon unterschrieben?"

„In zwei Tagen", sagte ich, hielt zwei Finger hoch, von denen ich nicht sicher war, ob sie mir gehörten.

„Nein, noch nicht", sagte Merri ins Telefon. „Ich kann ihn fragen", sagte er, bevor er sich wieder mir zuwandte. „Möchtest du dich mit den Cougars treffen, bevor du deinen großen Vertrag unterschreibst?"

„War dieser Besitzer nicht total gemein zu dir?", fragte ich, mich an die Geschichten erinnernd.

„Ja, das war er. Aber er ist mein Boss", erinnerte er mich.

„Dann ja, ich würde mich sehr gerne mit den Cougars treffen, bevor es losgeht."

„Du wirst mich doch nicht feuern lassen, oder? Das Management ist mies und das Team auch, aber … Was habe ich gerade gesagt?"

Ich deutete auf das Telefon, das er wenige Zentimeter vor seinem Mund hielt.

„Ups!", sagte er und lachte. Er brachte das Telefon an seinen Mund und wiederholte: „Ups!"

„Sag ihnen, ich werde da sein", stotterte ich, kämpfte darum, die Worte zu formulieren.

„Er wird da sein."

Merri hörte einen Moment zu.

„Wann wirst du da sein?", fragte er mich.

„Ich weiß nicht. Wann werden wir da sein?"

„Wir werden in dreißig Minuten da sein", erklärte Merri, bevor er das Gespräch beendete. Er starrte mich ausdruckslos an und sagte: „Du warst der Fahrer, oder?"

Als ich auf die definitiv mehr als drei Shotgläser vor mir hinuntersah, bestellte ich ein Uber. Auf der Fahrt zum Stadion tat ich mein Bestes, um nüchtern zu werden. Aber aus irgendeinem Grund wurde ich nur noch betrunkener.

Als wir die exklusiven Suiten des Stadions betraten, musste ich mich konzentrieren, damit der Boden gerade blieb. Das schaffte ich auch. Als Merri und ich also das Büro des Besitzers betraten, zusammen mit dem Coach und dem – wie ich annahm – Geschäftsführer, fühlte ich mich zuversichtlich.

„Merri, könntest du?", sagte der Besitzer und deutete zur Tür.

Scheiß auf diesen Machtschachzug.

„Coach und wer auch immer Sie sind, könnten Sie?", sagte ich und spiegelte die Geste des Besitzers wider.

Die beiden Männer sahen den Besitzer an und gingen dann zusammen mit Merri. Als wir allein waren, setzte ich mich auf den Stuhl vor seinem Schreibtisch. Ich fiel viel weiter hinunter als erwartet und merkte, dass ich tiefer saß als er. Die Stühle waren nicht gleich hoch. Was für ein Arsch!

„Ich nehme an, ihr habt gefeiert", sagte der alte Knacker und versuchte, urteilend zu klingen. Ach zur Hölle mit ihm.

„Ich habe ein Angebot als Starting Quarterback von Seattle bekommen. Hey, erinnerst du dich daran, als Merri mich zum Training für euer Team gebracht hat und du sowohl ihm als auch mir gegenüber ein komplettes Arschloch warst … Gute Zeiten, oder?"

Der alte Mann wand sich.

„Ja. Darüber … Die Dinge haben sich nicht so entwickelt, wie sie hätten können."

„Ohne Scheiß! Du hast eine versteckte homophobe Anspielung gemacht und mich abgewiesen."

„Du musst verstehen, dass es nicht um dich ging."

„Du denkst, wenn es um Merri geht, dann macht es das besser?", fragte ich den Idioten.

„Das sage ich nicht."

„Was sagst du dann?"

„Ich sage, dass die Cougars wirklich einen Spieler wie dich gebrauchen könnten. Wenn du zu uns kommen würdest, könnten wir dir einen Startplatz und einen Dreijahresvertrag garantieren."

Ich nickte, dachte darüber nach.

„Das klingt gut. Aber es gibt ein Problem."

„Was denn? Der Seattle-Vertrag? Du hast ihn noch nicht unterschrieben, oder? Bevor er auf dem Papier steht, kannst du jederzeit zurücktreten."

„Nein, das ist es nicht. Das Problem ist, dass ich Merri verdammt noch mal durchnehme. Ich meine, wir treiben es wie die Karnickel. Auf der Arbeitsplatte, auf dem Boden …"

Der alte Mann wand sich und unterbrach mich.

„Was willst du damit sagen?"

„An der Wand. In der Dusche", fuhr ich fort und genoss es, ihm Unbehagen zu bereiten.

„Ich hab's verstanden! Gibt es einen Punkt bei dem Ganzen?"

Ich hielt inne und lächelte ihn an.

„Ja. Ich erzähle dir das, weil Merri mein Freund ist. Es hat lange gedauert, bis ich das sagen konnte. Und jetzt, wo ich es kann, werde ich nicht aufhören. Er ist mein Freund, und ich liebe diesen Mann so sehr. Also, wenn du ein Problem damit hast, dass er hier arbeitet, dann hast du auch ein Problem mit mir."

Seine faltige Lippe zuckte, er starrte mich an. Ich konnte sehen, wie es in seinem Kopf arbeitete. Wenn ich hier spielte und wir gewannen, wären das Millionen, wenn nicht gar Milliarden Dollar für ihn. Aber um das zu bekommen, müsste er akzeptieren, was er nicht wollte, dass die Liebe zwischen zwei Männern gleichwertig zu seiner eigenen war.

„Ich …", begann er, brach seinen Gedanken jedoch ab.

„Du was?", fragte ich selbstbewusst und beugte mich vor.

„Ich … kann das akzeptieren", sagte er zu meiner Überraschung.

„Also wäre es für dich in Ordnung, dass Merri und ich uns hier wie jedes andere Paar verhalten?"

„Und wie jedes andere Paar würdet ihr Dokumente unterschreiben müssen, die das Unternehmen von Risiken entbinden, wenn es zwischen euch beiden schlecht läuft. Aber ja, damit könnte ich leben."

Ich starrte ihn schockiert an und sagte: „Du musst wirklich denken, dass ich dir eine Menge Geld bringen werde."

Er sah mich abwägend an.

„Ich denke, du wärst eine tolle Ergänzung für unser Team."

„Ich werde das als Ja nehmen. Schick die Papiere an meinen Agenten. Ich werde für die Cougars spielen. Aber jetzt muss ich mit meinem Freund feiern gehen", sagte ich ihm, stand auf und lächelte, als ich siegreich das Büro verließ.

„Was ist passiert?", fragte Merri, während sein Vater zusah.

„Coach", sagte ich und reichte ihm meine Hand. „Es wird mir eine Freude sein, wieder für Sie zu spielen."

Ein breites Lächeln machte sich auf seinem Gesicht breit, während Merri mich verdutzt ansah.

„Wir werden großartige Dinge tun, wir beide", sagte der Coach und schüttelte meine Hand.

„Wir drei werden Großes vollbringen", sagte ich und blickte auf die Liebe meines Lebens. Ich strich über Merris gerötete Wangen mit der Rückseite meiner Hand und starrte in seine ungläubigen Augen.

„Wir haben es geschafft, Merri. Ich liebe dich", sagte ich und meinte es von ganzem Herzen.

„Ich liebe dich auch, Claude", sagte er, bevor ich mich hinunterbeugte und ihn küsste.

Epilog

Claude

Ich saß da und wartete darauf, dass ich über Facetime mit Titus und Cali verbunden wurde, und ich war nervös. Seit dem letzten Mal, das wir drei gesprochen hatten, war viel passiert, besonders für Cali in New York. Ich war mir nicht sicher, wie jeder von ihnen reagieren würde.

„Claude!" sagte Titus, der als Erster dem Anruf beitrat. „Wie geht's dem schönen Pensacola?", fragte er fröhlich.

„Es ist wunderschön", erwiderte ich mit einem Lächeln.

Er blickte mich seltsam an. „Na ja, ich weiß nicht, was das bedeuten soll."

„Du weißt nicht, was schön bedeutet?"

„Ich weiß nicht, was dieser Blick von dir bedeutet."

„Hey", sagte Cali, dessen Stimmung deutlich gedämpfter war, als er sich dem Gespräch anschloss.

„Cali, wie geht's New York?" fragte ich ihn.

„Ich bin zu Hause", sagte er mit stoischem Gesicht.

„Okay", antwortete ich verwirrt über seinen Ausdruck. „Wie dem auch sei, ich habe Neuigkeiten."

„Ich auch!", mischte Titus sich mit unveränderter Begeisterung ein.

„Ich auch", sagte Cali niedergeschlagen.

„Das ist lustig", sagte ich ihnen. „Aber ich fange an. Es sieht so aus, als wäre ich der erste Quarterback für die Pensacola Cougars", platzte ich heraus und konnte meine Aufregung nicht verbergen.

Titus' Gesicht strahlte.

„Ich dachte, das kommt nicht mehr infrage!"

„Der Besitzer hat die Auswahl gesehen und es sich anders überlegt. Mir wurde gesagt, dass das Treffen mit ihm gut lief."

„Offenbar", sagte Titus aufgeregt. „Warte, was meinst du damit, dass dir gesagt wurde, du hättest dich mit dem Besitzer getroffen? Warst du nicht dabei?"

„Lange Geschichte. Und der Kater sitzt mir immer noch in den Knochen. Aber das bedeutet, dass ich hierher ziehen werde", gestand ich nervös.

„Oh", sagte Titus überrumpelt. „Für immer."

„Ich denke schon. Es ist ein Vertrag über drei Jahre und Merri ist hier. Also ...", ich zuckte mit den Schultern.

„Merri?", warf Cali ein. „Du meinst den Merri, den ich getroffen habe?"

„Ja", sagte ich, noch immer lächelnd.

„Gut für dich. Ich mochte ihn", sagte Cali, und seine Stimme wurde ein wenig wärmer.

„Ich auch", fügte Titus hinzu. „Heißt das, dass du das Geschäft verlässt?"

„Ich werde meine spielfreien Saisons haben, aber ich weiß nicht, wo Merri die verbringen möchte. Vielleicht ist es besser, wenn ihr mich jetzt mehr als stillen Teilhaber seht."

„Okay", antwortete Titus und verarbeitete es. „Nun, ich freue mich für dich. Das sind fantastische Neuigkeiten über den Vertrag und Merri."

„Danke. Ich schätze, Übung macht den Meister. Oder zumindest Übung macht aus schrecklich nicht ganz so schrecklich."

Titus lachte.

„Wenn das deine Neuigkeiten waren, bin ich dran. Cage hat Quin einen Antrag gemacht."

„Echt jetzt!", sagte Cali überrascht.

„Ja. Quin hat Lou gefragt, ob er sein Trauzeuge sein will, und Lou hat es mir gesagt. Ich bin mir nicht sicher, ob er das schon verraten sollte. Also behaltet es für euch, bis euch einer von ihnen davon erzählt, okay?"

„Selbstverständlich", versicherte ich Titus. „Weißt du schon, wann sie heiraten wollen?"

„Nicht sicher. In ein paar Monaten, glaube ich. Es wird allerdings groß, Marcus übernimmt das Catering. Ich denke, die ganze Stadt wird da sein."

„Das ist wunderbar! Gut für sie", sagte ich, aufrichtig glücklich. „Cali, was sind deine Neuigkeiten?"

Cali starrte auf den Bildschirm, bevor er seinen Kopf senkte.

„Was ist los?", fragte ich ihn.

Er richtete sich auf und fasste sich.

„Erinnert ihr euch, als Claudes Mutter uns den Namen unseres Vaters genannt hat?"

„Natürlich", sagte Titus, während sich in meinem Magen ein Knoten bildete.

„Ich habe gesagt, der Name sagt mir nichts, aber das war gelogen."

„Okay", antwortete Titus vorsichtig. „Und woher kennst du den Namen?"

„Von meiner ersten Reise nach New York."

Ich dachte an das, was er uns über diese Reise erzählt hatte. Sein Freund Hil war entführt worden und er hatte ihn gerettet.

„Und wie bist du in New York auf seinen Namen gestoßen?", hakte ich nach, nervös.

„Ich bin nicht einfach auf seinen Namen gestoßen. Ich habe ihn getroffen. Ich habe ihn persönlich getroffen", stellte Cali klar, sein Ton ernst.

Titus' und meine Reaktion spiegelten sich in schockierter Stille.

„Wann?", drängte Titus.

„Als ich Hil gerettet habe. Armand Clement, unser Vater, war der Mann, der mich angeschossen hat."

Ein Schauer lief über mein Gesicht, als ich Calis Worte hörte. Ich konnte es nicht fassen.

„Mehr noch", fuhr Cali nüchtern fort. „Jetzt müssen wir ihn retten."

*****

Vorschau:
Genießen Sie diese Vorschau 'Mafia Eheprobleme':

Mafia Eheprobleme
(Gay Romance)
Von
Alex McAnders

Urheberrecht 2023 McAnders Publishing
All Rights Reserved

Remy Lyon, ein Milliardärs-Erbe eines Mafia-Imperiums, hat immer schon seinen kleinen Bruders besten Freund, Dillon, begehrt. Er sah die Schönheit in Dillon, die Dillon selbst nicht erkennen konnte, doch aufgrund von Remys Prinzen-Status wagte er es nicht, darauf einzugehen.

Bei der Beerdigung seines Vaters hat Remy eine letzte Chance, Dillon als den seinen zu beanspruchen. Seine

Pläne werden zunichte gemacht, als Armand Clement, der skrupellose Verbrecherboss, der das Leben seiner Familie in den Händen hält, ihr Abkommen bricht.

Remy hatte zugestimmt, seine illegalen Geschäfte seines Vaters aufzugeben, im Austausch dafür, die legalen zu behalten und die Sicherheit seiner Familie sowie seine Freiheit zu gewinnen. Aber jetzt will Armand alles, und dazu gehört auch Remys Hand in der Ehe mit seiner verzogenen Tochter.

In der Not, seine Familie zu schützen und nahe bei Dillon zu bleiben, heuert Remy Dillon an, um ihm beim Navigieren durch die luxuriöse und doch gefährliche Mafia-Welt, die er geerbt hat, zu helfen. Doch ihre Anziehungskraft entwickelt sich bald zu einer brennenden Affäre, die sie beide in Gefahr bringt.

Wird Remy Dillon aufgeben, den einzigen Mann, der ihn zufriedenstellen kann, oder wird er Armand trotzen und ein Krieg riskieren, der dunkle Familiengeheimnisse offenbaren und ihr Leben für immer verändern könnte?

*****

Mafia Eheprobleme

"Dillon, ich liebe dich schon so lange. Vom Moment an, als ich dich getroffen habe, konnte ich nie genug von dir bekommen. Jedes Mal, wenn du vorbeikamst, um dich mit Hil zu treffen, fragte ich mich, ob du mich sahst. Also, als ich dich so nah bei mir hatte, als ich alles hatte, was ich jemals wollte, in meinen Armen, war ich so glücklich, wie ich nur sein konnte.

"Als du mich verlassen hast, habe ich versucht, ohne dich zu leben. Ich wusste, dass ich damit alle hier sicher halten würde. Aber die Anforderung war zu hoch. Ich kann nicht ohne dich sein, Dillon. Ich brauche dich. Ich bin hier, um dir zu sagen, dass ich dich nie wieder verlassen werde, wenn du mich willst."

Ich fasste meine Gefühle zusammen und versuchte, die drohende Welle zurückzuhalten.

"Remy," begann ich sanft, "ich habe dich aus einem Grund verlassen. Du musst mit Eris zusammen sein. Das Leben aller hängt davon ab. Und selbst wenn das nicht so wäre, kann ich nicht die andere Frau... oder der andere Mann... oder was auch immer sein. Wenn ich könnte, würde ich es für dich tun. Aber ich kann nicht. Es tut mir leid!"

"Aber deshalb bin ich hier", erklärte Remy. "Ich weiß, dass ich Eris nicht einfach so verlassen kann. Aber ich kann auch nicht ohne dich leben," erklärte Remy und legte sein Herz offen. "Also bin ich wieder hier, um deine Hilfe zu bitten. Ich habe nicht alle Antworten wie mein Vater. Und ich bin nicht er, ich kann das nicht alleine tun. Ich brauche die Hilfe der Menschen, die ich liebe. Und ich liebe dich."
Lesen Sie jetzt mehr

Vorschau:
Genießen Sie diese Vorschau 'Ernsthafte Schwierigkeiten':

Ernsthafte Schwierigkeiten
(Gay Romance)
Von
Alex McAnders

Urheberrecht 2012 McAnders Publishing
All Rights Reserved

Anbetungswürdige Kerle, spannende Geschichte, knisternde sexuelle Spannungen

CAGE
Mit den NFL Talentsuchern, die jede meiner Bewegungen beobachten, ist das Letzte, an was ich denken sollte, Quinton Toro, mein brillanter, ungeschickt sexy Tutor, der mir unanständige Gedanken beschert. Ich fantasiere vielleicht des Nachts über alles Mögliche mit ihm, aber ich habe schon zu lange zu hart dafür gearbeitet, um es jetzt zu vermasseln.

Doch wenn es auf ihn oder eine Karriere in der NFL hinausläuft, was würde ich wählen? Die Antwort sollte klar sein, oder? Warum also kann ich seinen Blick nicht aus meinem Kopf bekommen?

Ich stecke vielleicht in Schwierigkeiten.

QUINTON
Das Problem mit dem ersten Verliebtsein ist, dass es dich verrückte Dinge tun lässt, wie zu denken, dass du eine Chance bei dem umwerfend hinreißenden Quarterback hast, der sich nicht nur in den Sinn gesetzt hat, ein Profi zu werden, sondern auch eine Freundin hat.

Er ist derjenige, der darauf besteht, dass wir Zeit zusammen verbringen. Das muss doch bedeuten, dass er mich mag, oder? Warum kann ich das nicht herausfinden?

Und wie wird er sich dabei fühlen, wenn er erfährt, wie viel Schwierigkeiten es mit sich bringt, mit mir zusammen zu sein? Die einzige Sache, auf die ich hoffen kann, ist, dass wir gemeinsam einen Weg finden, zusammen zu sein. Doch kann Liebe all das überbrücken?

Anmerkung: Dieses Buch ist Teil der ‚Liebe ist Liebe Sammlung' des Autors, das heißt, dass es als spritzige Romanze in ‚Mein Tutor', wohltuende Romanze in ‚Verliebt in meinen Tutor', erotische Wolfsgestaltwandler Romanze in ‚Sohn der Bestie' und M/M Romanze in ‚Ernsthafte Schwierigkeiten' erhältlich ist.

*****

Ernsthafte Schwierigkeiten

Ich verliebe mich in Quin. Ich kann es nicht leugnen. Selbst während ich im Morgenlicht liege und nicht annähernd genug Schlaf bekomme, konnte ich nur daran denken, wie ich ihn berühren könnte, wie ich es letzte Nacht getan habe.

Als ich hörte, wie er seine Hand auf das Bett zwischen uns legte, schickte ich meine Hand los, um seine zu suchen. Ich wusste nicht, ob ich sollte oder ob er es wollte, aber ich konnte mich nicht aufhalten. Ich brauche Quin. Ich sehne mich danach, bei ihm zu sein. Ich habe das Gefühl, ohne ihn würde ich verrückt werden. Und so nah zu sein, ohne meine Arme um ihn legen zu können, war eine Qual.

Ich wollte mich gerade von den schmerzhaften Qualen befreien, drehte mich und ein Wecker klingelte. Als er das tat, merkte ich, dass ich noch im Halbschlaf war, weil er mich weckte. Ich kannte das Geräusch. Es war mein Wecker. Ich hatte vergessen, ihn auszuschalten.

Es war wahrscheinlich genauer zu sagen, dass ich nicht dumm genug war, ihn auszuschalten. Seit ich Quin kennengelernt hatte, war es unmöglich, acht Stunden Schlaf zu bekommen. Auch wenn ich rechtzeitig im Bett war, dachte ich allein in der Dunkelheit am meisten an ihn. Ihn jetzt hier zu haben war wie ein wahr gewordener Traum.

Der Wecker summte wieder. Ach so, der Wecker. Ich wollte Quin nicht wecken.

Anstatt ihn klingeln zu lassen, wie ich es normalerweise tun musste, öffnete ich meine Augen und fand heraus, wo ich war. Ich war auf der rechten Seite des Bettes. Der

Wecker war auf der linken Seite. Ich musste über Quin greifen, um an ihn zu kommen.

Ohne darüber nachzudenken, setzte ich mich auf den Kerl unter mir und schaltete den Wecker aus. Nachdem ich ihn ausgeschaltet hatte, wurde mir klar, wo ich mich befand. Obwohl sich unsere Körper nicht berührten, schwebte ich über ihm. Ich erstarrte und sah nach unten. Er lag auf dem Rücken.

Mein Gott, ich wollte mich hinabbeugen und ihn küssen. Ich war gleich da. Er war so nah. Und dann öffnete er die Augen.

Ich starrte ihn ertappt an. Er lächelte, oder war das etwa ein Erröten?

„Guten Morgen", sagte er mit rauer Morgenstimme.

Als ich ihn ansah, entspannte ich mich.

„Morgen", sagte ich, sah ihn noch einmal genau an und rollte mich dann wieder auf meine Seite des Bettes. „Entschuldige", sagte ich ihm.

„Nein, es hat mir gefallen", sagte er von Ohr zu Ohr lächelnd.

„Dir hat der Wecker gefallen?"

„Oh, ich dachte, du meinst …" Er errötete wieder. „Es war okay. Heißt das, wir müssen aufstehen? Es ist so früh."

„Ich muss zum Training. Es ist eine lange Fahrt."

„Okay", sagte er und wand seinen Körper hinreißend.

Ich beobachtete, wie er sich niederließ, und wollte gerade aufstehen, als ich etwas bemerkte. Ich hatte eine ernstzunehmende Morgenlatte. Klar, ich habe ihm gestern Abend nur zu gerne meinen harten Schwanz gezeigt. Aber ich war so erregt, mit ihm zusammen zu sein, dass ich alle Hemmungen verloren hatte.

Nach einer Nacht, so kurz sie auch war, war ich nicht so mutig. Ja, ich war immer noch so erregt, wie man nur sein konnte. Aber wir gingen nicht ins Bett. Wir verließen es. Das machte einen Unterschied.

„Wir könnten noch ein bisschen länger schlafen, oder?", fragte Quin und sah mich an, seine wunderschönen Augen flehten mich an, ihn zu halten.

„Du kannst schon, aber ich muss aufstehen. Das Bowl-Spiel ist am Samstag. Dies ist unser letztes vollständiges Training davor. Ich kann nicht zu spät kommen."

„Okay", sagte Quin enttäuscht.

Ich schaute ihm in die Augen und versuchte daran zu denken, wann ich ihn das nächste Mal hierher bringen könnte.

„Willst du zum Spiel kommen? Warst du jemals bei einem?"

„Du willst, dass ich zu deinem Spiel komme?", fragte er mit einem Lächeln.

„Ja. Warum sollte ich nicht?"

„Ich weiß nicht. Ich dachte, es könnte dein männlicher Raum sein oder so."

„Männlicher Raum?"

„Du weißt schon, ein Ort für deine Freundin und alle deine Footballfreunde, um sich zu treffen und Footballsachen zu machen."

„Zunächst einmal bietet das Stadion 20.000 Zuschauern Platz. Es ist Platz für alle. Zweitens war Tasha seit ich weiß nicht wie lange nicht mehr bei einem meiner Spiele. Du solltest kommen. Auf diese Weise kannst du sehen, worum es bei der ganzen Aufregung geht."

„Ich kann von hier aus sehen, worum es bei all der Aufregung geht", sagte er und ließ mein Herz schmelzen. Lesen Sie jetzt mehr

*****

www.ingramcontent.com/pod-product-compliance
Lightning Source LLC
LaVergne TN
LVHW041747060526
838201LV00046B/932